Matti Y. Joensuu · Die eiserne Zelle

Matti Y. Joensuu

Die eiserne Zelle

Thriller

Aus dem Finnischen
von Stefan Moster

btb

1

Der Todesengel

»Piipponen«, sagte Harjunpää mit gesenkter Stimme, so wie man es tut, wenn man weiß, dass der andere in der Nähe ist, und man nicht will, dass es sonst jemand hört. Was die Sache selbst betraf, hatte er nichts zu verheimlichen, aber er wollte sich nicht anmerken lassen, wie sehr auch ihn die Situation nervös machte. Die Menschen mussten sich darauf verlassen können, dass einer alles im Griff hatte. Zumindest musste einer so tun, als wäre es so, und darin hatte Harjunpää ziemlich viel Übung.

»Max!«

»Ganz ruhig, Veera«, reagierte eine der Frauen aus dem SOS-Krisenfahrzeug sofort, diejenige, deren Augen von Anfang an schreckhaft gewesen waren, wie bei jungen, blinzelnden Vögeln. Jetzt überschlug sich auch noch ihre Stimme. Sie war noch jung und höchstwahrscheinlich selbst Mutter. Offenbar kippte ein Wasserglas um, es klang danach. Harjunpää konnte es nicht sehen, die Frauen saßen in der Küche. Es roch nicht nach Tod, es roch nur süß und warm, entfernt auch noch nach Nachtschlaf.

»Max! Wo ist Max?«, schrie Veera aus dem Weinen heraus,

als wäre ein Vorhang zerrissen. »Wer hat mir meinen Max weggenommen?!«

»Veera. Hör zu, Veera…«

»So eine gottverdammte Scheiße«, stieß Niko aus, aber nicht als Fluch, sondern als Seufzer, oder eher als langer Klagelaut. Niko war der Vater, fünfundzwanzig Jahre alt, er stand in der Tür, mit dem Rücken zu Harjunpää. Seine Schultern hoben und senkten sich wie schwere Flügel.

»Piipponen«, sagte Harjunpää noch einmal und hatte weiterhin das Gefühl, dass etwas nicht stimmte. Mit den Fakten hatte es nichts zu tun, die hatte er bereits zweimal überprüft. Einen Grund kannte er allerdings, auch wenn er es nicht gleich zugeben mochte: Dieser Einsatz hatte ihn überrascht, trotz aller Erfahrung, und war ihm an seiner Professionalität vorbei unter die Haut gegangen. Und zwar so, dass er es nicht einmal gemerkt hatte, sondern in dem Glauben geblieben war, so routiniert zu agieren wie immer. Nun klebte ihm bereits das Hemd an den Schulterblättern. Dann merkte er, dass er es vermied, auf das Bein des Toten zu schauen. Es war nicht ganz zugedeckt, man sah den Fuß: die Ferse und die Zehen.

»Ma-hax«, weinte Veera weiter. Auch wenn ihr schlimmster Schmerz in dem Moment etwas gedämpft wurde und nur ein Keuchen blieb, nahm es Harjunpää ungewöhnlich stark mit und walkte seine Gedanken, knetete sie wie eine unsichtbare raue Hand. Unwillkürlich entzog er sich, indem er mit den Augen noch einmal die kleine Wohnung absuchte, obwohl er und Piipponen sich gleich nach ihrer Ankunft unauffällig einen ersten Eindruck verschafft und sich anschließend einen Blick zugeworfen hatten. Einen Blick, an dem jeder von beiden ablesen konnte, dass dem anderen nicht mehr aufgefallen war als das Offensichtliche.

Es war die sehr gewöhnliche Wohnung eines jungen Paars: Möbel und Kleinkram vom Flohmarkt, das eine oder andere Poster, das schon im Kinderzimmer gehangen hatte – Harjunpää erkannte HIM und eine Harley –, eine sich üppig brüstende Zimmerpflanze und etwas Funkelnagelneues: ein Fernseher mit riesigem Bildschirm. Ansonsten war nur noch der Wickeltisch mit Zubehör neu, zwei Windelpackungen und ein grünlicher Stoffelefant, im Flur außerdem ein wie frisch poliert glänzender Kinderwagen. Der Rahmen des Lebens – er war noch da. Das Leben selbst aber hatte lediglich einen blauen Schnuller als Erinnerung auf dem Fußboden zurückgelassen.

Plötzlich wurde Veeras Weinen wieder stärker, es war unbändig, mehr als ein Weinen, es war der reine Schmerz, und allmählich spürten ihn alle anderen auch. Die Kleider raschelten, Sitzpositionen wurden gewechselt, und ein Stuhlbein stieß irgendwo an. Jemand seufzte, und Harjunpää merkte, dass er wieder den nackten Fuß anstarrte, nun beinahe so, als betete er.

An sich war es kein Wunder, dass ihn dieser Einsatz überraschte. Von allen denkbaren Situationen, war es genau diese, in die keiner geraten wollte und die man auch seinen Kollegen nicht wünschte. Sie war immer gleich schwer, schon allein deshalb, weil sie selten vorkam und man im Umgang damit keine Routine entwickelte. Jeder Einsatz dieser Art war wie der erste, nicht zuletzt weil man noch behutsamer sein musste als bei anderen Todesfällen, und trotzdem die Pflicht hatte, die Wahrheit herauszufinden. War alles gewesen wie immer, oder war das Kind unachtsam gedreht, vielleicht sogar geschüttelt worden? Wie sollte man so etwas fragen? Wie sollte man solche Fragen an Menschen richten, die lieber selbst gestorben wären, als das zu verlieren, was sie gerade verloren hatten?

Hinzu kam, dass man keinerlei Antworten auf die Fragen der Angehörigen hatte, meistens hatte nicht einmal der Gerichtsmediziner welche parat. So ein Fall kam einem jedes Mal unzumutbar und grausam vor; am liebsten hätte man Gott gefragt, was er sich dabei gedacht habe.

Ein leichtes Husten kam aus Harjunpääs Kehle; er versuchte, sich wieder zu betäuben, sich die Polizistenhaut überzustreifen. Gerade das Warten war immer quälend, ganz gleich auf was: auf die Spurensicherung, den Rechtsmediziner, den Leichenwagen – und besonders quälend war es, dass es nichts Vernünftiges zu sagen gab. Es war besser, zu schweigen, denn es gab keine Worte, die tröstend genug gewesen wären.

Er ging auf das Bett zu, unmerklich, schnappte sich unterwegs den Schnuller, griff nach der gemusterten Decke, und der süße, warme Geruch wurde etwas stärker. Der Fuß maß nicht mehr als ein Streichholz, die Zehen waren kleiner als Erbsen. Er deckte den kleinen Fuß zu.

»… noch so klein, so winzig klein…«

»… hast recht, Veera. Du sollst deine Gefühle auch gar nicht…«

»Aber das ist doch mein Max!«

»Verdammt, verdammt, verdammt«, keuchte Niko. Harjunpää war inzwischen so dicht an ihn herangekommen, dass er den Schweiß des jungen Mannes roch. Niko war kräftig, zweifellos hatte er früher mal Bodybuilding betrieben, dann aber nachgegeben, vielleicht dem Bier oder Veeras Essen. Doch jetzt, da er mit beiden Händen den Türpfosten umklammerte, sah man, dass noch Kraft in ihm steckte, die Knöchel traten scharfkantig unter der Haut hervor.

Er trug ein Netzhemd und Jogginghosen. Die Haare waren rötlich, die Füße nackt. Obwohl Harjunpää ihn jetzt nur von hinten sah, hatte er wieder das Bild eines Bikers vor Augen, vielleicht sogar eines Bandenmitglieds, falls es nicht von der Weste kam, die im Flur hing. Allerdings wusste er nicht mehr, ob darauf etwas von einem »MC« stand, und wenn, von welchem.

Er neigte leicht den Kopf und kniff die Augen zusammen. Die Unklarheit, die ihn plagte, hatte mit Niko zu tun. Alles war wie in einem Schwall auf ihn und seinen Kollegen Piipponen eingestürzt, dass er es vergessen hatte. Vor allem Veeras Zustand war beängstigend gewesen, und der Notarzt hatte sich geweigert, ihr etwas zu geben. Dennoch hatte Harjunpääs Instinkt funktioniert, denn er hatte Piipponen im Vorbeigehen zugeflüstert, er solle überprüfen, ob nach dem Mann eine Fahndung vorliege.

Es war Nikos Blick gewesen.

Und der hatte speziell mit ihm, Harjunpää, zu tun, nicht mit Piipponen oder überhaupt mit der Tatsache, dass die Kriminalpolizei kam, wenn ein Säugling gestorben war. Soweit er bei diesem dienstlichen und persönlichen Durcheinander dazu gekommen war, hatte Harjunpää in seiner Erinnerung gestöbert, in dem Archiv oder der Festplatte, oder was es war, wo es drunter und drüber ging, aber es hatte sich kein einziger Treffer mit einem rotbärtigen Mann mit Bodybuilderschultern ergeben.

Harjunpää hielt dessen Blick jedoch nicht für den eines Mannes, der als Schuldiger ertappt wird, sondern – er war nicht fähig, es zu erkennen, was nicht oft vorkam. Es lag nicht nur etwas in Nikos Blick, sondern im ganzen Ausdruck, in der Körperhaltung, in der gesamten Person. Am ehesten kam einem so etwas wie Ungläubigkeit in den Sinn, eine ungeheure Ungläubigkeit, oder etwas, das sich dem blanken Entsetzen näherte.

Niko hatte auch etwas von sich gegeben, das Harjunpää nicht verstanden hatte, und er hatte Piipponen die Hand gegeben, sie aber weggezogen, als Harjunpää ihm die Hand reichen wollte. Die Befragung hatten sie allerdings beide in den Sand gesetzt: Sie waren nicht rechtzeitig auf die Idee gekommen, fliegend zu wechseln, als sich herausstellte, dass Niko nur Piipponen antwortete, auch wenn die Fragen von Harjunpää kamen.

Plötzlich hatte er das starke Gefühl, sie müssten in die Gerichtsmedizin, um das kleine Bündel dort noch einmal in Augenschein zu nehmen. Es war unmöglich gewesen, eine anständige äußere Untersuchung in Veeras und Nikos Anwesenheit durchzuführen, und in der Küche hatten die Eltern nicht bleiben wollen, sie hatten Max nicht aus den Augen gelassen, als befürchteten sie, die Polizisten könnten ihm wehtun.

»Ich will Max sehen! Es hat doch niemand mein Baby mitgenommen?«

»Wir haben uns von Max doch schon verabschiedet und…«

»Sei so lieb und setz dich hier her, Veera.«

»Piipponen?« Harjunpää sprach etwas lauter und hoffte inzwischen ernsthaft, dass das alles endlich vorbei wäre, die ganze lange Qual, vor allem dass sie für Veera vorbei sein würde. Oder wenigstens etwas nachließe. Er hoffte es auch deshalb, damit die Notfallseelsorger wirkungsvoll tätig werden konnten, was nicht gelänge, bevor man die kleine Leiche weggebracht hätte und er und Piipponen gegangen wären. Zu seinem Erstaunen war er auch unruhig, oder auf diffuse Art allem überdrüssig. Seit Jahren hatte er so etwas nicht mehr erlebt, er hätte am liebsten irgendetwas gepackt und ordentlich geschüttelt.

Er fuhr herum und bemerkte Piipponen, der halb gebückt im Flur stand, nah bei der Tür, genau in der Haltung, in der man sich inmitten eines Lärms auf ein Telefongespräch konzentriert. Er drückte das Handy an die Wange und hielt sich mit der flachen Hand das andere Ohr zu. Harjunpää hatte nicht vergessen, dass sein Kollege beim Bestattungsinstitut anrufen und fragen wollte, wo der Wagen blieb, aber das war schon mindestens zwanzig Minuten her, und es war immer noch nichts passiert.

An sich war Piipponen ein anständiger Kerl und ein guter Kollege, aber es gärte in ihm manchmal auch die unwiderstehliche Lust auf ein kleines Täuschungsmanöver, einen Schwindel sogar, und in dieser Disziplin war er ein unangefochtener Meister. Er war noch nie erwischt worden, auch dann nicht, wenn alle im Dezernat für Gewaltverbrechen Wind von der Sache bekommen hatten. Und wenn es mal knapp wurde, wusste er, wie man sich herausredete. Ein Kollege hatte darum auch festgestellt: »Der Mann bringt mit seinem Gerede sogar das Hähnchen auf dem Teller zum Gackern – und anschließend zum Fliegen.«

»Mensch, Pipponen, hör auf zu telefonieren!«, fuhr Harjunpää ihn an, obwohl er es eigentlich ganz kühl hatte sagen wollen. Nichts passierte. Piipponen drehte sich nicht um und nickte nicht, nahm auch nicht das Handy vom Ohr. Allerdings sprach er gar nicht, sondern hörte nur vollkommen konzentriert zu, und dies vielleicht zufällig genau unter der einzigen Lampe im Flur, weshalb das Licht wie ein Umhang über ihn fiel, und der Spiegel einer offen gelassenen Tür in eine andere Welt glich.

Harjunpää sah im Spiegel, dass Piipponen die Augen geschlossen hielt, sein Gesicht war rot, oder bleich, oder beides, und er presste die Kiefer dermaßen zusammen, dass sich auf den Wangen Streifen bildeten. Zwischen den Lippen blitzten die Zähne hervor wie bei einem bissigen Hund.

»Piipponen?« Harjunpää führte den Finger, den er bereits ausgestreckt hatte, in seinen eigenen Nacken und kratzte sich kurz. Piipponen, der Tausendsassa, der Mann, der fröhliche Melodien vor sich hin summte, während er im Mund eines Selbstmörders nach dem Schusskanal tastete, der auf dem Bahndamm Leichenteile einsammelte und überlegte, welche Schuhgröße man für einen plattgewalzten Fuß von einem Meter Länge bräuchte, der Hinterbliebene tröstete wie ein Pfarrer und vor Gericht überzeugender auftrat als die besten Experten – dieser Piipponen schottete sich jetzt von allem ab.

»Hör zu, Piipponen«, fing Harjunpää an, nun mit seiner Privatstimme, die richtig ernst klang und die er im Dienst so gut wie nie benutzte. Er empfand keine Spur von Schadenfreude oder Überlegenheit, sondern machte sich einzig und allein Sorgen, auf die schleichende Art, wie er es von familiären Angelegenheiten kannte, wenn daheim etwas nicht stimmte, diese teuflische Sorge, die ihm innerhalb weniger Minuten den Mund austrocknete. Denn auch wenn man es von außen nicht sah, so zahlte doch jeder Angehörige der Mordkommission für seine Arbeit, dafür, dass er sie aushielt, einen Tribut, der verschwiegen wurde, der aber die Seele auffraß. Und oft war es nicht einmal damit genug: Ständig wurde bei einem Kollegen ein Ballonkatheter gelegt oder eine Bypass-Operation durchgeführt, und manchmal ging es sogar so weit wie bei Manninen aus Jutilas Team. Der war sich am Ende sicher gewesen, die Toten leiteten ihm mit irgendeiner jenseitigen Methode eine langsam tötende Cäsiumlösung in den Kreislauf.

»Ja?« Piipponen fuhr zusammen, und Harjunpää sah im Spiegel, wie der Kollege die Augen aufriss und geradezu gierig nach Luft schnappte. Sein Gesichtsausdruck blieb jedoch perplex, er sah aus, als hätte er aus irgendwelchen trüben Sphären wieder in die Wirklichkeit zurückgefunden. Das dauerte freilich nur eine kleine Weile. Dann brach er auch schon mit einer ausholenden Handbewegung das nicht vorhandene Telefonat ab, und als er sich umdrehte, hatte er schon wieder dieselbe vor Energie strotzende Dienstmaske übergestreift.

»Mensch, was die… was die einen warten lassen«, schnaufte er, und sein Mund schmatzte, als hätte er Durst. Rasch wich er Harjunpääs Blick aus und musterte erstaunt das Handy, als hätte es einen überirdischen, alles erklärenden Defekt. »Da hängt man dann in der verdammten Warteschleife.«

»Du bist also nicht zum Totengräber vorgedrungen?«

»Zum Totengräber?«

»Zum Bestattungsinstitut. Wir wissen also immer noch nicht, wie lange das hier noch geht?«

»Ach, zum Totengräber«, sagte Piipponen gedehnt, wobei sich seine Augen umblickten, als suchte er etwas, und das tat er wahrscheinlich auch, aber nicht im Flur. »Bei denen dauert es noch, du. Die haben drei Kunden am Stück und sind gerade auf dem Weg nach Kirkkonummi. Danach fahren sie zur Leichenhalle und kommen erst anschließend her.«

»Nach Kirkkonummi?«, hakte Harjunpää ein. »Zu welcher Adresse?«

»Na, das hab ich nicht... oder doch, er hat was gesagt, Ortsteil Lindal oder so. Was ist damit?«

Harjunpää schloss die Augen. Oder blinzelte nur, aber sehr langsam, und sogleich ließ der Schreck nach, falls es denn nun einer gewesen war, ein Zucken für den Bruchteil einer Sekunde. Denn er wusste ja, dass bei ihm daheim in Kirkkonummi alles in Ordnung war. Er hatte am Morgen mit Elisa telefoniert, und er konnte sich auch noch gut an das erinnern, was die Ärzte nach der Operation gesagt hatten, dass kein Grund zur Sorge bestehe, was Elisas Herz betraf. Aber vielleicht hatte die Sorge selbst das nicht gehört und hielt sich darum so hartnäckig wie ein Virus.

»Also, was war mit der Adresse?«

»Nichts, schon gut«, sagte Harjunpää. »Aber wir können nicht so lange warten. Und die Eltern auch nicht so lange warten lassen. Außerdem müssen wir noch den Vergewaltiger vernehmen.«

»Aber was können wir hier schon tun?«

»Wir müssen was machen. Wir nehmen es selbst mit. Und zwar sofort.«

»Timo, he...« Piipponens Beine kamen in Bewegung. »Das Gesetz sagt, ein Toter muss respektvoll und mit Würde und so weiter behandelt werden.«

»Wie transportiert der Totengräber tote Babys ab?«

»Du, ich hab in fünfzehn Jahren noch nicht so einen...«

»Die legen ein zwei Monate altes Baby doch nicht auf eine Bahre. Die haben einen Korb dafür.«

»Wir haben keinen«, sagte Piipponen schnell, aber in seinen Mundwinkeln blieb ein kleiner Zweifel zurück, und wie um sich zu versichern, fügte er hinzu: »Vergiss es.«

»Geh zum Wagen, Piipponen«, sagte Harjunpää langsam,

im Takt seiner Gedanken. »Hinten sind die Körbe mit den Beuteln und Bechern für die Präparatentnahme drin. Kipp einen davon aus und bring ihn her!«

»Willst du damit sagen, dass…?«

»Aber nicht den roten. Den schwarzen. Oder den weißen. Das ist besser.«

»Sieht das nicht nach Einkaufskorb aus?«

»Hol ihn einfach.«

»Dann soll es wohl so sein«, sagte Piipponen matt und trödelte ein bisschen bei der Suche nach der Türklinke. Erst da erinnerte sich Harjunpää und blickte auf.

»Was hat er über dich gesagt?«

»Wer?«

»Der Vater. Dieser Niko. Als wir kamen.«

Piipponen leckte sich über die Lippen, bevor er antwortete: »Er hat gesagt, ›du Todesengel‹. Und er hat es zu dir gesagt. Im vollen Ernst. Hat dabei Augen gemacht wie Kaffeetassen.«

»Was hat er damit bloß…«

»Scheiß drauf!«, meinte Piipponen, und zwar so flink, als wollte er sich von der ganzen Angelegenheit lossagen. »Die Behörde spart eine Menge Holz, wenn sie für den Transport nicht extra zahlen muss! Mach mir die Tür auf, wenn ich klopfe! Ich will nicht klingeln, weil die Nachbarn jetzt schon durch die Briefschlitze linsen.«

Seine Schritte entfernten sich in Richtung Treppe. In unmittelbarer Nähe schepperte eine Briefklappe oder eine Tür, und man hörte aufgeregtes Tuscheln. Die Neugier machte die Leute kribbelig, wenn Harjunpää oder seine Kollegen mit ihren Taschen in eine Nachbarwohnung kamen, aber wenn sie bei denselben Leuten vor der Tür standen, wurde geweint.

»Todesengel.« Harjunpää kostete das Wort, aber es gab

nichts her und ließ sich auch mit nichts in Verbindung bringen, dennoch irritierte es ihn, ein bisschen so, wie wenn man glaubt, einen leeren Raum zu betreten, dann aber in eine Versammlung von zig Menschen platzt, die einen anstarren. Die Tätowierung an Nikos Schulter – waren das Flügel? Hatte der Mann eine Art Schock, den Harjunpää nicht erkannte?

Geräuschlos ging Harjunpää auf das Bett und das traurige Bündel zu. Veeras Weinen glich einem Tunnel, durch den er voranging, einem Tunnel der Not und der Verzweiflung, der Schritt für Schritt enger wurde. Er wischte sich übers Gesicht, wie um nicht vorhandene Spinnweben zu beseitigen. Niko stand nach wie vor auf der Schwelle, inzwischen aber halb in der Küche, halb im Zimmer, in keinem von beiden Räumen ganz, als könne er sich nicht entscheiden, ob es leichter war, den Schmerz seiner Lebensgefährtin oder den kleinen Toten und Harjunpääs Anwesenheit zu ertragen.

Er landete bei Harjunpää, aber ganz so leicht ging das nicht vonstatten. Er machte einen zögernden Schritt, führte die Hände vor die Brust und ließ sie einander betasten, als wären sie zwei Tiere, die Bekanntschaft schließen. Hände, die schwer gearbeitet und Schrammen abbekommen hatten. Seine Augen waren noch immer misstrauisch, aber in seinem Gesichtsausdruck lag bereits ein Schimmer von Fügsamkeit, und er atmete so schwer, dass man glauben konnte, er würde jeden Moment hyperventilieren.

»Warum bringst du den Jungen nicht weg von hier?«, stieß er aus und fuhr sich energisch durchs Haar, wobei die Strähnen wie Flammen zwischen seinen Fingern zuckten.

»Die Überführung wird jeden Moment stattfinden. Wir haben sofort mit dem…«

»Wir haben sofort mit dem«, versuchte Niko, ihn nachzuäffen, und dabei war seine Stimme rau, als hätte sie sich irgendwo aufgerieben, bevor sie die Lippen erreichte. »Warum nimmst du den Jungen nicht mit? Wo du doch… wo du doch all die anderen auch mitgenommen hast!«

»Es wird keine zehn Minuten mehr dauern. Auf dem Blatt, das hier liegt, sind die durchzuführenden Maßnahmen, die ich erwähnt habe, aufgeführt.«

»Und dann kommst du wieder?«

»Ich glaube und hoffe, dass es dafür keinen Grund geben wird.«

»Du glaubst? Der Todesengel glaubt!«, rief Niko aus und versuchte, seine Worte mit einem Lachen zu unterlegen, aber sie waren schwer und bitter. Ein Lachen mochte allerdings tatsächlich nahe liegen, ein Menschenlachen, das sämtliche Sperren fallen ließ, ein Lachen, vor dem alle Polizisten zurückschreckten. Harjunpää schwieg. Das war am klugsten. Niko trat näher an ihn heran und rieb die Fäuste so fest aneinander, dass ein Geräusch entstand.

»Darf ich noch eine Sache erklären?«, fragte Harjunpää, als ob einer von beiden nun etwas sagen müsste. Etwas in ihm war wachsam geworden, und er richtete sich auf, achtete jedoch wohlweislich darauf, nichts zu signalisieren, was auf Bedrohung oder Zurückweichen schließen ließ. »Wie gesagt, die Gründe für den plötzlichen Kindstod sind nicht eindeutig bekannt«, fing er beinahe einschläfernd an. »Man vermutet Störungen im Immunsystem oder im Stoffwechsel. Oder es ist einfach so, dass der Organismus des Säuglings noch nicht fertig ausgebildet ist. Sie und Ihre Freundin, Sie haben das Kind richtig hingelegt, in die Rücken-Seitenlage. Sie haben…«

»Ja, wir. Wir geben uns Mühe! Aber dann kommst du – der Todesengel!«

»Herr Hautala«, sagte Harjunpää nun bereits mit Nachdruck und einem Ton, in dem man Befehle erteilt. Erst jetzt begriff er allmählich, dass es um Niko viel schlechter stand, als er oder sonst wer bislang bemerkt hatte, denn alle Aufmerksamkeit hatte sich automatisch auf Veera gerichtet.

»Erinnerst du dich nicht?«, fragte Niko, als hätte er überhaupt nicht gehört, was Harjunpää gesagt hatte. Einerseits lag echte Unsicherheit in seiner Stimme und vielleicht auch Respekt, aber in Harjunpää blitzte trotzdem die Befürchtung auf, die Situation könnte außer Kontrolle geraten. Im selben Moment fing Niko an zu zittern, wie bei einem Anfall, er riss die eine Faust hoch, schwankte wie kurz vor einem Angriff, und Harjunpää duckte sich, aber dann fuhr Niko herum, griff nach dem Rand der Tür und ließ die Rechte vorschnellen. Die Bewegung war bloß ein Strich. Man hörte einen seltsamen krachenden Aufprall, und die Tür vibrierte wie ein weit geworfener Speer. Eine Furnierlamelle löste sich, und man sah die Füllung aus Pappfasern.

Niko schnaubte mit vorgeschobener Unterlippe, wie nach einem Schluck Alkohol, mehrmals hintereinander, dann hielt er sich erstaunt die Faust vors Gesicht. Auch Harjunpää sah es: Über drei Knöcheln war die Haut aufgerissen, die Streifen leuchteten weiß wie Späne. Kein Tropfen Blut sickerte hervor.

»Verdammt…«

»Vielleicht halten Sie die Hand unter fließendes Wasser. Unter kaltes«, sagte Harjunpää, als würde er weiterhin über den plötzlichen Kindstod sprechen. Niko blickte auf, und sein Gesichtsausdruck war nun wesentlich ruhiger. Eine der Psychologinnen eilte herbei – diejenige, die trotz ihrer Jeans wie eine Frau im Kostüm aussah – und schaute beide Männer an, hob die Hände wie zur Abwehr und zog sich wieder in die

Küche zurück. Dort weinte Veera um ihren Max. Von Piipponen im Flur war nichts zu hören.

»Du erinnerst dich tatsächlich nicht?«, fragte Niko, nachdem sie eine Weile dagestanden hatten, ohne sich anzusehen. Vielleicht war es auch mehr eine Feststellung als eine Frage, denn seine Stimme klang jetzt anders, etwas schlaff, wie bei einem Betrunkenen, der müde wird. »Oder willst du mich nur verarschen? Vor zwei Jahren…?«

»Ich will niemanden verarschen. Und es tut mir leid. Aber ich kann mich wirklich nicht erinnern«, sagte Harjunpää ernst, ohne sich verstellen zu müssen. Innerlich wendete er erneut den Namen Niko hin und her, auch den Nachnamen Hautala, er dachte über die Adresse nach, Vuolukiventie 12, und über die gesamte Wohnblocksiedlung Pihlajamäki. Natürlich hatte er hier Einsätze gehabt, ein Dutzend Mal, oder zwei oder drei Mal so oft, und er versuchte, sich an alle Männer mit rotem Bart zu erinnern, doch es gab nur einen, und den hatte man stark aufgequollen aus dem Meer gezogen.

»Zuerst hast du meine Mutter geholt«, sagte Niko leise, als kommentierte er etwas, das er gerade sah. »Riitta Hautala hieß sie. Riitta Margareta Hautala. Da hab ich noch daheim gewohnt. Das war in Vuosaari. In der Punakiventie. Und du bist zu mir auf die Arbeit gekommen und hast es mir gesagt. In Lönns Reifenhandlung bist du gekommen, durch die Tür, einfach so, wie jetzt auch.«

»So«, gab Harjunpää leise von sich, denn er konnte nicht einfach stumm bleiben. Nikos Hinweise halfen ihm nicht. Er hatte so etwas bestimmt schon tausend Mal getan, er begegnete jedes Jahr Hunderten von Menschen, lebenden wie toten. Und auch wenn alle Fälle für die jeweiligen Angehörigen noch so aufwühlend waren, so blieben den Leuten vom

Dezernat für Gewaltverbrechen nur diejenigen im Gedächtnis, die etwas Außergewöhnliches an sich hatten – und auch die nur für wenige Tage.

»Fünf Monate hat's danach gedauert«, fuhr Niko fort, was insofern erleichternd war, als man nicht mehr allein Veeras Schluchzen hörte. »Wir hatten die Beerdigung hinter uns und das Nachlassverzeichnis gemacht und so weiter. Mein Vater und ich. Auch ein bisschen die Wohnung renoviert. Dann hast du wieder angerufen. Wegen der Obduktion. Und alles kam noch einmal hoch, und mein Vater fing wieder an zu saufen.«

»Das ist normal. Wenn die Todesursache untersucht wird, gehört es zu den Aufgaben der Polizei…«

»Aber nicht einmal das hat dir gereicht!«, schnaubte Niko, und wieder flackerte es vehement in seinen Augen. »Es verging nicht mal ein Jahr! Veera und ich haben schon zusammengewohnt. In dem beschissenen Loch in der Jakomäentie. Da hat es eines Abends an der Tür geläutet und… und… und du hast wieder davor gestanden. Schon damals hab ich gedacht, das ist wieder der Todesengel… Und klar. Diesmal war es mein Vater, den du geholt hast. Simo Antero Hautala. Kommt dir das bekannt vor?«

»Tut mir leid…«

»Er war im Suff hingefallen, hatte es aber noch bis nach Hause geschafft. Und war dort gestorben. Der Nachbar hat sich beschwert, wegen dem Gestank… Ich hab ihn begraben. Und dann hast du wieder geklingelt, diesmal war es ein Schädelbruch.«

Harjunpää schwieg. Er starrte auf die Erhebung unter der Bettdecke. Sein Verstand sagte ihm, dass alles bloß Zufall war, eine eigensinnige statistische Abweichung; darauf berief man sich immer, damit wusch man seine Hände in Unschuld. Bei den Todesfällen Hautala hätten ebenso gut Piipponen oder Onerva als Überbringer der Todesnachricht im Einsatz sein können, oder jedes Mal ein anderer Kollege. Aber es war sinnlos, das zu sagen. Es wäre zu jedem Zeitpunkt sinnlos gewesen, und erst recht jetzt, da er zum dritten Mal in der gleichen Angelegenheit vor demselben Mann stand – und da es diesmal um dessen zehn Wochen altes Baby ging.

Vielleicht stellte er auch selbst schon leichte Zweifel an. Jedenfalls kam ihm für einen Moment alles sehr unwirklich vor – auch das Baby im Bett –, und er war überraschenderweise voller Trauer, ohne recht zu wissen, warum. Wie nasser Lodenstoff lastete sie auf ihm. Dann überkam ihn ein Gefühl, das er in jungen Jahren oft gehabt hatte: dass es eine Erleichterung wäre, einfach wegzugehen und langsam durch einen feuchten, moorigen Wald zu stiefeln und den Duft einzuatmen.

»Und jetzt«, fing Niko wieder an, fand aber die Fortsetzung nicht. Sein Unterkiefer bewegte sich etwas zur Seite, und ein leichtes Zittern erfasste den ganzen Körper. Harjunpää seufzte tief. Am liebsten hätte er Niko die Hand auf die Schulter gelegt, etwas getan, wenigstens eine der Gesten eingesetzt, mit denen er Angehörigen sein Mitgefühl signalisierte, aber diesmal war das einfach nicht möglich. Nichts war mehr möglich. Wenn man auf das Bündel unter der Decke schaute, musste man allerdings ebenso sagen: Es war auch nichts unmöglich.

»... jetzt hast du Todesengel mir mein erstes Kind weggenommen. Meinen Sohn.«

Harjunpää sagte zunächst nichts. Er hatte nicht gleich die Worte parat.

»Mir tun all Ihre Verluste wirklich sehr leid«, sagte er

schließlich, wie von fern, wobei er Niko schlichtweg nicht in die Augen schauen konnte, obwohl er es versuchte, weshalb er sich damit begnügte, auf den Fußboden zu starren, auf die Stelle, wo der Schnuller gelegen hatte. Er hoffte, die Notfallseelsorger würden ihre Aufgabe in den Griff bekommen, was Niko betraf, und gleichzeitig schwelte in ihm bereits der Gedanke, diesen Fall unbedingt abgeben zu müssen.

»Aber weißt du, was?« Niko blickte auf, und nun war sein Gesicht voller nasser Streifen, und in seinem Bart glänzte es wie von Kristallen. »Veera wirst du mir nicht wegnehmen. Ich passe auf sie auf.«

»Ich glaube Ihnen, dass sie… dass sie gut beschützt wird.«

»Und der Todesengel muss auch irgendwann sterben«, schluchzte Niko und sog die Luft ein.

Harjunpää gab nur ein farbloses »Ja« von sich.

Er war nicht fähig, Nikos Feststellung als Drohung zu begreifen, denn das war sie nicht. Es war die brüchige Hoffnung eines durch und durch niedergeschlagenen Mannes angesichts einer unüberwindlichen Übermacht.

Im Flur hörte man Piipponen mit dem Autoschlüssel gegen die Tür klopfen.

»Tschuldige, dass es ein bisschen gedauert hat«, meinte er und kam sogleich wieder so sehr in Fahrt, dass es schwer war, mitzuhalten. Trotzdem pfuschte er nie, sondern erledigte alle seine Aufgaben: zack, zack, und die Sache war erledigt. »Auf der Seite stand ›Diverses‹, das wollte ich nicht lassen, darum hab ich ein bisschen Tape drübergeklebt. Alles okay?«

»Na ja. Es hat sich herausgestellt, dass ich schon mal bei ihm gewesen bin, um ihm Todesfälle mitzuteilen«, sagte Harjunpää und wusste, auch ohne hinzusehen, dass bei Piipponen noch nicht alles wieder im Lot war. Er untersuchte grimmig den Korb, den er mitgebracht hatte, und konnte dadurch sein Gesicht verbergen, aber Harjunpää hatte es bereits bemerkt: Piipponens Augen waren zwar nicht ganz und gar rot, aber gerieben hatte er sie doch. »Wer dumm ist, merkt nix, wer klug ist, sagt nix«, dachte man bei der Mordkommission über private Dinge, und das lernten auch die Neuen erstaunlich schnell.

»Du, hör mal«, sagte Piipponen und zupfte Harjunpää am Ärmel, was ebenfalls selten vorkam. »Der Fall hier – der erinnert mich an was.«

»Ja?« Harjunpää hielt inne. In Piipponens Tonfall lag etwas, das er nicht kannte, etwas Trübes, und wie immer, wenn Piipponen zögerte, leckte er sich über die Lippen.

»Das muss aber unter uns bleiben.«

»Sicher«, sagte Harjunpää und sah seinem Kollegen in die Augen. »Sobald wir die Tür hinter uns schließen, ist es vergessen.«

»Ich war acht oder so. Ich hatte lauter Brüder, das weißt du ja. Und meine Mama war vor Glück aus dem Häuschen, als sie ein Mädchen bekam. Ein Nesthäkchen. Ihre Prinzessin. Und dann…«

Im Treppenhaus fing ein Hund zu bellen an. Vergebens wurde ihm befohlen, still zu sein. Vielleicht mochte er den Hall.

»Zwei Wochen nach der Taufe erwischte die kleine Krabbe der plötzliche Kindstod. Klar haben wir Jungs ein bisschen geflennt, auch wenn es für uns nicht so schlimm war. Aber Mama. Die heulte genauso wie Veera hier. Und zwar wochenlang.«

»Ja.«

»Und das war hart für uns. Sie versuchte sogar, sich…

also… sie wurde nie mehr wie vorher. Sie wurde langsam. Tschuldige, aber das kam jetzt einfach so…«

»Es bleibt unter uns«, sagte Harjunpää. In seinem Nacken meldeten sich bereits erste Anzeichen von Migräne, und irgendwo blitzte ein Licht auf. »Das kommt immer wieder vor. Würdest du das Kleine vielleicht wegbringen? Ich möchte es lieber nicht, wegen Niko.«

»Könntest du nicht trotzdem? Weil es bei mir sonst wieder losgeht.«

»Na gut, dann nimm du die Tasche und die anderen Sachen. Und die Papiere. Und geh in die Küche, sag Ihnen, dass wir Max mitnehmen. So, wie der Bestattungsunternehmer es tun würde. Und wenn sie gucken wollen, dann lass sie kommen. Obwohl es besser wäre, wenn nicht.«

»Mach ich.«

Harjunpää trat ans Bett. Es raschelte, als Piipponen die Papiere einsammelte: die Epikrise des Notarztes, die Akte der Mütterberatung, ein Blatt mit den Verlaufskurven von Größe und Gewicht – alles war da, Harjunpää hatte es durchgesehen. Er wartete noch, bis Piipponen die Türschwelle erreicht hatte. In der Küche wurde es still. Piipponens Stimme klang wie eine sichere, klare Polizistenstimme.

Harjunpääs Gesicht war ausdruckslos. Nur sein Blick bewegte sich, konzentriert, wie entlang einer geometrischen Linie. Er stellte den Korb aufs Bett und schlug die Decke zurück. Die Sanitäter hatten Max bei den Wiederbelebungsversuchen ausgezogen.

Man konnte nicht denken, dass man eine Leiche vor sich hatte. Das Kind war so unfassbar klein, vom Leben und der Wärme verlassen, wächsern wie eine Puppe. Die winzigen Hände zu Fäusten geballt. Die Augen geschlossen.

Harjunpää legte die Decke in den Korb und achtete darauf, dass die Ränder breit genug zum Zudecken waren. Dann schob er eine Hand unter den Rücken des Kindes und stützte mit der anderen den Nacken, intuitiv, so wie er es bei seinen eigenen Kindern getan hatte. Auch wenn es bei Max nicht mehr nötig war. Die Totenstarre hatte den schmalen Nacken bereits versteift.

»Ach, das war ein schlimmes Ding, wie es Max und Moritz ging.« Der Vers kam Harjunpää in den Sinn, ohne dass er eigentlich daran dachte, es war ein Satz aus dem ersten Buch, das er ganz gelesen hatte. Er legte den Puppenkörper in den Korb. Er passte gut hinein. Die Unzumutbarkeit bestand darin, dass hier ein Versprechen existierte, das schon alles enthielt – und dann widerrufen wurde. Ohne Erklärung.

Solche Widerrufungen geschahen jeden Tag. Zu Tausenden, zu Hunderttausenden. Aber jene Kinder starben in Lagern oder Lehmhütten oder Slums, irgendwo, nicht bei uns, und darum besaßen sie nicht so eine große Bedeutung für die Wirklichkeit der Medien wie andere Fragen: ob der Wendekreis des neuen i8 zu groß war, und ob es die oder die Sportlerin wohl schaffte, vor der Meisterschaft ihren Winterspeck loszuwerden. »Rickeracke, rickeracke, geht die Mühle mit Geknacke. Hier kann man sie noch erblicken, feingeschroten und in Stücken.« Harjunpää legte die Ränder der Decke so übereinander, dass nichts hinausschaute.

Er richtete sich auf, nahm den Korb am Henkel und nickte Piipponen zu: Gehen wir. Laut sagte er »Wiedersehen«, schlicht aber hörbar, damit alle Bescheid wussten, und ging in den Flur. »Doch sogleich verzehret sie Meister Müllers Federvieh.« Piipponens Schuhe knarrten hinter ihm.

»Niko«, sagte Veera bereits ein ganzes Stück weit weg in

der Küche, aber Harjunpää konnte es noch gut verstehen. Sie war wie aufgewacht, und vielleicht war das jetzt ihre normale Stimme. »Leg du das Baby schlafen. Aber lass es zuerst ein Bäuerchen machen.«

2

Die eiserne Zelle

»Hat er gerufen?«, erschrak die Kleine und bedeckte ihre Brüste, die niedlich waren wie weiße Kugeln – und im selben Moment erwischte ihn der Morgen. Wie ein Köder: abrupt und mit sämtlichen Haken und Widerhaken, und er Unglücklicher schluckte ihn auch noch bis in die Seele hinab, bis in den Raum mit den blauen Wänden, wo auf den Türgriffen goldene Kanarienvögel französisch sangen.

Außer, dass er keine Seele hatte. Er war ein böser, nutzloser Mensch.

In seinem Leben gab es nichts Schönes und Gutes, geschweige denn Wahres, sondern nur gemeine Lügen. Darum hätte man ihn getrost töten können – niemand würde über so ein Stück Dreck trauern, nicht mal die Hunde würden es fressen. Auf dem Grund des Traums schwankte noch etwas hin und her, etwas wie grüner Samt, aber es war zwecklos, danach zu greifen, das wusste er: Es rutschte einem jedes Mal aus der Hand wie das Haar einer fliehenden Meerjungfrau.

Ihm war unerträglich heiß. Aber der Admiral hatte noch nicht gerufen.

Der Admiral reckte erst den Hals beim Aufwachen, rieb

ihn, machte ihn bereit für all die Flüche und Boshaftigkeiten, aber das Röcheln, auf das er gehofft hatte, war nicht zu hören, natürlich nicht; jenes erstickte Röcheln, wenn das Leben weicht und die Zunge in der Kehle steckt.

Er sog die Luft ein, als hätte er sie gestohlen, und wusste bereits: An diesem Morgen war er wieder das Lehmmännchen. Er hatte dieses Ich. Er hatte es immer, wenn er zu Hause aufwachte, und er hasste es. Am liebsten hätte er es vor den Schnellzug gestoßen oder vom Balkon hinab, aber es war so fest mit ihm verbunden wie der Darm mit dem Magen, weshalb dabei auch die anderen beiden draufgehen würden, auch das dritte Ich, das er noch nicht kannte, aber bereits ahnte wie eine unangenehme Krankheit: das Ich mit dem Schleier vorm Gesicht.

Ihm war heiß, als schwitzte er anstelle eines anderen und sonderte fremden Schweiß ab. Und auch wenn er die Augen nach wie vor geschlossen hielt, glich er einem Wolf, der mit der Schnauze auf den Pfoten nur so tat, als ob er schlief. Unsichtbare Fühler gingen von ihm aus, verzweigten sich in alle Richtungen und nahmen alles wahr und gaben die Information weiter wie E-Mails. Darum war er sich immer schnell darüber im Klaren, was los war, was für eine Stimmung herrschte, und vor allem: Ob da jemand im Begriff war, zu explodieren, oder ob er noch ein bisschen durchatmen und in der Kaffeetasse rühren wollte.

»Pfui Teufel«, erschauerte er innerlich, denn jetzt war er bereits vollständig wach, glasklar, und schon war er sich auch bewusst, warum es im Bett so unbequem eng und sein Arm eingeklemmt war.

Sein ganzer Körper lag zwischen etwas Schwabbeligem – in der Umarmung eines fetten Menschen, und dieser fette

Mensch lag neben ihm in seinem Bett. Und sein Handgelenk wurde von klebrigen, schlafenden Fingern umklammert, während seine eigenen Finger – pfui Teufel – die nackte Brust einer Frau berührten; eine, die schon vor Urzeiten Kinder gestillt hatte, ein deprimierter Windbeutel, bei dem kein Push-up der Welt mehr helfen konnte.

Er hatte gerade noch begreifen können: jetzt passiert es – da hatte auch schon der Kotflügel gescheppert. Ein Marder war es gewesen, der aus dem Rosengestrüpp auf die Straße geschossen war. Aber er war nicht tot gewesen, nur verletzt, und hatte wie wahnsinnig versucht, sich in den Schwanz zu beißen. Mit dem Wagenheber hatte er dem Tier auf den Kopf geschlagen: bumm, bumm, bumm. Erst beim dritten Hieb war das Gehirn gespritzt, bis aufs Blech des Kotflügels, wo es dann herablief. Da hatte er es gespürt: Es war, als wäre ihm nicht nur sein Mittagessen hochgekommen, sondern der ganze Magen mit allen Membranen und Gängen, aber er hatte es ein ums andere Mal hinterschlucken können. Erst viele Kilometer weiter hatte er nachgegeben. Und was dort aus seinem Mund herausgekommen war, hatte genau so ausgesehen wie das Gehirn des Marders.

Jetzt hatte er das gleiche Gefühl.

Die Mutter neben ihm schlummerte noch.

Sie hatte sich wieder hereingezwängt, irgendwann, als das Somnosan noch gewirkt hatte, und da schnarchte sie vor sich hin, obwohl er ihr schon tausend Mal gesagt hatte, nein, du kommst nicht, du bleibst in deinem eigenen Bett.

Er biss seinen Atem entzwei und schluckte. Er schluckte mehrmals, und es gelang ihm, das Mardergehirn im Magen zu behalten, und dabei zog er bereits langsam und mit Bedacht die Hand weg, Millimeter für Millimeter, als bestünde sie aus dem schmelzenden Metallfleisch des Terminators. Schließlich löste sie sich so unmerklich wie Wärme von der Haut der Mutter.

»Junge!«, krächzte es am Ende des Gangs, links, in Opas Zimmer. Oder im Zimmer des Admirals, denn neuerdings war er der Admiral, Herr Admiral. Das durfte man nicht vergessen, Gott bewahre, das durfte man nicht vergessen. Man hörte ihn ächzen und sich abmühen, er knickte wieder das Darmrohr und drückte in die Hose, und er, der Junge, würde es wegmachen müssen. Absichtlich tat der Alte das. Um zu zeigen, wie viel der Junge wert war. Das Lehmmännchen.

»Junge. Ich hab gerufen!«

Er saß bereits, und seine Beine waren voller Unruhe, denn Opa bekam ihn allein mit seiner Stimme in den Griff, versetzte ihm einen Hochspannungsstoß ins innere Stromnetz. Er wusste nicht mehr genau, woher das kam, von etwas, das schon immer da gewesen war und noch immer existierte, wie die Narbe einer Wunde, die ein Leben lang erhalten blieb. Er achtete darauf, seine Mutter nicht zu wecken, stand lautlos auf, wie es nur einer konnte, der durchtrainiert war und seinen Körper beherrschte.

»Orvo«, sagte die Mutter, und die Decke raschelte, und eine Hand packte seinen Hosenbund. Die Mutter sprach seinen Namen aus, wie es sonst niemand konnte: als Klage und Anklage zugleich, vor allem als Anklage. Und trotz aller Hast kam ihm wieder einmal in den Sinn, warum sie ihm ausgerechnet diesen seltenen Namen gegeben hatten. Seinen Vater hätte er vielleicht danach fragen können, aber der war tot. Er hatte ihn nicht einmal zu Gesicht bekommen.

»Junge!«

»Orvo…«

»Mama. Opa ruft schon«, stöhnte er und zog sich das Schlafanzugoberteil über, aber es hängte fest, ein Ärmel war verknotet, verdammt. Opa konnte halb angezogene Menschen nicht ertragen, das war »hundsföttisch«, ein Mangel an Respekt.

»Lass mich los, Mama. Es ist nicht gut, wenn Opa böse wird.«

»Der Admiral«, berichtigte die Mutter ihn, und es klang, als hätte sie vor ihrem Vater ebenso viel Angst wie er.

»Genau, der Admiral. Aber jetzt lass mich los, Mama«, sagte er beschwörend. »Und außerdem mag ich es nicht… ich mag es nicht, dass…«

»Was magst du nicht?«, fragte die Mutter und seufzte, so wie sie immer seufzte, wenn sie gebrochen den Blick senkte. »Was magst du nicht, Orvo? Magst du… magst du deine Mama nicht mehr?«

»Doch. Doch, doch, aber ich… es ist nicht so angenehm, wenn du in mein Bett kommst.«

»Junge!«, wurde wieder gekrächzt. »Hierher, Junge!«

»Aber meine Güte, wir sind doch Mutter und Sohn.«

»Ich hab dich gerufen! Hierher, zum Teufel!«

»Genau deswegen, Mama. Das ist nicht… ich werde immerhin dreißig.«

»Aber ich hatte so fürchterliche Albträume«, jammerte die Mutter mit dem bebenden Tonfall, der bereits die Tränen ankündigte. »Und dann muss ich einfach zu dir kommen. Ich hab doch sonst keine Zuflucht im Leben, Orvo. Deine Mama würde es nicht ertragen, wenn du…«

Er murmelte etwas und löste die Finger von seinem Hosenbund, sie sahen plötzlich aus wie Neunaugen, die etwas Gutes zu fressen gefunden hatten, einen guten toten Körper.

Aber eine Miniaturstimme, die er seit Jahren kannte, fing sogleich an, ihm ins Ohr zu flüstern: »Liebe sie! Sei gut zu ihr! Du musst!« Die Stimme hatte etwas Magisches, Unwiderstehliches an sich, einen Klang, wie wenn der Papst einen Segen sprach. Aber da keilte sich auch schon eine andere Stimme dazwischen, rauer, wie durch einen Sturz auf den Asphalt aufgeschürft, und schrie: »Stirb, du Schlampe! Fahr zur Hölle und stirb!«

»Hallo! Achtung! Bedienung!«

»Ich muss gehen«, knurrte Orvo, sich selbst fremd und so, dass ihm die Worte in den Ohren wehtaten. Dann hörte man nur noch, wie seine Fußballen über den Gang tappten, während weiterhin die Stimme aus dem Gestank heraus krakeelte: »Verflucht. Ist der Dienstbursche jetzt schon zu faul, um seine Ohren mit sich herumzutragen?«

Die Gestalten mit den Kapuzenköpfen und den Frostaugen zeigten sich zur Abwechslung einmal nicht.

Der Gestank klebte bereits wie eine Folie auf seinem Gesicht, er drang in die Nase und in die Kiemen, und so unnatürlich es auch schien: Es war leichter, durch den Mund zu atmen. Man durfte es bloß nicht denken. Wie auch das andere nicht, das ihm trotzdem durch den Kopf ging. Oder das er wie ein Bild vor sich sah: die Spur an der Wand. Sie befand sich in Opas Zimmer neben der Tür in Kopfhöhe, dort fehlte auf zwei Handbreit der Putz. In der Mitte klaffte ein Loch wie eine offene Wunde, der Backstein lag frei, und das sah nach faulendem Fleisch aus.

Der Alte hatte abgedrückt. Geschossen mit seiner Neunmillimeter, vor knapp drei Wochen. »Mit der SIG des Korvettenkapitäns«, wie er selbst sagte. Angeblich war die Waffe ein Schweizer Fabrikat und die Königin der Pistolen, sorgfältiger hergestellt als jede andere. Der Krater in der Wand durfte nicht ausgebessert werden, »damit man ihn nicht vergisst«. Die Nachbarn hatten nichts gehört, denn das Haus war schon sehr alt und hatte Wände wie die Burg in Turku.

Zwei Tage lang hatte der Geruch des Schusses in der Luft gelegen.

Er blieb in sicherer Entfernung vor der Tür stehen, obwohl es gar keine sichere Entfernung gab. Er redete es sich nur ein, notgedrungen. Über seiner Oberlippe hatten sich Schweißtropfen gebildet, und er leckte sie ab. Opas Atem ging schwer, als würde man ein Bündel Schnur über den Boden ziehen, aber es fehlte ihm nichts – das Scheißen und das Rufen hatten ihn bloß außer Atem gebracht. Er hatte »Junge« und »Bedienung« gerufen, aber noch nicht »Fräulein«, hatte also seinen Skorpionstachel noch nicht aufblitzen lassen.

»Bedienung, Tempo, verdammt«, kam es durch den Türspalt, und inzwischen war Orvo bereits so nah herangekommen, dass er Opas Atem fast riechen konnte, den fauligen Mund des alten Mannes. Im Nu kam es ihm wieder vor, als bestünde er komplett aus Lehm. Hastig strich er sich durchs Haar und übers Kinn. Es war stoppelig, aber vielleicht würde der Alte es nicht merken. Er strich die Falten seines Schlafanzuges glatt, dabei fiel sein Blick auf seine bloßen Füße. Mist, er hatte die Pantoffeln vergessen, und wenn etwas »hundsföttisch« war, dann das, aber jetzt konnte er sie nicht mehr holen. Er zog die Hose ein Stück nach unten, sodass die Zehen verschwanden.

Dann holte er tief Luft und schloss die Augen, aber das war schlecht. Sofort hatte er das Gefühl, innerlich zu schwanken, weshalb er rasch all seine Konzentration auf einen Arm richten musste. Der Arm hob und streckte sich, und Orvo klopfte an.

Er wartete, denn ohne einen Laut des Admirals durfte das Zimmer nicht betreten werden.

Wieder plagte ihn die alte Frage: Warum nimmst du ihm nicht einfach die Waffe ab, dem bald achtzigjährigen alten Knacker? Aber das war es ja gerade. Er war kein alter Knacker, sondern der Opa, der Admiral. So etwas wie die größte goldene Zwiebel auf dem Hauptturm der Uspenski-Kathedrale, die alle anderen überragte. Und das hatte nicht nur mit der SIG zu tun, sondern es war eine Wahrheit, mit der Orvo aufgewachsen war wie mit dem Wissen, dass man unter Wasser nicht atmen konnte. Außerdem wäre es gegen den Willen des Admirals gewesen, ihm die Waffe wegzunehmen, und das konnte nicht sein, das wäre beinahe so, als würde ein Erzbischof den lieben Gott mit der Panzerfaust unter Beschuss nehmen.

»Bedienung in die Kajüte!«, befahl der Admiral, mit einer Stimme wie rollender Kies, und Orvo stieß die Tür auf und trat über die Schwelle und nahm so gut Haltung an, wie es einer, der nur zwei Wochen bei der Armee gewesen war, eben konnte. Bei der Armee hatte es zu viele Admiräle gegeben, und diejenigen, die keine gewesen waren, hatten welche werden wollen. Auch deshalb verachtete ihn der Admiral, und das spürte er jetzt wieder, es wirkte ebenso erstickend wie der Gestank. Er wagte es noch nicht, den Admiral anzuschauen, aber er spürte, dass dieser ihn anstarrte, und dieses Starren kam ihm wie ein Speer vor, der ihm durch die Brust gerammt wurde und ihn an die Wand heftete. Plötzlich kamen ihm seine Zehen wie lose Holzstücke vor.

»Bedienung zur Stelle, Herr Admiral!«, rief er, aber er sah

immer noch nicht hin, denn er war sich auf einmal sicher, mit seiner Stimme ein anderes Geräusch zu überdecken, ein metallisches, oder zwei Geräusche Hand in Hand: klick und klack, wie sie entstanden, wenn eine Pistole entsichert wurde. Würde er hinsehen, starrten ihn womöglich drei Augen an. Die Hand neben seinem Oberschenkel bekam einen eigenen Willen und fing an zu schlackern, als würde sie Sahne schlagen.

»Hh-hmm«, räusperte sich der Admiral, um eine »Kommandostimme« zu bekommen. Einmal hatte er damit geprahlt, als junger Leutnant mit seiner Stimme alle Möwen auf den umliegenden Inseln dazu gebracht zu haben, Windeier zu legen. Er räusperte sich so lange, dass die Sekunden keine Zeit mehr waren, sondern etwas anderes, so reglos wie die mitten im Entsetzen erstarrten Menschen in Pompeji.

Hh-hmm-hh-hmm-hh-hmm. Orvo blickte auf das Segelschiff, das von der Decke hing. Nelsons Victory. Als Kind hatte er es einmal im Jahr betrachten dürfen, an Weihnachten, auf dem Stuhl stehend, während Opa neben ihm Wache hielt. Jetzt war die Takelage verstaubt und wie von haarigen Würmern überzogen. Das Gleiche hatte für das Jagdgewehr gegolten, denn das hatte ohne Schutzhülle, allerdings gut geölt unter dem Bett des Admirals gelegen.

Ihn schauderte noch immer, wenn er daran dachte. Es wegzunehmen, war das reinste Russische Roulette gewesen. Aber der Admiral hatte sich auf der Toilette aufgehalten, und es wäre ihm gar nicht eingefallen, dass sich jemand erdreisten könnte, sich an seinem geliebten Valmet-Gewehr zu vergreifen. Darum hatte er nie nachgesehen, ob es noch da war, und inzwischen konnte er es nicht mehr.

»An die Arbeit!«, befahl der Admiral. »Hier riecht's nach Scheiße!«

Schon vor dem Ende des Satzes setzte sich Orvo in Bewegung, routiniert wie ein Tänzer, bei dem die Choreographie aus der Seele kam. Zuerst das Fenster öffnen, dann eine Drehung mit der Hand. Die Jalousie auf, und schon ergoss sich Licht wie Milch über die Wände. Danach war es Zeit für eine Pirouette und die zackige Annahme einer neuen Haltung, aber das gelang nicht im perfekten Schwung, denn ihm schoss nun in den Kopf, was normalerweise schon an der Tür kam: Tat es weh, wenn man von einer Kugel getroffen wurde? Oder war mit einem Mal alles vorbei? Und wenn der Alte stümperte und ihn für immer zum Krüppel schoss?

»Warum stinkt es hier nach Scheiße, Bedienung?«

»Herr Admiral«, fing er an, ohne die richtige Antwort zu kennen, aber er hörte seinen Puls, die hektische Trommel, und sein Blick irrte umher. Die Wände waren gewittergrau, wie die Augen des Admirals, und die Bücher glotzten aus den Regalen wie Matrosen in Paradereihen. Auch alles andere war ordentlich ausgerichtet, aus blankem Erschrecken oder auf Befehl. Nichts Überflüssiges stand herum, abgesehen von dem Rollator. Aber den hatte der Admiral mit einem Hemd zugedeckt, wie um zu beweisen, dass es das Ding nicht gab, und auch ein Unkundiger hätte begriffen, dass der Admiral ein Admiral war, Offizier und Mann.

»Ich habe gefragt, warum es hier nach Mist stinkt.«

»Herr Admiral«, nahm Orvo Anlauf, aber vergebens. Wie zur Beglaubigung hing eine Uniform an der Wand, der blauschwarze Schatten verflossener Macht, da half auch die bunte Reihe von Orden an der Brust nicht. Es war kein Militärmarsch zu hören, und nur auf einer Schulter blinkte ein silberner Knopf. Orvo wusste immer noch nicht, warum. Und wagte auch nicht, danach zu fragen, denn nicht einmal eine

Amöbe konnte so dumm sein, aber im Internet hatte er die Rangabzeichen der Marine gesehen, und eigentlich war der Alte Kapitänsleutnant gewesen.

»Ich habe keine Antwort erhalten, Bedienung. Wo kommt der Gestank her?«

»Herr Admiral, er kommt vom Stuhl.« Er sah auf, und der steinharte Blick des Admirals blockierte ihn, sodass er nicht mehr anderswo hinschauen konnte. Er fand, der Admiral wirkte an diesem Morgen überraschend klein, auch wenn er nie sonderlich groß gewesen war, sondern sehnig und robust. Er hatte lange auf seine Form geachtet, noch mit siebzig das Finlandia-Skirennen absolviert und zehrte noch immer von seiner Grundkondition.

Die Gehirnblutung lag bereits vier Jahre zurück. An sich war es bloß ein omenhafter Kratzer gewesen, aber er hatte bei dem alten Mann Spuren hinterlassen. Die linke Seite war seitdem schwächer als die rechte, vor allem das Bein schlingerte, weshalb er ohne Rollator nicht weit kam. Sich darauf zu verlassen, war für den Admiral jedoch so, als hätte er sich öffentlich für schwul erklärt. Er wollte in dem Zustand auf keinen Fall anderen Menschen unter die Augen treten.

Früher war er wie kein Zweiter aktiv gewesen, Mitglied in wer weiß was für Clubs, aber nach der Blutung war er aus allem ausgetreten, und ziemlich bald hatte er auch sonst nachgelassen. Seitdem lag er nur noch und ließ sich bedienen. Jetzt, da er halb aufgerichtet im Bett saß, sah man gut, dass sein Oberkörper eine einzige kugelartige Schwellung war. An den Gliedmaßen hing die schrumplige Haut schlaff herab. Er erinnerte erschreckend an eine riesige Spinne.

Orvo starrte ihn verwirrt an und sah plötzlich ein eindrucksvolles Bild vor sich, oder eigentlich ein kurzes Video:

Er sah sich einen Schürhaken in der Hand halten, einen mit drei Zinken, wie sie ihn im Sommerhaus hatten, und mit voller Kraft auf die Kugelschwellung einschlagen. Grüner Schleim und kleine Skelette spritzten heraus, in alle Richtungen, bis zum Schreibtisch, und da lagen dann die Knochen all der Menschen, die das Ungeheuer im Lauf seines Lebens gefressen hatte.

»Richtig!«, blökte der Admiral, und womöglich machte ihm das sogar Spaß.

Orvo hatte das starke Gefühl, wegen der Spinne erwischt worden zu sein, als hätte der Alte seine Gedanken gelesen, und das war eine schauderhafte Vorstellung. Gleichzeitig blieben Orvo die grünen Spritzer im Gedächtnis und faszinierten ihn sogar.

»Der Gestank stammt von der Scheiße! Und warum ist er nun hier, Bedienung?«

»Mit dem Stock hätte es der Herr Admiral bis zur Toilette geschafft…«

»Darum geht es nicht. Ich habe absichtlich ins Bett geschissen. Und weiß die Bedienung auch, warum?«

»Ich weiß es nicht, Herr Admiral.«

»Ich ertrage dieses verfluchte Darmrohr nicht. Ich wollte es weghaben. Mein Arsch ist nicht dafür da, dass man etwas hineinzwängt. Es kommt was raus, aber es kommt mir nichts rein. Ist die Bedienung vielleicht ein warmer Bruder?«

»Nein, Herr Admiral.« Er schüttelte den Kopf, und in seinem Magen zuckte es, als gäbe es dort ein überzähliges Organ. Auch die Niedergeschlagenheit lauerte bereits irgendwo, nass und schwer, denn wieder ging alles seinen unglücklichen Gang. Dieser Morgen war eine Kopie des vorigen und des vorvorigen, massenweise waren solche Kopien in wer weiß wie vielen Jahren zusammengekommen. Und heilige Hölle, wie viele standen noch bevor? Fast unmerklich erhob in Orvos Innerem etwas Gemeines, schwarz Behaartes, furchteinflößend Schielendes das Haupt. Er ließ es kurz mit dem Schwanz schlagen, stieß es dann aber wohlweislich zurück ins Versteck.

»Das Rohr hilft, die Gase aus dem Darm abzulassen, Herr Admiral«, erklärte er. »Sie erinnern sich doch noch, wie quälend die Blähungen waren? Jetzt sind sie weg.«

»In meinem Gedächtnis gibt es keine Fürze!«, fuhr der Admiral ihn an, und sein Kopf zitterte. Es war eigentlich ein kleiner Kopf, vor allem jetzt, da er endgültig kahl geworden war. Nur an den Ohren schimmerte noch etwas silberner Mehltau. Als er noch in Schuss gewesen war, hatte er seinen kahlen Kopf getätschelt und gesagt: »So sieht ein echter Mann aus. Oben wie unten. Hart und glänzend.« Sein Gesicht wiederum glich einem der Brocken, wie sie nach Sprengungen auf Baustellen herumlagen, und in den Augenwinkeln sah man die Falten eines spähenden Marineoffiziers, obwohl er sich schon seit Jahrzehnten auf dem Land aufhielt.

Am meisten irritierte Orvo, dass er so viel Ähnlichkeit zwischen sich und dem Alten sah.

»Bedienung, Haltung!«, kommandierte der Admiral, und Orvo richtete sich abrupt gerade, als durchliefe ihn von Kopf bis Fuß ein Stahlseil, das ihn straff zog. »Die Bedienung ist jetzt der Scheißemeister und macht die Scheiße weg.«

»Jawohl, Herr Admiral«, antwortete er gehorsam, wie er es als Lehmmännchen immer tat. Die Stimme des Admirals ließ kaum einen Irrtum zu: Unter allem Getue lagen blanker Hohn und geradezu genießerische Schadenfreude. Und das war keine Demenz, auch wenn die Mutter das behauptete.

Auch eine leichte Hirnblutung veränderte das Verhalten eines Menschen. Tatsache war, dass er es nicht ertrug, keine Macht mehr zu besitzen, andere nicht mehr zu beherrschen. Noch weniger ertrug er es, sich selbst nicht mehr unter Kontrolle zu haben, und darum ließ er das teuflische Kind, das er einmal gewesen war, wüten, wie es wollte. Jetzt, da das Kind erwachsen und alt war, hatte es seine teuflische Natur zur Kunst verfeinert, zum chirurgisch präzisen Sadismus.

»Herr Admiral«, fing Orvo an, streifte sich die Gummihandschuhe über und schlug die Decke zurück. Eine plötzliche Erleichterung ließ das Stahlseil in seinem Rückgrat nachgeben. Die Waffe lag zwar im Bett des Admirals, aber das klobige, schwarze Ding war bis zu den Kniekehlen nach unten gerutscht, und dort würde der Alte sie sich nicht so leicht schnappen können. Dafür hatte er den Harn mal wieder nicht halten können, das Bett musste erneut frisch gemacht werden. Vielleicht deshalb, weil keine unmittelbare Gefahr mehr drohte, ließ Orvo seinem wohlweislich gezügelten Ärger nun etwas freien Lauf und sagte: »Ich würde Einlagen empfehlen.«

»Einlagen?«, fragte der Admiral verdutzt. »Was für verfluchte Einlagen?«

»Windeln, Herr General. Die sind heutzutage wie Hosen, in die man hineinschlüpft.«

»Win-deln«, empörte sich der Admiral, und seine Brust fing an zu wogen. Er sah merkwürdig aus, als wäre ihm Luft in die Augen gepumpt worden. Ein Teil von Orvo betrachtete den Admiral als Erwachsenen und fragte sich, was in ihn gefahren war, aber ein bald schon wesentlich größerer Teil geriet in Panik wie ein kleines Kind, in der Angst, bei dem Alten könnte endgültig etwas platzen. Gleich darauf überkam ihn wie eine Meute von Kötern das Bewusstsein, dass er den Zustand verursacht hatte. Es kamen Schuldgefühl und Scham, und er hielt sich für unbrauchbar und schlecht und für nichts als ein Arschloch.

»Win-deln!«, schnaubte der Admiral. Sein Gesicht ähnelte jetzt einem Amboss, und daran erkannte man, dass er wütend war. Aber es lag noch etwas in seinem Gesichtsausdruck – vielleicht war er durch und durch beleidigt, oder endlich einmal verblüfft. So hatte Orvo ihn noch nie gesehen.

»Verdammt noch mal, Bedienung! Frauen und Kinder benutzen Windeln. Aber Männer doch nicht!«

»Ich bitte um Verzeihung, Herr Admiral«, stammelte Orvo, mit dem gleichen bitteren Geschmack im Mund wie als Kind, wenn er auf Traubenkirschen herumgekaut hatte. Sein Kopf senkte sich, der ganze Körper sackte in sich zusammen, und sein Instinkt warnte ihn scharf, piepte wie ein Brandmelder, dass er ohne Strafe nicht davonkäme, und dass ihn diese schon bald ereilen würde.

»Alle Maßnahmen stoppen!«, befahl der Admiral heiser, und jetzt wirkte der ganze Mann wie aufgepumpt. »Was… Was war die Bedienung noch mal von Beruf?«

»Krankenpfleger, Herr Admiral. Aber ich…«

»Aber das ist doch ein Frauenberuf!«

»Herr Admiral. Heutzutage gibt es viele männliche Krankenpfleger. Und eigentlich bin ich vor allem als Masseur tätig, Herr Admiral.«

»Ich habe gesagt, das ist ein Frauenberuf!«, quiekte der Admiral, und in seinen Augenschlitzen blitzte es wie von Gift sprühenden Kristallen.

»Na, dann… jawohl, Herr Admiral.«

»Die Bedienung trägt bestimmt auch Strumpfhosen?«

»Nein, Herr Admiral.«

»Und ob du welche trägst, verdammt! Auf die Knie!«

Er konnte noch sehen, wie der Admiral auf der Matratze nach etwas griff, und hörte ein feuchtes Klatschen. Ihm schoss in den Kopf: Jetzt ist es so weit! Aber der Alte kam nicht an die Waffe heran – außer wenn der sich streckte. Orvo gehorchte schnell: Er ging in die Knie, denn irgendwo flackerte die Erinnerung auf, dass ein kleiner, geduckter Mensch beim Gegner die Aggression minderte. Die Kniescheiben schlugen schmerzhaft auf dem Fußboden auf.

»Warum bist du nichts anderes als der Schlappschwanz einer Schmeißfliege, Kerl? Wo sind deine Muskeln, Bedienung? Erklärung!«

»Ich trainiere nicht genug, Herr Admiral. Ich…«

»Keine Erklärungen!«, fuhr ihm der Admiral über den Mund und holte Luft, als wäre er kurz vor dem Ersticken. Seine Stimme stieg beinahe ins Falsett auf. »Das hat damit nichts zu tun! Das hat damit zu tun, dass du ein Fräulein bist! Aus dir wird nie ein Mann werden! Und, bist du ein Fräulein?«

»Wenn der Herr Admiral das sagt«, hauchte er und horchte intuitiv. Das Klick-Klack war nicht zu hören, jedenfalls noch nicht, noch immer nicht, aber die Gestalten mit den Frostaugen hörte er.

Er hörte sie, obwohl es unmöglich war, denn sie lebten nur in seinem Innern, kamen aus seinen tiefsten inneren Kellern hervorgekrochen. Der Tod und seine Schwester, die Todesangst. Letztere war am schlimmsten, denn sie kam jeden Tag, Woche für Woche, Jahr für Jahr, sorgte mit ihren Fingern für Krämpfe im Nacken, und abends zupfte sie einem den Schlaf aus den Augen. Der Tod war wesentlich fairer, der kam nur einmal im Leben.

»… nie auch nur ein drittes Mal«, lachte der Admiral schallend, zweifellos wegen einer seiner Schmähungen, und sein Lachen klang, als würde man eine Spanschachtel schütteln, die eine Stahlkugel enthielt. Und auch wenn Orvo während seiner Zeiten im Krankenhaus an schwierige Greise gewöhnt war, an solche, die bissen oder einem den Brei ins Gesicht schleuderten, und auch wenn er begriff, dass all das vor allem ein Zeitvertreib für den Admiral war – er hatte sich jetzt in Sitzposition gebracht, um Orvos Gesichtsausdruck sehen zu können –, so wirkte sein Spott diesmal besonders stark.

Allein die Tatsache, dass er ihn ertragen musste; und dass von all den Milliarden Menschen auf der Welt ausgerechnet er so ein Leben führen musste – ein Leben wie ein einziger eiternder Knoten.

»Warum antwortet die Bedienung nicht?«, wollte der Admiral wissen, aber Orvo hörte es nur wie den Ruf eines Schiffes aus dem Nebel. »Was bist du, Fräulein?«

»Jawohl, Herr Admiral.«

»Das ist keine Antwort! Ich habe gefragt, was du bist.«

»Nein, Herr Admiral«, erwiderte er, ohne sich eigentlich bewusst zu sein, dass er es sagte, denn etwas in ihm drehte sich gewissermaßen nach innen, so als würde sein Inneres die Wangen zusammenziehen. Und inmitten all dessen keimte etwas, oder mehr noch, die Erkenntnis war bereits da, und aus dieser entspann sich ein Gedanke: Er hatte trotz allem eine Seele.

Sie war nur anders als bei den anderen.

In der blauen Wand der hintersten Kammer seiner Seele befand sich noch eine Tür, eine Geheimtür, die kaum auffiel, die man aber erahnte, wenn man sie zu erahnen wusste – und hinter dieser Tür lag die allerletzte Zelle.

Ihre Wände waren aus Eisen geschmiedet, aus dem Eisen von ausrangierten Lokomotiven und verrosteten Schienen, und es herrschte darin tiefes Dunkel, gleich einem Schatten, den ein fremder Planet warf. Auf dem Fußboden waren geronnene Spritzer wie Spuren von Echsen, und kein einziger Vogellaut drang bis dorthin vor.

In der Zelle saß ein Mann. Von der Erscheinung her Orvo ähnlich, doch fremd im Gesicht. Der Mann trug eine Lederschürze und eine Schutzbrille. Er hatte eine Schrotflinte, und immer wenn er sie auslöste, flogen Gedärme durch die Luft. Die Leichen hängte der Mann an Fleischerhaken auf, und es gab eine lange Reihe davon.

Er richtete den Blick auf den Admiral.

3

Das Familienfest

Auf den ersten Blick sah die Fliege an der Wand schwarz aus, und die Wand als Hintergrund weiß, aber das war eine optische Täuschung. Von beiden.

Eigentlich war die Wand beige, und wenn die Sonne am Nachmittag schräg darauf fiel, konnte man gerade so das Reliefmuster erkennen. Dieses hatte ganz feine Unebenheiten, so wie sie sich auf Fensterscheiben im November bildeten, wenn der Sprühregen gefror.

Ein Kenner hätte höflich gesagt, die Person, die diese Wohnung eingerichtet hatte, besitze einen vornehmen Geschmack.

Die Fliege wiederum war grün, und wäre man dicht herangekommen: metallisch gelbgrün. Ihre Augen waren braun wie Schokolade, die Einfassungen elegant silbern schimmernd. Elegant klang auch ihr Name: Lucilia caesar. Freilich wusste sie in ihrem Fliegengehirn – oder was für ein Nervenknoten es nun einmal sein mochte – nicht das Geringste über ihren Namen und wäre wahrscheinlich ebenso gern Vibera beruso oder Lynx lynx gewesen, aber das schöne Lebewesen musste immerhin über genügend Geschmack verfügen, um kein Homo sapiens werden zu wollen.

Mit ihren Schokoladenaugen sah die Fliege das Wohnzimmer mehrfach: mit jeder Wabe ihrer Augenlamellen gleichzeitig und identisch, ein bisschen so, wie wenn ein Mensch ein Elektrogeschäft betrat, wo die Wände von Fernsehgeräten bedeckt waren, die alle dasselbe Programm zeigten. Allerdings hatte die Fliege einen deutlichen Vorteil: Sie konnte überallhin sehen, in jede Richtung, auch nach hinten, und darum surrte sie jedes Mal davon, wenn ein hungriger Trauerschnäpper oder eine hinterhältige Fliegenklatsche sich ihr näherte.

Auch mit einem Bildschirm betrachtet hätte das Wohnzimmer sicherlich fast jedem gefallen, der es auf zwei Beinen betreten hätte, insbesondere jedem Single auf Wohnungssuche, denn der Raum war angenehm großzügig für das Wohnzimmer einer Zweizimmerwohnung. Was übrigens in fast allen mehrstöckigen Wohnhäusern in dieser Gegend von Helsinki der Fall war, im Stadtteil Töölö, beiderseits der Hesperiankatu.

Möbel gab es nicht viele. Am stärksten dominierten das weinrote Ledersofa samt dazugehörigem Sessel, welcher sich bequem nach hinten neigte, und unter dem man, wenn man wollte, einen Schemel hervorziehen konnte, der dazu einlud, die Füße hochzulegen. Die Platte des ovalen Couchtischs bestand aus Glas in der Farbe dichten Rauchs, eingefasst von großfasrigem Holz, dessen Ursprung zweifellos im Regenwald und damit in tödlichen Kahlschlägen zu suchen war.

Auf dem Tisch lag ein Leinendeckchen, darauf eine Fernbedienung, flankiert von allerlei Krimskrams, und hinter einem Gummibaum stand eine Skulptur, der Kopf eines Pan, der mit ziemlich zweideutigem Lächeln direkt zur Decke blickte.

Dem Sessel gegenüber thronte entgegen der üblichen Gepflogenheiten kein Fernseher – es gab gar keinen –, sondern ein Regal mit drei Fächern für Musikwiedergabegeräte: eines für CDs, aber auch eines für Vinylschallplatten, sogar ein Wunderding zum Abspielen von Kassetten war dabei. Lautsprecher gab es nur zwei, aber es waren Qualitätslautsprecher von Bang & Olufsen, und sie waren so genau platziert, dass man im Sessel sicherlich fast ebenso viel von der Musik hörte wie im Konzertsaal.

Die Lucilia caesar – oder etwas alltäglicher: die Goldfliege, oder geradezu brutal: die Schmeißfliege – war freilich nicht bis in den fünften Stock heraufgekommen, um die Tapete zu bewundern. Sie flog nun auch schon wieder brummend los, im schnellen, unvernünftig wirkenden Zickzackflug der Fliegen. Womöglich besaß sie wirklich keine Vernunft, dafür aber umso bessere Insekteninstinkte und Aasfresserlogik, wodurch sie sicher ihr Ziel fand.

Für einen Moment schnellte sie ungeduldig vor den Bücherregalen hin und her, welche unbestreitbar eindrucksvoll waren. Sie bestanden aus Eiche-Vollholz, hatten Glastüren und bedeckten zwei Wände vollständig bis zur Decke. Was die Lektüre betraf, schien die Person, der die Wohnung gehörte, nicht wählerisch zu sein. Es gab Türen, hinter denen nur finnische Romane zu sehen waren, die ganze Bandbreite, darauf folgten Gedichte, am prominentesten alles von Haavikko und Saarikoski, und dann kamen übersetzte Literatur und gleich darauf zwei Schränke mit Biografien und historischen Quellenwerken. Die Bücher waren nicht nach Größe oder Farbe geordnet, sondern alphabetisch, und darum zeigten sich dünne Taschenbücher und dicke Ziegelsteine in munterer Unordnung.

Der Fußboden war mit rötlichem Parkett ausgelegt, die Teppiche darauf waren weiß und wollig wie Wandteppiche. In einer Familie mit Kindern oder Hund hätte man sie sicherlich nicht für den alltäglichen Gebrauch hingelegt. Die Türschwellen waren durch Messingleisten ersetzt worden, und es musste angenehm sein, sich in der Wohnung barfuß zu bewegen, weil man sich nicht die Zehen an herumliegenden Gegenständen stieß. In einem alten, eindeutig handgeschmiedeten Kupfereimer reckte ein Fensterblatt ihre Triebe in alle Richtungen.

Der heftige Zickzackflug der Lucilia führte im Nu in die Küche, in einen Raum, in dem bestenfalls zwei Personen an einem Holztisch mit weißen Beinen essen konnten, aber der Tisch und die Stühle mit den schönen Gitterlehnen interessierten die Schmeißfliege nicht. Auch nicht die Gläser mit Mehlen und Graupen in rhythmischen Reihen auf dem Bord, geschweige denn die blank geputzte Spüle oder die Henkelgläser im Becken, von denen eines offenbar noch etwas Latte enthielt – anscheinend hatte die Fliege keine Lust auf Kaffee. Sie schoss ins Wohnzimmer zurück, und dann über die Zeitungen, die im Flur auf dem Boden lagen, durch die offene Badezimmertür.

Dort absolvierte sie eine rasche Fliegenvisite: Auf einem Ständer hing ein bisschen Wäsche zum Trocknen, der Medikamentenschrank stand offen, auf der Spiegelablage glänzte ein ganzes Regiment von Fläschchen und Gläschen. Chanel, Lancôme, Bulgari – alles, was glatt und fest machte, und ohne das man absolut hässlich war, und außerdem etwas, das die Zeit anhielt und sie bei eifrigem Gebrauch sogar ein bisschen zurückdrehte. Aber die Lucilia zog es eindeutig weiter, sie flitzte nun bereits im Schlafzimmer umher.

Dieses war ebenfalls geschmackvoll eingerichtet, wenn auch in etwas dunkleren Farbtönen als die übrige Wohnung, aber Kopf- und Fußende des Bettes und der Schminktisch bestanden aus naturfarbener heller Birke, und dieser Kontrast wirkte sympathisch und angenehm beruhigend. An der Decke hing eine Leuchte aus weißem Glas in der Form eines aufgespannten Regenschirms, der Dimmer dafür befand sich neben dem Wecker auf dem Nachttisch (aufstehen um halb sieben!), über der Rückenlehne des Korbsessels hingen zusammengefaltet ein perlgrauer Rock und eine dazu passende, vorne mit Smokingplissee versehene Bluse. Über der Armlehne lag ein BH mit Spitze, sorglos hingeworfen, und auf dem Fußboden, unmittelbar neben dem Bett, der dazu passende Hipster.

Auf dem Schminktisch waren eine Porzellandose mit Wattepads zu sehen, daneben ein Etui mit Wimperntusche und zwei verschiedene Lippenstifte, ein paar kleine Döschen und eine runde Bürste, an der einige lange blonde Haare hängen geblieben waren. Zwei kleine Porzellantauben tauschten einen ewigen Schnabelkuss.

Hätte jemand, der bereits über die Jugendjahre hinaus war, die Wohnung in Augenschein genommen, wäre er wahrscheinlich zu dem Schluss gekommen, dass sie einer Frau gehörte, einer alleinstehenden Frau mittleren Alters, ziemlich hoch qualifiziert und mit gutem Einkommen. Eine solche Frau genoss es sicherlich, in so geringer Entfernung von Oper, Museen, Konzerthalle und all den anderen Kulturdelikatessen der Großstadt zu wohnen. Innerhalb weniger Minuten kam man zu Fuß überallhin, auch in die Kaufhäuser, speziell ins Stockmann.

Die Lage der Wohnung war nahezu unglaublich. Sie befand

sich noch im Innenstadtbereich, dennoch war der Verkehr unten auf der Välskärinkatu ruhig, in der Pohjoinen Hesperiankatu um die Ecke schon etwas lebhafter, aber zu den laut rauschenden Einfallstraßen im Westen und Osten – Mechelinkatu und Mannerheimintie – war der Abstand groß genug.

Allerdings wies die Wohnung just an diesem Dienstag zu Beginn des Sommers, an dem Tag, an dem die Lucilia caesar durch das einen Spaltbreit offene Fenster ins Wohnzimmer geflogen war, um schließlich im Schlafzimmer zu landen, einen beträchtlichen Nachteil auf.

Es roch darin. Es stank.

Es stank genau so, wie es in jeder beliebigen Wohnung stinkt, wenn dort vier Tage lang ein toter Mensch gelegen hat, und wenn es warm ist, während der ersten kleinen Hitzewelle des Sommers, und die Verwesung bereits seit zwei Tagen in Gang.

Die Leiche lag im Schlafzimmer, nackt auf dem Rücken im leicht unordentlichen Bett. An Kissen, Decke und Laken war nichts Außergewöhnliches zu erkennen, alles sah aus wie nach einem gesunden Schlaf oder nach maßvollem Sex.

Die Bauchseiten der Leiche wurden bereits grün, und hier und da, vor allem in den Leisten, war die eine oder andere Pustel aufgetaucht. Adermuster war noch keines erkennbar, aber der Oberkörper war stark aufgequollen, und die Gase, die diese Schwellung verursachten, entwichen nach und nach lautlos sämtlichen Körperöffnungen.

An den nackten Brüsten und am Unterleib war die Leiche als Frau zu erkennen, als Blondine. Bloß aufgrund von Gesicht und Kopfbehaarung wäre das nicht mehr festzustellen gewesen, denn die halb langen, eindeutig gefärbten und jetzt außerdem wirren Haare hätten auch einem Mann gehören können. Das Gesicht wiederum war aufgedunsen, das ursprüngliche Profil war verschwunden, und auch die Lippen waren so sehr geschwollen, dass der Mund am ehesten noch einem dunklen Schlitz glich. In trägem Rhythmus entstanden Blasen an dem Schlitz, die aufplatzten, worauf der Toten Körperflüssigkeit über den Hals und auf die bereits ziemlich nasse Matratzenauflage rann.

An der Haltung der Toten war nichts Außergewöhnliches zu erkennen. Die unteren Extremitäten lagen gerade, und auch die Arme waren entspannt. Entspannt waren sie in der Tat, denn die Totenstarre hatte sich bereits fast vollständig aufgelöst. An Fingern und Handgelenken war kein Schmuck zu sehen.

Die Lucilia caesar störten weder Gestank noch Leiche. Im Gegenteil: Hätte sie statt eines Saugrüssels einen Mund besessen, hätte sie zweifellos gelächelt, und hätte sie denken können, hätte sie wohl geglaubt, hier der Erfüllung ihres Fliegenlebens zu begegnen, und sicherlich vermutet, dass in Kürze ein ziemliches Familienfest zu erwarten wäre.

4

Café Parisien

»Stirb!« Aber das sagte Orvo nicht. Er dachte es nicht einmal. Es war einfach in ihm, in jedem Stoß, in jeder Bewegung. Stirb! Und er pumpte weiter, obwohl Ulla schon gekommen war, er hatte es gespürt, es ging bei ihr von den Füßen aus. Stirb. Zuerst krümmte sie die Zehen an seinen Fußgelenken, gab dann mit den Oberschenkeln nach, wie um mehr entgegenzunehmen, noch mehr. Zum Glück schrie sie nicht. Das Schreien war immer ein Fake, nichts als Fake. Und sie krallte nicht. Stirb. Sie wartete ab, dass er fertig wurde, und er hielt sich nicht zurück: »Stirb! Stirb, stirb, stirb, stirbstirb, stiiirb!«

»Puh«, schnaufte er und fiel mit dem Gesicht neben ihren Hals, sie keuchten dicht aneinander, Wange an Wange, die Brustkörbe hoben und senkten sich im Takt, und er spürte ihre Brüste, die schönen, weichen. Er legte Kinn und Mund auf ihren Hals, spürte ihren Puls, hätte die Lippen auf das Pochen drücken können, oder zubeißen und saugen, wenn er ein Vampir gewesen wäre.

Dann kam die Ermattung, die Ruhe. Ulla wollte, dass er so blieb, aber nicht lange, sie mochte den Mann nicht lange auf sich haben, bestimmt im ganzen Leben nicht und in keiner

Weise. Der Schweiß rann ihm in die Augen, und er machte sie zu. Mit seinen Fühlern las er Ulla vielleicht besser als irgendwer sonst.

Sie berührte mit der Hand seinen Rücken, aber nur mit den Fingerspitzen, führte sie an der Wirbelsäule und an den Rändern der Schulterblätter entlang, aber sie streichelte ihn nicht, das tat sie auch vorher nie, und auch jetzt betastete sie ihn nur wie die Besitzerin das Lenkrad ihres neuen Autos. Und sie zog sich auch nicht mehr um ihn herum zusammen, und sein Penis verlor ebenfalls an Haltung, war kein echter Phallus mehr, sondern rutschte heraus, und so waren sie wieder getrennt voneinander.

Er hob leicht das Becken und schob die Hand zwischen die Bäuche, überall verschwitzte, glitschige Haut, und dann weiter nach unten, sodass es sich auf beiden Seiten der Hand wollig anfühlte – es war drangeblieben. Er umfasste es, zog es herunter und drehte sich so weit, dass er es zu Boden fallen lassen konnte. Später würde er es unbemerkt aufheben. Er wollte nicht, dass die Frauen es sahen. Im benutzten Zustand waren sie deprimierend, roh, die gleiche Kategorie, wie wenn man mittendrin furzte, und außerdem erinnerten sie an zu viele Dinge. Ihm selbst kam am ehesten eine überfahrene Eidechse in den Sinn.

»Heute Morgen habe ich eine körperliche Loslösung erlebt«, hatte ein langhaariger Mann in der Kneipe gesagt, im Comic in der Tageszeitung – ausgerechnet das fiel ihm jetzt ein, er konnte nichts dafür. Im zweiten Bild hatte es geheißen: »Es hat einfach plopp gemacht!«, und im dritten fragte die Wirtin, die immer nur die frivole Riitta genannt wurde: »Von welchem Körper hast du dich denn gelöst?« Er musste kichern, so wie man kichern muss, wenn man es eigentlich nicht dürfte, und er strengte sich an und gab sich Mühe und schaffte es schließlich, das Kichern mit einem Räuspern zu kaschieren.

In dieser Situation durfte man nicht lachen. Niemals. Sonst glaubten die Frauen, er lache über sie, über ihre Bewegungen, über die Laute, die sie von sich gaben, oder darüber, dass sie hässlich und schlecht im Bett waren, auch wenn das gar nicht stimmte. Denn selbst wenn es nur darum ging, es zu tun, brachte sich doch jede ganz und gar selbst ins Spiel, so vollständig, wie sich ein Mensch in keiner anderen Lebenslage hingab. Er kannte das ja auch von sich – es wäre ganz und gar nicht erhebend, wenn Ulla jetzt losprusten würde.

Ulla gab ihm ihr Zeichen, auch wenn sie selbst nicht einmal wusste, dass sie es tat. Aber immer wenn sie ihre Hand auf seine Schulter legte, hieß das: Jetzt wirst du mir zu schwer, geh runter. Und er rollte sich neben sie und nahm auch die Beine weg, ohne gegen die Knie der Frau zu stoßen, indem er sich mit dem Ellbogen auf dem Kissen abstützte und mit dem Kopf auf der Hand. Sie wollte danach nicht gestreichelt werden, alle Behauptungen über die einschlägigen Wünsche von Frauen waren in ihrem Fall nichts als Scheißdreck.

Er hätte allerdings Lust dazu gehabt. Gern hätte er ihre Brüste berührt, sie waren so lebendig, auch im Ruhezustand, sie atmeten beinahe, und die Warzenhöfe waren groß wie in der Sonne geschmolzene Schokoladenflecken. Es wäre schön, mit der Fingerspitze ihre Umrisse nachzuzeichnen. Oder er hätte ihr in die Haare fassen mögen, sie richtig bauschen, er mochte sie, es war eine Löwenmähne. Aber die durfte man auch während des Akts nicht anfassen, auch im Gesicht durfte man sie nicht berühren, denn es wurde davon angeblich fettig.

Sie sprachen so gut wie nicht. Weder davor noch danach, geschweige denn beim Vögeln. Er hatte das gleich beim ersten Mal bemerkt und war sich beim zweiten Mal bereits sicher und darum still gewesen. Wenn sie einen Stummfilm wollte, dann bekam sie ihn auch. Er betrachtete sie durch die Wimpern hindurch, ein bisschen wie durch die Schlitze einer Jalousie, sodass er sich bei Bedarf im Nu hinter den Lidern verstecken konnte.

Sie hatte ein gutes Profil. Ihre Stirn war außergewöhnlich vertikal, wölbte sich unmittelbar vor dem Haaransatz jedoch plötzlich. Die Nase war fast gerade, und die Oberlippe bog sich hübsch nach vorn – sie musste etwas hermachen, wenn sie irgendwo hinging, und sie schminkte sich ordentlich. Ihr Kinn glich einem Zimtapfel. Gut möglich, dass in ihrer Familie ein wenig exotisches Blut im Umlauf war.

An die Nasenflügel schlossen sich lustige Lachfalten an, sie konnte bestimmt witzig sein, wenn sie wollte, und zweifellos wollte sie es bei bestimmten Anlässen, mit dem Champagnerglas in der Hand, auch sein. Und selbst wenn sie, dem Arsenal im Badezimmer nach zu schließen, in ihr Gesicht investierte, hatte sie bereits reichlich Falten, auch anderswo.

Sie war gut über vierzig. Er hatte sie nicht danach gefragt und sich auch sonst gehütet, ins Fettnäpfchen zu treten. Aber sie hatte den Körper einer Jüngeren, einer Fünfunddreißigjährigen, obwohl sie bestimmt nicht Joggen ging, sondern sich vermutlich über irgendein Super-slim-Simsalabim rollen ließ. Oder sie ernährte sich einfach vernünftig. Und Kinder hatte sie. Zumindest eines. Wohnte wohl beim Vater, weil es in der Wohnung nirgendwo Jugendkram gab. Ihre Schwangerschaftsstreifen waren keine violetten Blitze, aber man sah sie schon, wenn das Licht darauf glänzte.

Eines mochte sie aber doch, etwas ganz Harmloses, aber gerade das war vielen wichtig. Er streckte seine schmalen, langen Finger aus, wie die eines Musikers oder Malers, und fasste ihr Ohrläppchen an. Das rieb er immer leicht, auch jetzt, und drückte und presste es dabei ein wenig. Sie holte tief Atem und seufzte, und es sah so aus, als würden sich ihre Brustwarzen leicht aufrichten.

Als er zum ersten Mal zu ihr gekommen war, hatte er vermutet, ihr nicht gut genug zu sein, sie hatte so etwas Schickes an sich gehabt, doch als sie sich ein bisschen entspannt hatte, war alles ganz okay gewesen. Dann hatte es eine Phase gegeben, in der er befürchtet hatte, sie könne sich in ihn verlieben. Als sie angefangen hatte, sein Gesicht zu streicheln, und dabei erklärt hatte, Locken würden bei ihm süß aussehen – süß –, und das wäre schlecht gewesen, denn dann hätte er sie verlassen müssen. Dann wäre sie schnell besitzergreifend geworden und hätte als Nächstes von ihm verlangt, mit den Hausbesuchen aufzuhören. Aber letztendlich war sie nur an Sex mit einem jüngeren Mann interessiert. Und so war es gut. Alles mit ihr war stabil, außerdem war sie eine von den wenigen, mit denen zu vögeln auch ihm guttat.

Sie holte Luft, um das zu sagen, was sie an der Stelle immer sagte, aber dann kam es doch nicht.

»Reib noch ein bisschen weiter«, sagte sie stattdessen und schloss die Augen.

»Bloß hier am Ohrläppchen?«

»Ist da ein Akupunkturpunkt?«

»Kann gut sein. Das kann ich leicht herausfinden«, antwortete er, und seine Stimme klang anders als zu Hause, tiefer und ruhiger, so wie Bachs Air klang, wenn Bin Huang es auf der G-Saite spielte.

Aber das war ja auch nicht die Stimme vom Lehmmännchen, sondern vom Echten Mann. Und dieses Ich mochte er. Dann flatterte sein Herz nicht wie ein Lämmerschwanz, und kein Schuldgefühl schoss wie eine Rakete durch seine Eingeweide. Er würde den Echten Mann schwerlich aufgeben, aber aus praktischen Zwängen musste er das Lehmmännchen sein. Obwohl – was für eine Praxis sollte das sein? Oder was für ein Zwang? Manchmal hegte er den Verdacht, die beiden Arschlöcher sogar zu lieben, da er sich ihnen als Lehmklumpen hingab, und trotzdem gehörten die beiden zusammen wie zwei Löffel Rattengift, die er jeden Tag schlucken musste.

»Da muss so etwas sein«, sagte Ulla mit geschlossenen Augen. »Ich hatte nämlich den ganzen Nachmittag einen steifen Nacken. Und jetzt, wo du mir das Ohrläppchen reibst, fühlt es sich ganz warm an. Auch auf der Kopfhaut – wie wenn das Blut zirkuliert.«

»Toll«, gab er von sich, denn Frauen musste man immer Antwort geben, am besten zustimmend, vielleicht auch ein bisschen überrascht. Auf jeden Fall so, dass sie das Gefühl hatten, wahrgenommen zu werden. Außer wenn die richtige Antwort darin bestand, still zu sein – und diese Momente erkannte er auch.

Ullas Ohrläppchen glühte bereits, aber er rieb es weiter, mit leichtem Druck. Vielleicht befand sich dort tatsächlich so ein Akupunkturpunkt. Jedenfalls entspannte sich Ulla mit ihrem ganzen üppigen Frauenkörper und atmete ruhig – bis sie tief Luft holte. Und da kam es dann: »Bist du so lieb und schaltest die Kaffeemaschine ein? Sie ist schon bereit, und die Tassen stehen auf dem Tablett. Ich habe zwei Löffel Parisien daruntergemischt – den magst du doch?«

»Habe ich dir das auch schon erzählt? Das ist mein absoluter Lieblingskaffee. Und zwar genau zwei Löffel. Der dritte bringt schon einen Hauch Bitterkeit mit.«

Er schwang die Füße aus dem Bett und traf unmittelbar neben dem Kleiderbündel auf dem Parkett auf. Er achtete immer darauf, wo er seine Kleider hinlegte, und hätte sie darum auch im Dunkeln gefunden, auch wenn es klüger war, alles so zu machen, dass Situationen, in denen das nötig wäre, gar nicht erst entstanden. Es war ihm auch noch kein einziges Mal passiert. Er schnappte sich nur die Boxershorts, die schwarzen von Boss. Er trug immer schwarze Unterhosen, denn darauf sah man keine Flecken, und er trug nie weite Modelle, sondern immer solche, die eng saßen, sodass sich der Hintern abzeichnete. Ulla jedenfalls sah immer hin. Außerdem war es bei solchen Hosen leichter, sein bestes Stück zu präsentieren. Und man musste die Marke des Textilherstellers sehen – allerdings nie die falsche, wenn man sich nicht lächerlich machen wollte.

Mehr zog er in diesem Stadium nicht an. Er machte sich auf den Weg zur Küche und sprang dabei fuchsartig von einem Teppich zum anderen, um auf dem Fußboden keine Spuren zu hinterlassen. Ulla konnte das nicht ertragen. Sie war eine wohlhabende Frau, das sah man auch an den Gegenständen, die sie besaß. Fast alles hochwertige Produkte, bis hin zu den Möbeln, und auch wenn er die Marken nicht kannte, witterte er es am Stil. Für seinen Geschmack besaß sie allerdings viel zu viel Zeug. Auch an den Wänden gab es eigentlich keine einzige freie Stelle, überall hingen oxydierte Fotos in verzierten Rahmen, ihre Familie wahrscheinlich, und wenn es keine Fotos waren, dann Trockenblumensträuße und kleine Aquarelle.

Irgendeine Chefin war sie. Wahrscheinlich in der freien Wirtschaft, denn ihr fehlte die gewisse Klebrigkeit und

Korinthenkackerei von Behördenmenschen. Sie redete energisch, wie jemand, der es gewohnt ist, Anweisungen zu erteilen. Gleich beim ersten Mal hatte sie für klare Verhältnisse gesorgt: »Wie dir vermutlich schon aufgrund der Konstellation einleuchten wird – ich bin keineswegs darauf aus, eine Beziehung aufzubauen. Ich habe einfach keine Lust mehr, jemandem zu erzählen, dass mein Vater Alkoholiker war oder meine Mutter mir immer die Strumpfhosen straff gezogen hat, oder dass mein Ex-Mann blablabla. Okay? Wenn ich Hunger habe, kaufe ich mir was zu essen. Und wenn ich will, dass – okay?« Sie hatte mit der Hand eine Take-it-or-leave-it-Geste gemacht, als ließe sie ihn auf der Handfläche hüpfen, und er hatte okay gesagt. Es war eine Erleichterung, dass sie es selbst begriff, so musste er es ihr nicht erklären.

Sie betrachtete ihn auch jetzt, da er aus dem Zimmer ging – ihr Gesicht war oval im Flurspiegel zu sehen –, und garantiert schaute sie ihm vor allem auf den Po und auf die Oberschenkel. Da war er ja auch gut gebaut. So sah man nur aus, wenn man genug lief, und auch wenn er anderswo nur einigermaßen behaart war, so reichte es auf den Beinen sogar zu Kringeln. Er ließ die Haare wachsen, weil vor allem Berit es genoss, ihre Schenkel daran zu reiben.

Von den Fenstern des Hauses gegenüber wurde das Sonnenlicht in die Küche reflektiert, gemietete Sonne, auch wenn die bescheidenen achtzig Quadratmeter hier im Stadtteil Lauttasaari mit Sicherheit Ullas Eigentum waren. Es duftete angenehm nach frisch gemahlenem Kaffee. Seine Nelke hatte sie in eine neonröhrenschmale, blutrote Vase gestellt. Meistens brachte er ihr etwas mit, und Nelken mochte sie, vor allem weiße. Die Blume mit dem bisschen Grün sah auf dem Tisch tatsächlich stilvoll aus.

Blumen mitzubringen war ein guter Trick. Eigentlich kein Trick, sondern einfach eine Aufmerksamkeit. Auch heute, als sie die Nelke an ihr Dekolleté hielt, gab ihm das die Gelegenheit, festzustellen, was für einen schönen Kontrast die Blume vor der gebräunten Haut bildete. Mehr brauchte es nie. Bloß die Bemerkung, wie gut ihr Kleid geschnitten war, wie die Perlen aussahen oder die Haare schick und ein bisschen anders als sonst, oder wie die Spitzen an ihrem Slip das Herz höher schlagen ließen. Aber das musste man auf die richtige Art sagen können, wie beiläufig, aber doch so, dass die Worte wirklich etwas bedeuteten, und vor allem so, dass es nicht nach Schmeichelei klang.

Das Kaffeeritual amüsierte ihn. In Wahrheit wollte sie einfach nur nicht, dass er sah, wie sie unter die Dusche ging. Und das galt für fast jede Frau. Zumindest bedeckten sie sich und flohen förmlich, obwohl derselbe Mann sie einen Moment zuvor noch so nackt gesehen hatte, wie ein Mensch nur sein konnte, und die Frau liebkost hatte und in ihr gewesen war. Vielleicht gehörte das in die Kategorie »Das musst du nicht verstehen«.

Die Kaffeemaschine gab die letzten Geräusche von sich, ein starker Geruch lag in der Luft, der schon beim bloßen Einatmen belebte. Orvo lehnte sich an den Türpfosten und schaute nach links ins dunkle Durchgangszimmer. Das Licht im Bad zeichnete das Türrechteck ins Halbdunkel. Das Wasser aus der Dusche plätscherte auf die Kacheln und änderte das Geräusch, als Ulla es in ihre Richtung drehte. Es war merkwürdig erregend, sich vorzustellen, wie sie sich wusch. Die Achseln, die Brüste, die Hüften, den Bauch, vielleicht bückte sie sich ein wenig. Bestimmt stand sie mit dem Rücken zur Tür und hatte das Wasser wie einen Schleier über dem

Gesicht. Sie würde nichts hören und merken, wenn er zur Tür schliche und sie einen Spaltbreit öffnete. Er legte den Kopf schief, sodass auch er den Türrahmen berührte.

Jetzt hörte man bereits, wie sie den Deostift auf die Ablage zurückstellte und den Spiegelschrank öffnete. Vielleicht ein Duft? Allerdings konnte kein Duft die Verwandlung kaschieren, die mit Ulla unter der Dusche vor sich ging. Er mochte sie nicht, ertrug es aber. Es gehörte dazu. Auch das Ertragen musste man können, und wenn jemand in dieser Disziplin versiert war, dann er.

Es war, als würde sie mit dem Schweiß sich selbst abwaschen, auch die ganze letzte Stunde und alles, was in der Zeit geschehen war, auch ihn, und zwar so, dass er mit dem Wasserstrudel im Abfluss verschwand. Auf der sauberen Haut fand er dann wieder die Ulla, die sie vor seiner Ankunft gewesen war, die makellose, tüchtige Ulla, die sie war, wenn sie zu ihren Mitarbeitern oder ihrem Chef sprach, oder auf der Straße, wenn sie neben anderen auf den Bus wartete, mit einem Tupfen guter Mensch hinter dem Ohr.

Man sah es auch am Verhalten. Sie wurde nicht hochmütig, aber man merkte ihr an, dass sie wusste – und nur zu gut –, wer von ihnen beiden die höhere Ausbildung hatte, wer kultivierter war, und dass sie dreimal so viel verdiente wie er beim Kneten der kranken Muskeln anderer Leute. Sie wurde zu einem besseren Menschen. Die Schlampe.

»Herrliches Aroma«, sagte sie, als sie aus der Dusche kam. Sie könnte sich zur Abwechslung schon mal was Neues einfallen lassen. Als Nächstes käme – aber nein, sie ging zuerst ins Schlafzimmer, ihr Haarband lag noch auf dem Tisch, und dann erst: »Bring ihn doch bitte auf den Balkon, wenn du fertig bist. Tolles Wetter übrigens. Und jetzt hält man es draußen auch schon gut aus, weil die Sonne hinter den Bäumen steht.«

»In Ordnung«, antwortete er. Er hatte wieder einmal aus ihrem Ton herausgehört: »Kaffee auf dem Balkon, James.«

Orvo schloss die Badezimmertür hinter sich. Und auch wenn kein Grund dafür bestand, drehte er die Klinke nach oben, sodass die Tür verschlossen war. Das mochte damit zu tun haben, dass seine Mutter bisweilen ohne anzuklopfen hereinstürmte, wenn er unter der Dusche war, und noch tiefer saß etwas, das er nicht einmal in Gedanken erfassen konnte, etwas in der Richtung, dass ihn so jedenfalls kein Psycho überraschen konnte.

Er ließ die Boxershorts fallen und drehte sich um, ganz langsam, wie in einem Kugellager, nach rechts, und hielt erst an, als er das Waschbecken, die Glasablage und den Spiegelschrank sah. Der Schrank hatte auch innen Spiegel, und wenn man ihn öffnete und die Türen in die entsprechende Position brachte, sah man sich aus verschiedenen Perspektiven. Er hatte es getestet, natürlich; er untersuchte immer alle Schränke und Schubladen. Er vergriff sich an nichts und nahm auch nichts mit, niemals. Man konnte dadurch aber so schön hinter die Stirn anderer Menschen schauen. Allerdings musste man es gekonnt machen, denn Menschen, die alleine lebten, merkten so etwas leicht.

Die Ablage stand voller Make-up, und was es nun einmal alles war: Nivea Visage Anti-Wrinkle, YSL, DNAge Cell Renewal Firming, Idole d'Armani, Lancôme Oscillation Power-Booster. Ulla hätte wahrhaftig schön sein sollen, oder *beautiful*, und das war sie in gewisser Weise auch, sie hatte sich gut gehalten, aber *wrinkles* hatte sie nun mal. Und jene Frauen, die nur Finnisch konnten – woher wussten die, wie man sich an der richtigen Stelle verschönerte? Er ließ das Wasser am Becken laufen, sodass es plätscherte und das Rohr in der Wand rauschte, als wäre er unter der Dusche, und öffnete mit den Fingerspitzen die Schranktüren.

Dort gab es weitere Döschen und Nagelscheren und Feilen, aber er sah sie sich nicht näher an, sondern hob den Blick. Er sah nicht schlecht aus. Sein Gesicht war eigentlich gut geformt – ein bisschen wie ein umgedrehtes Ei, ebenso regelmäßig und symmetrisch. Die Stirn war breit und hoch, aber das kam nicht von dem zurückweichenden Haaransatz wie beim Admiral. Vielleicht war es die Stirn seines Vaters. Sein Haar war tiefbraun, so tief, dass es in einem bestimmten Licht schwarz aussah, und es war ganz fein und dünn, aber kompakt. Er musste es kurz halten, damit sich keine Locken bildeten.

Ulla hatte ihren Slip angezogen – er erkannte es am Geräusch. Sie dehnte jedes Mal den Gummi und ließ dann plötzlich los, sodass es platsch machte. Das war wohl einer ihrer Tests. Am Geräusch erkannte sie, ob sie ihre Kilos noch im Griff hatte. Gleich würde sie den Morgenmantel überziehen, den dünnen mit dem chinesischen Motiv, und zum Plattenspieler gehen, und bald würde der Nussknacker ertönen. So kam es auch – außer, dass sie irgendwo am Ende der Platte anfing. Pas de deux. Sie war sehr zufrieden mit sich.

Seine Augenbrauen waren dicht und in der Mitte merkwürdig erhöht, es sah fragend aus, auch wenn er nicht verdutzt war. Seine Nase konnte er durchaus vorzeigen, und auch wenn sie nicht eigentlich gekrümmt war, so hatte sie doch etwas von einem Indianerhäuptling. Jemand hatte seine Oberlippe einmal als zart bezeichnet, und fraglos sah sie aus wie mit einem dünnen Pinsel gemalt. Manchmal wünschte er sich ein massiveres Kinn, aber es war erträglich, vor allem mit Dreitagebart, auch wenn er es jetzt wegen Ulla glatt rasiert hatte. Die Haut an der Innenseite ihrer Schenkel war so empfindlich, dass die Bartstoppeln stachen.

Die Augen hob er sich für zuletzt auf.

Ihre Farbe konnte man nicht mit Sicherheit benennen. Sie waren grün und braun zugleich, und manchmal sah es aus, als hätten sie auch etwas Blaues, aber das Wesentliche war der Blick. Ihm selbst fiel es schwer, ihn zu definieren, außer, dass er ernst war, nachdenklich, einer, der direkt in den anderen hineinsah und doch vorbei. Vielleicht beschrieb ihn die Feststellung einer schon etwas reiferen Frau doch am besten. Er hatte ihr am R-Kiosk die Tür aufgehalten, und sie war stehen geblieben, hatte die Hand erschrocken an den Hals gelegt und gesagt: »Huch, was für ein Blick!« Dabei hatte er sie gar nicht auf besondere Art angeschaut, sondern nur so, wie man eben jemanden anschaut, der einem in der Tür begegnet.

Vom Nussknacker ging es zum Blumenwalzer, und Orvo schloss den Spiegelschrank und trat ein Stück zurück. Sein Hals war lang und schmal, Adamsapfel und Sehnen waren deutlich zu erkennen. Er war nicht breitschultrig, hatte aber auch nicht die Silhouette einer Bierflasche. Er müsste sich nur ein kleines bisschen Mühe geben und ein paar Kilo mehr heben, als das, was er in Kurres »Kontor« stemmte, dann wäre er schnell so kräftig, dass ihn keiner mehr schief anredete.

Er winkelte den Arm an, damit der Bizeps hervortrat, und bewies damit, was der Admiral für eine Scheiße redete. Er war kein Muskelprotz, aber seine Muskeln waren lang und schmal, solche, die echte Kraft und Ausdauer garantierten. Außerdem hatte die Arbeit seine Arme so geformt, dass auch solche Muskeln effektiv funktionierten, von denen viele Leute nicht einmal wussten, dass es sie gab.

Er schaute auf seine Brust und auf den Bauch und konnte es nicht leugnen: kein Waschbrettbauch, aber vielleicht brauchbare Voraussetzungen dafür. Da er kein überflüssiges Fett am Leib hatte, war er auf jeden Fall gut proportioniert. Er hatte einen Körper, den die Frauen mochten. Er öffnete die Duschkabine und drehte das Wasser kälter, als es bei Ulla gewesen war.

Auf dem Balkon hielt sich noch immer etwas von der Nachmittagshitze, obwohl Ulla die Verglasung komplett geöffnet hatte. Ein träger Nordwind kam vom Meer und brachte den Duft von Ufer und Schilf mit, außerdem hatte man das Gefühl, alles Lebende und Wachsende und Blattgrüne stark wahrzunehmen, weil immer wieder für Momente der Geruch frisch gemähten Grases um die Ecke geweht wurde. Der Luftstrom blies den Rauchfaden aus Ullas Zigarillo so schnell davon, dass er nichts überlagern konnte. Sehr weit oben hörte man das empörte Schreien der Mauersegler.

»Darüber wundere ich mich jeden Sommer«, sagte Orvo leise und zögerlich. »Das ganze Frühjahr über ist der Rasen durch den Schnee ausgelaugt und tot. Alles wartet nur darauf, dass etwas Grünes kommt.«

»Und wenn es kommt, wird es sofort abgeschnitten?«

»Eben. Und das, wo die Sommer so trocken geworden sind. Der Rasen verbrennt und bleibt braun bis zum Herbst«, sprach er weiter und war erleichtert, denn Ulla schien in eine ähnliche Richtung zu denken. Normalerweise hütete er sich, seine Ansichten zu äußern, ganz gleich worüber, sogar darüber, wie der Kaffee schmeckte, bis sie ihre Meinung gesagt hatte, damit er ihr in angemessener Form beispringen und wenn nötig unisono Missbilligung ausdrücken konnte.

»Ich finde es ein bisschen albern, dich immer nur H. zu nennen. Klingt irgendwie chinesisch. So wie Ling-Ping Ha«, stellte Ulla wie beiläufig fest, ohne ihn dabei anzusehen. Sie wusste selbst, dass sie sich damit einem Bereich näherte, zu dem sie keinen Zutritt hatte, auch wenn das nie laut ausgesprochen worden war. Sie wussten es aber beide. Darum hatte sie ihn auch nie direkt nach seinem Namen gefragt.

»Ach, chinesisch«, lachte er, denn wenn nötig, konnte er auch das. Er hatte es wohl bei der Arbeit gelernt, im Umgang mit den Kunden, denn zu Hause wurde nicht gerade oft gelacht. »Es ist bloß so, dass ich auf H. am besten höre.«

»Der Anfangsbuchstabe deines Vornamens? Hannu? Henri. Heikki – ich kenne gar nicht so viele Männernamen, die mit H anfangen.«

»Es kommt aus der Kindheit. Ich war ein bisschen ungelenk. Oder langsam, kein kleiner Flitzer. Vielleicht ein bisschen zu sehr erstaunt über alles. Und dann noch diese Augenbrauen. Wenn jemand sauer auf mich war, dann hieß es immer: ›Was glotzt du schon wieder wie H. Moilanen?‹«

In einer der Birken sang ein Buchfink, so lautstark, wie ein Männchen es tat, wenn es sein Revier markierte.

»H. Moilanen«, sagte Ulla vor sich hin. Sie hatte eigentlich eine charmante Stimme, sie benutzte sie nur so selten, redete wahrscheinlich bei der Arbeit mehr als genug. Hätte sie gesungen, wäre sie ein Alt gewesen. Er empfand eine kleine, kindliche Freude darüber, dass sie das mit dem Flitzer nicht kapiert hatte. Es war ihm aus Versehen herausgerutscht und natürlich kindisch.

»Sicher eine lokale Größe bei euch.«

»Eher ein Dorftrottel«, lachte er, stellte die leere Kaffeetasse ab und stand auf. Ulla wollte diesmal offensichtlich keine zweite Runde, auch wenn er das mittlerweile durchaus hingekriegt hätte. Es war also Zeit zu gehen. Er erinnerte sich nur zu gut an die Redensart, die besagte, Gäste fingen am dritten Tag an zu stinken. Er hatte seine ureigene Version davon: in der dritten Stunde.

»Unsere Firma ist im Juli zu«, sagte er nebenbei und blickte über die Baumwipfel hinweg auf den rauschenden Verkehrsstrom auf der Westautobahn. »Da werde ich mal nach Sääksämäki zum Wochenendhaus fahren. Inzwischen ist das überhaupt kein Problem mehr, weil man nicht länger als anderthalb Stunden braucht.«

»Schöne Gegend«, sagte Ulla nur, aber das genügte. Sie hatte ihn verstanden. Sie besaß einen scharfen Verstand, es war teuflisch, mit ihr in Streit zu geraten. Er beugte sich über den kleinen Glastisch, bot ihr die Wange, und Ulla drückte einen flüchtigen und trockenen Kuss darauf. So trennten sie sich immer. Und sie begingen nie den Fehler zu sagen: »Wir telefonieren.«

Die Wohnung kam ihm auf einmal dunkel vor, »die Augen waren draußen geblieben«, er hätte auf dem Balkon eine Sonnenbrille aufsetzen sollen wie Ulla, aber nach einem halben Jahr Erfahrung kannte er den Weg und erreichte den Flur, ohne irgendwo anzustoßen. Vor der kleinen rotbraunen Kommode blieb er stehen und zog seine Segelschuhe an. Erst dann blickte er auf den schweren Aschenbecher von Iittala und verschob ihn ein kleines Stück. Das Geld lag wie immer darunter. Er machte sich nicht einmal die Mühe, es zu zählen, sondern steckte es direkt in die Brusttasche seines Hemdes. Er merkte, dass diesmal zwei zusätzliche Scheine dabei waren. Vielleicht hatte sie gar nicht die Absicht gehabt, ihn vor August anzurufen.

Im Treppenhaus hallte es merkwürdig, anders als in anderen Häusern, er verstand nicht, warum, horchte nur auf die eigenen Schritte, die ihm zu folgen schienen. H. Moilanen. Das hatte er sich gut ausgedacht. Seine Mutter hatte den Admiral einmal so bezeichnet. In Wahrheit war es sein ganz privater Spott. Wenn er an einer Tür läutete, stellte er sich bisweilen vor, was er antworten würde, wenn drinnen vor dem Öffnen jemand fragte, wer da sei: »Hure. Herr Hure.«

5

Zu Hause

»Aber das stimmt nicht«, sagte Elisa, nachdem sie eine Weile geschwiegen hatte. Anscheinend musste sie gar nicht nachdenken, sondern war sich von Anfang an sicher gewesen. Ihre Finger bewegten sich nun wieder in den Haaren von Harjunpää, der zwei Stufen unter ihr saß, und drückten fest auf die Kopfhaut, aber das war keine normale Massage, vielmehr bewegte sie ihre Finger auf dem gesamten Haarboden hin und her, langsam, immer ein paar Zentimeter auf einmal.

»Das kam mir halt in den Sinn.«

»Aber es stimmt nicht, dass Gott schläft. Oder einfach zulässt, dass solche Dinge geschehen. Es ist leicht, so zu denken. Dann hat man einen Schuldigen.«

»Darum geht es nicht. Außerdem kann ich mich über einen Mangel an Schuldigen nicht beklagen.«

»Allerdings«, meinte Elisa und veränderte die Position der Hände. »Aber ist dir schon mal aufgefallen, dass heutzutage nirgendwo mehr über das Böse gesprochen wird?«

»Haben nicht die Iraker gesagt, Amerika wäre der große Satan?«

»Immerhin haben sie insofern recht, als der Satan tatsächlich existiert. Oder das Böse. Früher war das eine Selbstverständlichkeit. Das Böse verrichtet seine Werke wie das Gute.«

»Ja«, seufzte Harjunpää in einem Ton, der eigentlich gar nichts bedeutete, oder eben das, was der andere wollte.

Ihm fehlte vielleicht die Energie, den Gedanken seiner Frau zu folgen. Seit Jahren redete er zu Hause nicht mehr über seine Arbeit, im Grunde hatte er es noch nie getan, außer vielleicht ganz am Anfang, als ihn alles noch so in Aufruhr versetzt hatte. Aber von Max hatte er ihr einfach erzählen müssen.

Sie saßen auf der Rückseite ihres Reiheneckhauses, und es war schon so spät, dass man ohne Uhr nicht sagen konnte, ob die Sommernacht bereits angebrochen war. Die Vögel schienen den Atem anzuhalten. Lediglich ein Rotkehlchen wisperte in der Nähe hin und wieder seine dünne, aber sehr schöne Strophe. Im Graben quakten die Frösche. Sie waren zurückgekehrt, nachdem der Graben jahrelang vollkommen stumm gewesen war.

»Ein bisschen wie Yin und Yang?«, sagte er schließlich, und kaum ein anderer als Elisa hätte jetzt noch den Zusammenhang verstanden.

»Daran kann man es auch erkennen. Die ganze Menschheitsgeschichte hindurch sind beide Elemente dabei gewesen.«

»Aber ist der Teufel nicht aus der Bibel entfernt worden?«

»Das ist Heuchelei. Von wegen, wenn man das Böse nicht sieht, dann existiert es auch nicht.«

»Das finnische Wort für Teufel ist übrigens ein Lehnwort. Stammt es jetzt aus dem Baltikum oder…«

»Von wo auch immer. Ich erkenne es jedenfalls in mir selbst. Und es war geradezu eine Erleichterung, als mir das bewusst geworden ist. Wenn mich etwas bedrückt oder deprimiert, dann denke ich, aha, jetzt regt sich das Böse.«

»Und das hilft?«

»Probier es aus. Aber man muss es zuerst im Bewusstsein haben. Das ist kein Hokuspokus.«

»Autsch«, stieß Harjunpää aus und kniff die Augen zu. »Genau da.«

Nach und nach fing er vielleicht doch an, seine Frau zu verstehen. Speziell was den Aspekt betraf, dass Elisas Gott kein Gott war, von dem in Büchern die Rede war und der in Kirchen angebetet wurde – seien es nun Kathedralen, Moscheen oder Synagogen. Elisas Gott brauchte keine Bischöfe, keine Beffchen, keine Kippa und keine Thora, keine Bärte, keine Schleier und keine heiligen Steine. Er war eher so etwas wie eine Kraft. Eine gute Kraft. Eine Lebenskraft.

Auch Harjunpää glaubte immer stärker, dass es eigentlich diese Kraft gewesen war, die Elisa gerettet hatte, und nicht sein Wiederbelebungsversuch. Überhaupt konnte man im Zusammenhang mit ihrem Herzstillstand und dessen Ursache von einem ziemlichen Wunder sprechen, denn erst danach hatte man bei Elisa einen angeborenen Herzklappenfehler entdeckt. Und das, obwohl sie drei Kinder zur Welt gebracht und weiß Gott was für Untersuchungen mitgemacht hatte. Der Schätzung nach war sie nur drei Minuten ohne Sauerstoff gewesen, unterhalb der kritischen Grenze auf jeden Fall, und die Absenz, die scheinbar eine Ewigkeit gedauert hatte, hatte keine bleibenden Spuren bei ihr hinterlassen.

Durch seinen Beruf war es Harjunpää gewohnt, sich mit zum Tod führenden Erkrankungen und den Verletzungen von Misshandelten auseinanderzusetzen, trotzdem – oder vielleicht auch gerade deswegen – verdrängte er die Existenz der Kohlefaserherzklappe, die man Elisa eingesetzt hatte. Er vermied es sogar, daran zu denken. Es jagte ihm geradezu einen Schauer über den Rücken, wenn Elisa behauptete, sie könne das Ticken der Klappe hören. Am Anfang hatte ihr das selber zu schaffen gemacht, weshalb sie in jedem Zimmer laut tickende Uhren aufgestellt hatte. Aber sobald sie sich an das Geräusch gewöhnt hatte, achtete sie nicht mehr darauf. Uhren besaßen sie weiterhin mehr als genug.

»Vielleicht war das nun mal das Los des Babys.«

»Ja. Bloß kann man das in so einer Situation nicht denken. Und die Eltern… wenn man ihre Verzweiflung sieht… Aber woher will man wissen, was Max noch alles vor sich gehabt hätte.«

»Jetzt hat er es jedenfalls nicht schlecht. Und er muss vor nichts mehr Angst haben.«

»Ich kann nicht an einen Himmel glauben.«

»Das meine ich auch nicht. Max hatte es vor tausend Jahren nicht schlecht und wird es auch in tausend Jahren nicht schlecht haben.«

»Ganz genau. Derselbe Zustand. Vorher und nachher.«

»Auch das ewige Leben ist ein Symbol. In gewissem Sinn aber auch wahr. In Form von Partikeln und Gasen. Wir verschwinden nicht aus der Welt. Und wer weiß, was für Leben aus den Bestandteilen einmal entstehen wird.«

»Ich muss jedenfalls morgen früh als Polizist wiedergeboren werden.«

»Dann fang schon mal damit an«, sagte Elisa und stand auf. Ihre Knie lösten sich von Harjunpääs Oberarmen, und ihr Rock raschelte. Für einen Moment konnte man noch ihre Handcreme riechen.

»Gute Nacht«, sagte Harjunpää leise, obwohl er Elisas Barfußschritte bereits auf dem Korkboden drinnen hörte. Eine Zeit lang saß er regungslos da, ohne etwas zu denken, und auch das hielt er für einen Segen. Ohne es selbst zu merken, starrte er jedoch über den kleinen Garten mit dem Löwenzahn und dem hohen Timotheegras hinweg auf die Böschung des Grabens. Wie ein Automat registrierte er, dass die Fliegen dort über einer eng begrenzten Stelle kreisten, über einem Fleck von knapp einem Quadratmeter vielleicht. Und um diese Zeit würden sie nicht mehr durch die Gegend fliegen, wenn es dort nichts Interessantes gäbe, und das Einzige, das Fliegen interessierte, war Nahrung oder etwas, wo sie ihre Eier ablegen konnten.

Noch vor wenigen Jahren hätte sein Polizisten-Ich den Sieg davongetragen, er wäre aufgestanden und hätte nachgesehen, aber jetzt kam er zu dem Schluss, dass eine der Nachbarskatzen wahrscheinlich Katz und Maus gespielt und den unterlegenen Spielgefährten dort liegen gelassen hatte, oder irgendwelche Lausbuben hatten mit dem Luftdruckgewehr einen Frosch erwischt. Auf jeden Fall hätte ihn dort ein Kadaver erwartet, wenn auch nur ein ganz kleiner.

6

Viola

»Wir machen das jetzt gründlich. Auch wenn es als natürlicher Todesfall reingekommen ist«, meinte Harjunpää, sah in den Rückspiegel und zusätzlich über die Schulter nach hinten. Er wechselte die Spur, nahm die rechte, die Busspur, weil er an der nächsten Kreuzung rechts abbiegen musste, was man in Helsinki am besten schon mehrere Kilometer im Voraus wusste, wenn man das anvisierte Ziel wirklich erreichen wollte.

Zwar hätte er die Busspur auf der gesamten Strecke benutzen können, denn er war dazu berechtigt, aber es gab da einen Aspekt, der ihn jedes Mal nervös machte: Die Busfahrer identifizierten den metallicgrünen Toyota nicht als Polizeifahrzeug, und wenn ihm diese Mammuts dann direkt hinten an der Stoßstange hingen und die Lichthupe flackern ließen, löste das bei ihm regelmäßig Hustenreiz aus.

Jetzt hatte er auf der Spur freie Fahrt, es war der glückliche Moment des Vormittags, an dem der Verkehr auf der Mannerheimtie so etwas wie eine kleine Pause einlegte. Die Oper huschte als weißes Etwas vorbei, dann kam auch schon der Abschnitt mit den grauen Geländern am Straßenrand und dahinter die schwarzen Baumstämme im Park. Über allem wogte ein üppig grünes Blätterdach.

»Und warum?«, fragte Pekka auf dem Beifahrersitz mit einem Tonfall, der Harjunpää auch ohne hinzusehen verriet, dass sein Kollege grinste. Er musste einen Moment nachdenken – nicht über die Sache selbst, sondern darüber, ob die Frage ernst gemeint war oder ein Flachs. Denn Pekka war jung, so jung, dass die alten Hasen ihn ganz natürlich als Jungen bezeichneten. Nicht auszudenken, wenn man eine gleichaltrige Frau Mädchen nennen würde. Er war gerade erst ins Dezernat gekommen und drehte nun in jeder Abteilung eine Einführungsrunde. Das Ganze hatte auch eine andere Seite, nämlich die, dass Pekka in seiner Ausbildung Dinge gelernt hatte, die um mehrere Jahrgänge frischer waren als Harjunpääs Kenntnisse. Außerdem trug der junge Mann immer einen leicht schelmischen Gesichtsausdruck, weshalb man sich bei seinen Bemerkungen nie sicher sein konnte, ob er es ernst meinte oder nicht. Bei den alten Hasen hatte die Arbeit solche Eigenschaften längst ausgerottet.

»Weil man sich das am besten von Anfang an so angewöhnt. Das muss wie ein Reflex kommen«, erklärte Harjunpää. Er versuchte, sich so auszudrücken, dass man ihm anmerkte, wie ernst er es meinte, ohne dabei wie ein predigender Schulrektor zu klingen. »Innerlich sollte man immer davon ausgehen, dass eventuell doch ein Verbrechen vorliegt.«

»Wenn es nur eines wäre. Das wäre dann nämlich mein erstes.«

»Hör bloß auf… und die Streife hätte uns das schon gesagt. Aber sorgfältig muss man in dem Fall schon deshalb sein, weil sie so überreif ist. Da ist es oft kaum möglich, Verletzungen zu erkennen.«

»Ich hab Bilder gesehen.«

»Außerdem wird man schnell hektisch, wenn es am Fundort so stinkt.«

»Keine Eile also?«

»Du wirst es schon merken. Und falls es nicht nach Gewaltdelikt aussieht, muss ausgeschlossen werden, dass es ein Unfall war oder ein Abgang.«

»Abgang?«

»Selbstmord.«

»Und erst dann natürlicher Todesfall?«

»Genau. Wenn man andersrum anfängt, zertrampelt und vernichtet man weiß Gott was für Spuren. Und wenn es dann ein Fall wird, kommt man eventuell bloß deshalb nicht weiter, weil man selbst gepfuscht hat.«

Links rumpelte eine Straßenbahn wie eine grüne Wand heran, und der Gehweg quoll über von eiligen Menschen. Jetzt, da die Wärmewelle für leichtere Bekleidung sorgte, schien die Welt voller nackter Haut und runder Pos zu sein und voller Brüste, die vor lauter Freude über das Dasein wippten. Die Ampel sprang um, Harjunpää setzte den Blinker und bog rechts in die Pohjoinen Hesperiankatu ein. Es roch nach Park. Einige Möwen hatten im Rinnstein die Überreste eines Schnellgerichts ausfindig gemacht und flatterten als kreischender weißer Pulk über der Fahrbahn.

»Die Krähen kriegen davon graue Federn«, sagte Pekka, und wieder färbte ein Grinsen seine Stimme. »Noch über die Runeberg drüber, und dann die erste rechts.«

»Von den Möwen?«

»Vom Junkfood. Bei City-Krähen ist das weit verbreitet. Die nehmen nicht genug Spurenelemente oder so auf, und dann kriegen sie eine Pigmentstörung.«

»Menschen müssten auch Federn haben… Die gebrauchten Gummihandschuhe wirfst du übrigens am besten immer in den Mülleimer in der Küche.«

»Wie ein Gentleman?«

»Auch das. Aber vor allem kannst du bei der Gelegenheit einen Blick hineinwerfen. Einmal waren leere Medikamentenröhrchen drin. Der Mann hatte sie versteckt, weil er sich für den Selbstmord seiner Frau schämte. Ihm war nicht klar, dass es bei der Obduktion sowieso herausgekommen wäre.«

Vor der Ampel an der Runeberginkatu mussten sie nicht anhalten, offenbar genossen sie gerade die Gunst der grünen Fee. Die Straßenbahnschienen ratterten beim Überqueren unter den Rädern.

»Solche Sachen hat man uns nicht beigebracht. Gleich nach dem blauen Lieferwagen rechts, dann sind wir in der Välskärinkatu.«

»Darum machst du ja auch deine Eingewöhnungsrunde bei uns. Und die Hände wäschst du dir immer im Bad.«

»Weil man eventuell an der Seife was findet?«

»Genau. Vor allem aber siehst du nach, was in der Kloschüssel ist. Durchfall, Blut. Erbrochenes. Und wie die Handtücher aussehen. Gibt es Flecken und so weiter. Und ich werfe immer ganz frech einen Blick in den Arzneischrank, wenn es einen gibt.«

»Unsre Jungs haben auf dem Bürgersteig geparkt«, stellte Pekka fest, nicht gerade aufgeregt, aber so, dass Harjunpää einen gewissen Eifer heraushörte. Das Polizeiauto war ein neuer VW-Transporter, ein schnittiges Ding, bei dem die Blaulichter geschickt im Dachaufbau eingelassen waren. Davor stand ein Polizist in Uniform. Er hatte ein junges, fast kindliches Gesicht, doch das kurzärmlige Hemd entblößte die Arme eines ausgewachsenen Mannes. Der breite Gürtel war mit schweren Gerätschaften bestückt. Etwas abseits stand als Publikum ein alter Mann mit Strohhut, der gemächlich an einem Eis leckte.

»Nimm du die Tasche«, brummte Harjunpää und stieg aus. Nach der klimatisierten Luft im Auto kam es einem draußen wärmer vor, als es vermutlich war. Und es duftete nach Sommer, so wie es nur in Helsinki duftete: nach Asphalt und Stein, der Sonne aufgesogen hatte, nach Löwenzahn, der irgendwo herausspitzte, nach der Leichtigkeit der Menschen, und natürlich nach dem Meer und nach den Blechdächern, über denen die Hitze flimmerte.

»Ihr seid da«, stellte der Uniformierte fest, was wohl so viel bedeuten sollte wie Hallo. Der aktuellen Polizeimode entsprechend hatte er sich den Kopf kahl geschoren. An seinem Schiffchen hatte er sicherlich eine ganze Weile herumgerückt, bis es so lässig schief saß. Vor dem Haus gab es einen Streifen Vorgarten – eine ziemliche Seltenheit im Innenstadtbereich –, und dort wippte auf einem Randstein eine Bachstelze mit dem Schwanz. Harjunpää blickte nach oben und sah lediglich eine dunkle Fassade mit in sich gekehrten Fenstern. Dennoch ging ihm flüchtig die Frage durch den Kopf, ob er womöglich schon mal in dem Haus gewesen war, und ob damals nicht jemand auf dem Dachboden am Balken gehangen hatte.

»Hallo. Harjunpää und Goljanoff. Mordkommission.«

»Haverinen, Revier Mitte«, sagte der Uniformierte und stellte sich in überraschend erfahrener Manier so neben Harjunpää, dass dieser lesen konnte, was der Streifenbeamte notiert hatte. An der Brust des Uniformierten meldete sich das Funkgerät, und er konzentrierte sich kurz auf die Nachricht, die ihm per Ohrhörer übermittelt wurde, kehrte dann aber zu seinen Notizen zurück. »Es ist eine gewisse Viola Helena

Alanko. Vorausgesetzt, sie ist die Wohnungseigentümerin. Es gibt allerdings nichts, was dagegen spräche.«

»Wer hat es gemeldet?«

»Ihre Kollegin. Angeblich hat sie nie unentschuldigt gefehlt, und jetzt war sie schon drei Tage weg. Und das als Chefin. Der Hausmeister hat es gleich gerochen und ist nicht rein, bevor wir da waren. Ein Nachbar kam vorbei und hat gesagt, seit letztem Sonntag wäre sein Hund immer mit eingeklemmtem Schwanz an der Tür vorbeigegangen.«

»Kein Wort über Angehörige?«

»Sie hat eine erwachsene Tochter in Göteborg. Wir haben schon ein bisschen mit den Nachbarn geredet, sie soll ganz okay gewesen sein. Laborleiterin.«

»Und sie liegt schon lange dort?«

»Aus der Erfahrung heraus würde ich sagen, eine Woche. Allerdings haben bei mir die Haferflocken vom Frühstück die Aufzugstaste gedrückt, darum bin ich gleich wieder raus. Karhunen ist noch oben. Wir sind nur im Gang die paar Meter zur Schlafzimmertür gegangen. Spuren sind keine hinterlassen worden. Auch keine Anzeichen für einen Einbruch oder Ähnliches. Alleinstehend.«

»Mhm«, quittierte Harjunpää und überlegte, aber ihm fiel nichts mehr ein, was er noch fragen konnte. Auf den ersten Blick sah alles sehr normal aus, was ihm aber gerade deswegen schon fast wieder ungewöhnlich vorkam. »Vielen Dank. Wir behalten deine Aufzeichnungen und sagen Karhunen, dass er gehen kann. Lasst am besten die Tür hier offen stehen, damit wir ein bisschen Durchzug bekommen.«

Mit wenigen Schritten war Harjunpää an der Haustür, die aus Holz war, massiv und gekonnt gemacht. Drinnen war es auf die angenehme Art kühl, wie es in alten Häusern mit dicken Wänden im Sommer oft der Fall war. Es roch leicht nach Bohnerwachs und nach Kommen und Gehen, aber wenn man tief Luft holte, nahm man bereits auch etwas anderes wahr – etwas, das Harjunpää sehr wohl kannte, wofür Hausbewohner aber oft den Abfluss verantwortlich machten oder den Nachbarn, der jede Woche Kohl kochte.

Fast schon träge schielte er auf die Tafeln mit Namen und Mitteilungen, aber das genügte ihm, denn in seinem Inneren wurde bereits die sogar für ihn selbst undefinierbare »Polizeidiskette« ausgeführt: Hier hing nichts, worauf er reagieren musste.

»Es ist im fünften«, teilte Pekka mit. »Wär da nicht der Lift angesagt?«

»Du kannst fahren. Am besten macht man es sich zur Gewohnheit, immer verschiedene Wege zu gehen. Bei jedem Einsatz.«

»Natürlich«, grinste Pekka, und nun sah Harjunpää endlich einmal, wie dieses Grinsen entstand. Es ging von den Kinnladen aus, bog die Mundwinkel nach oben und hob auch die Wangenknochen an, sodass die Augen zusammengekniffen wurden, und er begriff schlagartig, dass es nicht einfach allgemeine gute Laune war, geschweige denn versteckter Spott, sondern etwas, das auf die eine oder andere Art mit Glauben zu tun hatte. Pekka schien eine innere Verbindung zu etwas zu haben, woher er Vertrauen und Kraft bezog.

»So haben wir es auch im Streifendienst gemacht«, sprach Pekka weiter. »Einmal kam mir auf der Treppe ein Typ mit Baseballschläger entgegen. Aber gerade auf meiner Höhe verhedderte er sich irgendwie mit dem Ding und rollte bis ins nächste Stockwerk hinunter.«

»Schläger haben so ihre Tücken«, sagte Harjunpää und

nahm die Treppe in Angriff, immer zwei Stufen auf einmal. Er merkte, dass er selbst grinste, ohne genau zu wissen warum.

Die Stufen bestanden aus grauem, kreuz und quer mit weißen, klumpigen Flecken durchsetztem Stein, wie es für alte Häuser in der Helsinkier Innenstadt typisch war, und Harjunpää fiel ein Stück Wurst aus seiner Kindheit ein, das er vergebens unter dem Löffel zu verstecken versucht hatte. Eigentlich mochte er es, die Treppen zu gehen. Es war Sport im Alltag von der besten Sorte, wenngleich auch mit Dienstpflicht verbunden. Denn so, wie er im Parterre auf die Tafeln geschaut hatte, registrierte er jetzt die Wände und Türen, vorhandene oder fehlende Schmierereien, alte Durchbruchspuren oder eine seltsam klaffende Briefklappe. Er hörte, dass bei Huttunens Shopping-TV geguckt und bei Silanders gestritten wurde, und als er sein Ziel erreichte, war ihm das Haus bereits halb vertraut; es hatte ihm auf die Art der Häuser Guten Tag gesagt.

•

»Servus«, sagte Karhunen kurz und fing gar nicht erst mit unnötigen Erklärungen an, sondern wartete ruhig ab, was für Informationen gefragt waren. Er war so alt wie Harjunpää, ein erfahrener Streifenfuchs, der schon vor Jahren aus seinen Rückenbeschwerden Konsequenzen gezogen hatte und kein überflüssiges Gramm Ausrüstung am Gürtel trug.

»Was macht sie für einen Eindruck auf dich?«

»Wir haben sie nicht genau unter die Lupe genommen. Aber äußerlich sind jedenfalls keine Verletzungen zu erkennen. Die Haltung wirkt natürlich. Nackt. Die Möbel sind am Platz, und die Kleider fein säuberlich. Kein Hinweis auf Alkohol. Vielleicht hat sie im Schlaf der Schlag getroffen. Ich würde sagen am Donnerstag oder Freitag.«

Unten wurde irgendwo rasselnd ein Sicherheitsschloss geöffnet. Ein Hund jaulte.

»Und die Schlüssel?«

»Gehören der Lady. Lagen auf der Kommode im Flur. Sonst haben wir nichts angefasst. Ich hab nur einen Blick ins Wohnzimmer geworfen, ob da nicht noch eine vor sich hin gärt. Ein Mann von der Hausmeisterfirma hat uns aufgemacht und die Angaben zur Person mitgebracht. Bloß hatte er es eilig, weiterzukommen – Wasserrohrbruch.«

»Haverinen hat uns unten schon alles zur Person gesagt. Also vielen Dank.«

»Dann sag ich nur, viel Spaß bei der Arbeit. Es fliegt übrigens ziemlich viel Viehzeug rum. Geht also nicht mit sperrangelweit offenem Mund rein.«

»Wir müssen sowieso die Zähne zusammenbeißen.«

»Der Lift hat es nicht gerade eilig«, meinte Pekka, als er mit der Einsatztasche aus dem Aufzug gepoltert kam. »Gut, dass er keine Kaffeepause eingelegt hat.«

»Haben wir Insektenspray in der Tasche?«

»Logisch. Und Handschuhe und Hüllen für die Schuhe. Das… das ist vielleicht ein Aroma. Leck mich.«

»In dem Stadium ist es meiner Meinung nach am schlimmsten. Später geht es dann wieder, wenn sie anfangen zu trocknen.«

»Gut zu wissen, dass es nicht schlimmer wird.«

»Vielleicht nimmst du die Masken heraus. Solche blauen sind das. Die halten zwar den Geruch nicht ab, aber es sausen einem nicht gleich die Fliegen in den Mund.«

Die Atemschutzmasken waren dünn und leicht, solche, die auch in Krankenhäusern verwendet wurden. Geradezu dürftig im Vergleich zu denen, wie sie Brandursachenermittler trugen, aber in Ruinen konnte ja auch alles Mögliche aufstauben, bis hin zu Asbest. Harjunpää versuchte, das Gummiband hinter dem Ohr zu fixieren, und dachte laut vor sich hin: »Sie ist erst vierundvierzig. Ziemlich jung, um an einem Anfall zu sterben. Aber manchmal sind davon ja sogar Kinder betroffen. Die Medikamente werden uns da Auskunft geben.«

»Falls es welche gibt.«

»Eben.« Harjunpää hatte die eine Gummischlaufe angebracht und führte die andere in den Nacken. Dann fasste er bloß mit den Fingernägeln an den Rand der Tür, deutlich unterhalb des Schlosses, und zog sie auf, worauf ihnen der Verwesungsgeruch förmlich entgegenschlug. Es war jedes Mal der gleiche sonderbare Geruch: gleichzeitig bitter und Übelkeit erregend süßlich. Das aufgeregte Schwärmen der Fliegen war deutlich zu vernehmen.

»Sieh dir als Erstes die Zeitungen an«, sagte Harjunpää, wobei die Maske seiner ohnehin schon zurückhaltenden Stimme einen merkwürdig papierenen Klang verlieh. »Die unterste. Dann checken wir, was in der Wohnung als Letztes gelesen worden ist.«

»Helsingin Sanomat und Reklame«, murmelte Pekka und senkte ebenfalls unwillkürlich die Stimme. Erst jetzt, da Pekka sich bückte, begriff Harjunpää paradoxerweise, wie lang und dünn der junge Kollege war: Die Knie standen hervor wie bei einem kenianischen Läufer. Angeblich kam Pekka auch joggend zur Arbeit, elf Kilometer in jede Richtung. »Die unterste ist vom Samstag. Und heute ist Mittwoch. Das wäre also der fünfte Tag.«

»Klemm eine von den Zeitungen zusammengefaltet in den Türspalt, dann haben wir ein bisschen Zug, aber es stecken keine Neugierigen die Köpfe herein.«

»Bei dem Gestank? Hinter der ersten Tür brennt übrigens Licht.«

»Der Gestank hält die nicht ab. Einmal… Das ist die Toilette. Das ist oft ein Zeichen dafür, dass sie im Zusammenhang mit dem Tod benutzt worden ist.«

»Mensch!«, fiel Pekka ein, und das Grinsen verriet ihn trotz der Maske. »Was hältst du davon, wenn ich mal einen Blick in die Kloschüssel werfe?«

»Dass du auf die Idee kommst!« Auch Harjunpää musste grinsen, allerdings nur kurz. »Wenn wir wüssten, dass es ein Gewaltdelikt ist, würden allerdings nicht wir als Erstes reingehen, sondern die Kollegen von der Spurensicherung.«

»DNA und Fasern?«

»Genau. Aber wenn wir reingehen, dann nicht auf dem normalen Weg, sondern mehr auf der Seite. Um die Spuren zu erhalten.«

Harjunpää trat auf den Fußballen in den Gang und bemühte sich so ernsthaft um Vorsicht, dass er jede Übertreibung vermied. Der Boden war mit Parkett ausgelegt, ein brauchbarer Untergrund für Fußspuren. Harjunpää nahm die kaum daumendicke LED-Lampe aus der Tasche, bückte sich und legte sie auf den Boden. Deutlich erkennbare Spuren gab es zweierlei, beide stammten von Arbeitsschuhen mit grobem Profil. »Handwerker. Die einen etwas kleiner.«

Er drehte sich um und hob die Lampe. An der Garderobe hingen zwei Blazer, dunkelbraun und beige, eine Art Popelinemantel und ein Outdoor-Anzug. Männerkleider sah man keine. Es standen auch nur Frauenschuhe auf dem Boden, darunter weiße Laufschuhe und nur ein Paar mit hohen Absätzen, die anderen sahen aus, als wären sie hauptsächlich bequem. Keine Sandkörner, auch kein Staub.

»Sehen wir uns diese Viola mal vorläufig an«, sagte Harjunpää und richtete sich auf. »Dann schauen wir, was die Wohnung hergibt. Und wenn die Fliegen bewusstlos sind, lüften wir und nehmen uns die Leiche richtig vor.«

Jemand hätte das einen Arbeitsplan nennen können – und damit sogar recht gehabt. Er bildete sich in Harjunpääs Kopf so intuitiv, dass er nicht einmal darüber nachdachte. Ein genaues Erfassen der Situation und strikte Ordnung garantierten vor allem an hektischen Orten, dass nichts vergessen wurde. Und falls doch etwas vergessen ging, dann am häufigsten wegen des trügerischen Gefühls der Eile, das die ekelhafte Luft und die wütend brummenden Fliegen nun bereits deutlich in ihm wecken wollten.

Er machte ein paar wohlüberlegte lange Schritte und blieb vor der Schlafzimmertür stehen. Die Schwelle war durch eine flache Metallschiene ersetzt worden. Er hob bereits die Hand, um sich an den Türrahmen zu lehnen, und erst da fiel ihm ein: Im Ernstfall wären seine Papillarlinien dort nicht gern gesehen. Die Luft war noch stickiger als im Flur. Es wimmelte vor Fliegen. Sie schossen in einem schwarzen, metallisch schimmernden Schwarm hin und her und summten dabei nicht so gleichmäßig wie Bienen, sondern gaben ein unruhig auf und ab wogendes Sirren von sich, als suchte jemand auf einem alten Radio die richtige Wellenlänge.

Die Tote lag auf dem Rücken im Bett, die Beine gerade in Richtung Tür und Harjunpää ausgerichtet. Auch die Arme waren gerade, sie lagen ausgestreckt neben dem Körper.

»Wo kommen die ganzen Fliegen eigentlich her?«

»Keine Ahnung«, brummte Harjunpää, wobei seine Augen nicht stillstanden, sondern sich mit kleinen Rucken bewegten und den Blick von einer Stelle zur nächsten lenkten. Durch die Gase war die Leiche stark aufgebläht, das geschwollene Gesicht erinnerte kaum noch an einen Menschen. Langsam drangen Blasen aus dem Mund, man musste an einen Topf auf dem Herd denken, in dem es brodelte. »Die Viecher haben wahrscheinlich einen speziellen Geruchssinn. Einmal waren wir in Oulunkylä bei einer, die schon zwei Monate tot war. Ende März, noch kalt. Als wir die Fenster aufgemacht hatten, kamen sie hereingeschneit, wie benommen… Was denkst du eigentlich über das hier?«

»Für mich… also ich glaub… meiner Meinung nach sieht alles ganz natürlich aus. Vielleicht mach ich mal die Fenster auf.«

»Gleich. Zuerst das Gift. Ist es vielleicht zu natürlich?«

»Inwiefern?«

»Die Arme. Stocksteif. Und dicht am Körper. Die liegt ja fast schon da wie auf dem Seziertisch«, sagte Harjunpää sehr langsam, als müsste er sich jedes Wort halb mit Gewalt aus der Nase ziehen. Vielleicht war irgendwo in ihm bereits das Blinken einer Warnlampe zu erahnen. Nachdenklich legte er den Kopf schief.

Die Verwesung hatte auf der Haut der Toten starke Farbveränderungen bewirkt. Die Bauchseiten waren nahezu blaugrün, und weiter oben sah man ins Violette spielendes Dunkelrot. Die Körperflüssigkeiten hatten der Haut so schlimm zugesetzt, dass aus möglicherweise vor dem Tod ausgetretenen Sekreten keine Schlussfolgerungen mehr gezogen werden konnten. Die Pusteln wiederum deuteten darauf hin, dass die Haut bereits ziemlich lose war und reißen konnte, wenn man die Tote umdrehte. Dann musste man aufpassen, damit nichts von den diversen Flüssigkeiten auf Hosen und Schuhen landete.

»Mach doch mal ein paar Bilder und sprüh dann das Gift. Und schließ die Tür. Und... und sicherheitshalber ziehen wir sofort Handschuhe an.«

»Hast du einen Verdacht?«

Harjunpää antwortete nicht. Wenn er es sich genau überlegte, war er auf diffuse Art unzufrieden, aber er verstand selbst nicht, warum – und das machte ihn erst recht unzufrieden. Er hörte, wie Pekka die Tasche auf dem Boden abstellte, die Schnallen aufschnappen ließ und die Einweghandschuhe herausnahm, aber er folgte den Geräuschen nicht bewusst, sondern starrte nur weiterhin auf die Tote.

Er dachte, dass sie nackt war. Und dass Tote nicht sonderlich oft völlig nackt waren. Bei finnischen Frauen gehörte es fast schon zur Nationaltracht, nachts T-Shirt und Slip zu tragen, aber der Slip dieser Frau lag neben dem Bett auf dem Fußboden, wie in Eile dort hingeworfen. Wann hatte ein Mensch es so eilig? Die übrigen Kleidungsstücke hingen über dem Korbsessel, als wären sie mit Bedacht abgelegt worden. Harjunpää zog die Handschuhe an und versuchte, das drohende Umdrehen des Magens zu verhindern.

»Soll ich loslegen?«, fragte Pekka, und Harjunpää nickte. Erst als die Sprühdose bereits zischte und das Insektengift sich wie ein Nebelflügel im Schlafzimmer ausbreitete, schoss ihm in den Kopf, dass er nicht wusste, ob es sich auf die DNA auswirkte, sie gar zerstörte. Jetzt war es auf jeden Fall zu spät. Außerdem übten sie ja auch nur; es war mehr als wahrscheinlich, dass man von diesem Sterbeort gar keine DNA brauchen würde. Er machte sich zu dem Thema trotzdem eine Art Merkzettel und war sicher, dass sich die Situation so nicht wiederholen würde.

»Pfui Teufel. Ganz schön heftig.«

»Das bringt sogar die Fische im Aquarium um, wenn man es nicht abdeckt. Wir lassen es gut fünf Minuten wirken. Inzwischen sehen wir mal, was uns die Wohnung erzählt. Pass auf, wo du hintrittst. Und wir dürfen absolut nichts anfassen.«

Harjunpää ging auf das beleuchtete Ende des Flurs zu, und obwohl er nur zu gut wusste, dass Viola sich nicht mehr ärgern würde, nie mehr, über nichts und niemanden, kam er sich wie ein unverfrorener Schnüffler vor, der in Bereiche vordrang, die niemanden etwas angingen. Durchaus möglich, dass seine Kollegen etwas Ähnliches empfanden und die gleiche vorsichtige Achtung wahrten, denn die Leute von der Mordkommission hinterließen nie Spuren.

Das Wohnzimmer war geräumig, fast saalartig. Zwei Wände wurden von großen, bis zur Decke reichenden Bücherregalen eingenommen. Als Harjunpää die Reihen der Bücher hinter den Glastüren betrachtete, entstand bei ihm der Eindruck, als hätte Viola die Bücher nicht bloß um des Besitzens willen gesammelt, sondern als hätten sie ihr wirklich etwas bedeutet. Sessel und Couch waren tiefrot, sicherlich aus echtem Leder, aber Harjunpää ließ den Blick über den ovalen Glastisch zwischen ihnen schweifen.

»Scheint eine Musikliebhaberin gewesen zu sein«, flüsterte Pekka beinahe andächtig. »Corelli, Albinoni, Händel. Kirchenmusik?«

»Klassische. Barock. Aber auf dem Tisch da…«

»Der Kopf? Könnte das ein Teufel sein, mit den kleinen Hörnern?«

»Nein, die Untersetzer. Es sind zwei. Und zwar so, dass einer auf der Couch saß und einer auf dem Sessel.«

»Stimmt – aber sonst sieht es nicht so aus, als ob hier gefeiert worden wäre.«

»Nein. Aber jemand war hier.«

»Das kann früher gewesen sein.«

»Glaube ich nicht. Du siehst doch, wie ordentlich alles ist. Sogar das Kabel vom Handyladegerät ist sauber aufgerollt. Ein Handy ist übrigens keines da.«

»Im Schlafzimmer war auch keins. Und auf der Kommode im Flur ebenfalls nicht.«

»Die Küche ist der dritte Standardplatz«, sagte Harjunpää und sah auf die Uhr, vielleicht nur, weil die diffuse Unzufriedenheit noch immer in ihm gärte und sich allmählich verwandelte, in eine Art Ungeduld. »Im Handy finden wir garantiert die Tochter.«

Das Gute an Handys war, dass die Leute ihre Nummern darin speicherten.

Er ging auf die andere Tür des Wohnzimmers zu und achtete intuitiv darauf, nicht auf die weißen Teppiche zu treten.

»Die Teppiche sagen einiges. Jeder Faden sauber ausgerichtet. Nicht der geringste Fleck.«

»Auf der Couch lag übrigens die Zeitung vom Freitag.«

»Das passt«, quittierte Harjunpää und blieb in der Türöffnung stehen. Die Küche war nicht gerade groß und der Esstisch entsprechend klein, sicher kaum einen Meter lang; er hatte weiße Beine, doch das Furnier der Platte war aus dem gleichen Holz wie das Parkett. Überall herrschte eine fast penible Ordnung.

»Übernimm du das Klo. Und mach das Wohnzimmerfenster auf. Bald kommen wir hier raus.«

Harjunpää legte erneut den Kopf schief und dachte nach. Wenn er die Augen zusammenkniff, konnte er beinahe sehen, wie diese Viola Helena am Tisch gesessen hatte: morgens, die Haare noch nicht gemacht, sie blätterte in der Zeitung oder aß vielleicht einen Joghurt, sah zwischendurch auf die Uhr und rechnete innerlich aus, dass sie noch soundso viele Minuten Zeit hatte, bis sie ins Bad rennen und sich schminken musste. Und auch wenn sie natürlich nicht direkt daran dachte, so musste es für sie doch zweifellos eine Selbstverständlichkeit gewesen sein, dass sie es so auch am nächsten Tag tun würde und am übernächsten und auch in einem Jahr noch. Aber nun waren wildfremde Männer namens Harjunpää und Goljanoff zu ihr gekommen, und sie wusste davon überhaupt nichts.

Im Spülbecken stand ein hohes Glas mit Henkel, ein Glas für Heißgetränke, bei dem man sich nicht die Finger verbrannte, und es enthielt noch einen Rest bräunliche Flüssigkeit. Auf der Spüle stand ein Glas der gleichen Art, Harjunpää hatte den Eindruck, als sei es gespült, vielleicht sogar abgetrocknet worden, denn es gab keine Ränder. Was hatte das zu bedeuten? Eventuell gar nichts?

»Nichts Besonderes auf der Toilette«, sagte Pekka, der lautlos hinter Harjunpää aufgetaucht war. »In der Schüssel bloß Wasser. An der Leine trockene Slips und Kniestrümpfe und ein BH.«

»Gab es einen Arzneischrank?«

»Tür war angelehnt. Alles ganz normale, frei verkäufliche Medikamente. Das einzige rezeptpflichtige ist Cetirizin. Gegen allergischen Schnupfen. Und das auch zwei Jahre alt.«

»Hier ist auch nichts in der Art. Sie muss kerngesund gewesen sein.«

»So jemand stirbt doch nicht einfach so?«

»Eigentlich nicht. Wieso ist übrigens nur das eine Glas abgespült?«

»Ein höflicher Gast, der schnell selbst abspült.«

»So etwas tut nur ein guter Bekannter. Hier liegt auch kein Handy.«

»Aber die Graupengläser stehen in Reih und Glied.«

»Lass uns jetzt die Leiche angucken. Und nur zu deiner Information: Dieser Geruch bleibt in den Kleidern hängen. Die solltest du deiner Familie nicht unter die Nase halten.«

»Meine Familie ist gerade bei der Oma in Hauho.«

»Häng sie wenigstens über Nacht auf den Balkon.«

Harjunpää schaute noch rasch in alle Küchenschränke, pickte aus der fast leeren Mülltüte einen Kassenzettel mit kleinen Einkäufen heraus – er stammte vom Freitag – und sah sich im Kühlschrank noch die Verfallsdaten der Lebensmittel an. Dann durchquerte er in Pekkas Gefolge mit großen Schritten das Wohnzimmer, und die noch immer vorhandene hartnäckige Ungeduld, oder was es nun einmal war, ließ ihn fast nur dorthin treten, wo er hergekommen war. Mit der linken Hand setzte er die Maske wieder auf, die er zwischenzeitlich abgenommen hatte.

Mit den Fingerspitzen und weiter oberhalb, als man es normalerweise tat, stieß er die Schlafzimmertür auf. Der Giftgeruch hatte sich mit dem Gestank vermischt, die Luft im Zimmer war noch mühsamer zu ertragen. Harjunpää steuerte direkt das Fenster an. Auf dem Boden und auf den Möbeln lagen tote Fliegen auf dem Rücken, und auf dem Fensterbrett brummte noch die eine oder andere benommen vor sich hin. In ihrem Summen schien fast verzweifelte Raserei zu liegen, als spürten sie bereits, wie der Tod die Flügel betäubte. Er riss das Fenster auf und sog den sommerlichen Lufthauch tief ein. Aber dann war sein Blick auch schon wieder bei der Arbeit, graste den Schminktisch ab, registrierte die Schminkutensilien und die runde Bürste, verweilte kurz auf den sich küssenden Porzellantauben, ging dann weiter – und fand nichts, was in dem Moment von Bedeutung gewesen wäre, weder Visitenkarten noch Handy. Er ging auf das Bett zu und achtete noch genauer auf seine Schritte, jetzt allerdings auch, um nicht in die Flüssigkeit zu treten, die durchs Bett gesickert war.

»Okay, Pekka«, sagte er, sicherlich auch zu sich selbst, und seufzte so schwer, dass sich der Mundschutz kurz aufblähte, sogleich aber wieder angesaugt wurde. »Von den Farben darf man sich nicht täuschen lassen. Das ist alles bloß die Verwesung. Wie auch die Pusteln. Die Haut fängt an, sich zu lösen.«

»Ziemlich… ziemlich heftig der Mund.«

»Das ist auch die Verwesung«, sagte Harjunpää und begriff, dass es unvernünftig wäre, den Rücken der Toten in der Wohnung zu untersuchen, sie hätten es nicht gründlich tun können, und die Sauerei, die dabei entstanden wäre, hätte niemand aufwischen mögen. »Den Rücken sehen wir uns erst in der Gerichtsmedizin an. Sonst läuft sie uns direkt in den Abfluss.«

Er kniff den Mund fest zu und beugte sich über die Tote, führte die Hand zu ihrem Gesicht, wischte einige Fliegeneier zur Seite und öffnete die Lider einen Spalt. Der Zerfall war auch in den Augen schon zu sehen, aber etwas Außergewöhnliches entdeckte er nicht: keine Blutergüsse, weder punktartige noch sonstige, auch keine geplatzten Äderchen, und an den Pupillen fiel ihm ebenfalls nichts Anormales auf.

»Sie ist wahrscheinlich nicht durch Ersticken ums Leben gekommen.« Harjunpää richtete sich auf. »Obwohl der Zustand die Aussage natürlich erschwert. Eventuell sind die Innenseiten der Lider doch blasser als normal.«

»Was heißt das?«

»Das weiß ich, offen gesagt, nicht. Blasse Flecken deuten

im Allgemeinen auf Blutverlust hin. Aber das hier sind meiner Meinung nach nur die ganzen anderen Flüssigkeiten. Blutspuren erkennt man eigentlich immer. Und die wären dann überall.«

»Hat sie denn überhaupt geschlafen?«

»Genau.« Erst jetzt sah sich Harjunpää zum ersten Mal das Bett genau an. Die Zudecke lag zur Hälfte unter den Schultern der Toten, eindeutig zusammengefaltet, anders als wie nach dem Aufwachen. Auch das Kopfkissen war etwas seltsam schräg, und die Falten im Laken wiederum – noch bevor er aufblickte, wusste er, dass Pekka mit seinem Zweifel recht hatte.

»Nein, hat sie nicht. Hier ist getrickst worden. Der Slip hat mir auch schon zu denken gegeben…«

»Was ist?«

»Warte mal«, sagte Harjunpää leise und dachte bereits intensiv nach, erinnerte sich aber nicht, häufiger als zweimal zuvor an einem Ort gewesen zu sein, wo jemand beim Geschlechtsverkehr gestorben war. In beiden Fällen war es der Mann gewesen, falls ihn die Erinnerung nicht trog, beide hatten es mit dem Herzen gehabt. Der eine hatte seine Potenz zusätzlich mit Tabletten gestärkt.

»Warum hat der Partner keine Hilfe geholt?«

»Eben. Selbst wenn es ein Seitensprung gewesen sein sollte. Oder aber… Wo ist eigentlich ihr Schmuck? Sie trägt keinen.«

»Im Bad ist auch nichts. Ich hab automatisch danach geguckt, weil Hanna manchmal welchen auf dem Waschbeckenrand liegen lässt.«

»Und dann eben auch die Arme«, sagte Harjunpää gedehnt. Ein kleiner Schauder meldete sich in seinem Nacken, und schon überlegte er, wie viel er bereits vermurkst hatte, wer die Leute bei der Verstärkung und bei der Spurensicherung waren, und welcher Gerichtsmediziner wohl Dienst haben mochte. »Die liegen zu dicht am Körper an. Und hat sie nicht wenigstens einen Armreif getragen?«

Er griff nach dem Handgelenk der Toten und hob es an. Es war auf vollkommen andere Art schlaff als bei einer noch unversehrten Toten, und als sich unter seinem Griff die Haut löste, spürte er das am ehesten als eine Bewegung des Entgleitens.

»Hier haben wir – soweit man das erkennen kann –, hier sieht man so etwas wie eine Druckstelle in Bogenform. Die muss zu Lebzeiten entstanden sein. Hier ist ja nichts, was sie verursacht haben könnte.«

Pekka reckte den Kopf, um es zu sehen, hielt aber weiterhin Abstand vom Bett.

»Und am anderen auch, du. Hier, am Handrücken, unterhalb des Gelenks.« Harjunpää ließ Violas Hand los, und sie fiel vollkommen schlaff auf die Matratze. Dann richtete er sich auf und stieß mit einem Mal die Luft aus, sodass die Lunge leer wurde und die Gesichtsmaske vor seinem Mund sich wieder blähte.

7

Koko

»Ach ja, übrigens – die alte Frage«, hatte einer der Krankenpfleger in der Klinik fast ausnahmslos jedes Mal gesagt, wenn eine auch nur annähernd ansehnliche Frau aufgetaucht war. Vor allem Laitinen hatte sich einen Sport daraus gemacht, obwohl er seiner Frau treu war und nicht mal im Traum an andere Frauen dachte. Dann wurde so getan, als dachte man über die Frage nach, und dann folgte das Wettsingen: »Absolut, und warum nicht zu dritt«, oder: »In diesen Brunnen würde ich durchaus mal einen Blick reinwerfen«, und so weiter, mit dem immer gleichen Hengstgelächter. Orvo war in diesen Situationen meistens still gewesen. Aber er erinnerte sich noch gut, wie es gerade Laitinen einmal böse aufgestoßen war, als er doch mal etwas sagte, nämlich: »Weißt du, auch bei dieser Blondine wärst du immer noch auf Viagra angewiesen.« Ein halbes Jahr lang hatten sie in der Kaffeepause nicht mal am selben Tisch gesessen. Und als es dann wieder möglich war, hütete sich Matti Laitinen fortan wohlweislich, in irgendeiner Form die Frage zu stellen: »Würdest du die da bumsen?«

Der Boden der Straßenbahn bebte wie der Magen eines Drachens unter Orvos Füßen. Er stand am Gelenk und lehnte sich mit dem Rücken an die Wand, hielt in der rechten Hand eine Schale mit Erdbeeren und tippte mit dem Daumen der linken eine SMS. Es roch nach Schweiß und Touristen.

Er stieg in der Tehtaankatu eine Haltestelle früher aus und war froh, wenigstens ein Stück zu Fuß gehen zu können, denn am Abend zuvor war das Joggen ausgefallen. Sobald er auf dem Bürgersteig stand, schickte er die SMS ab: »Bin gleich da.« An der vorigen Kreuzung hatte man kurz zum Ufer hinuntersehen können, und zumindest über dem Meer war es klar gewesen, das Wasser hatte das Licht zucken lassen wie etwas Lebendiges, aber über dem Festland standen Quellwolken, die unmerklich Berge zu bilden schienen und zum Abend hin durchaus düster werden und einen ordentlichen Gewitterschauer über der Stadt abladen konnten. »Ich warte«, piepste sein Handy.

Natürlich betrachtete auch er die Frauen. Würde man im sommerlichen Helsinki nicht nach den Frauen schauen, wäre das ungefähr so, wie wenn man nach Frankreich fahren und in einer halben Stunde durch den Louvre rennen würde. Aber sein Blick war anders als bei den Kollegen mit ihrer »alten Frage«.

Erstens war er nicht scharf darauf, so schnell wie möglich einer an die Wäsche zu gehen, denn er wusste derzeit ohnehin genau, wann es das nächste Mal der Fall sein würde. Und zweitens hatte er keine Ehefrau, die mitten im Akt in der Nase bohrte, und zu deren Angewohnheiten er etwas Abwechslung gebraucht hätte. Außerdem: Wenn es nur um die einmalige Befriedigung ging, gab es bei Frauen gar keinen wesentlichen Unterschied, und darum war für ihn das Wichtigste beim Hinsehen die Übung, die Aufrechterhaltung seiner professionellen Fähigkeiten.

Die vierzigjährige Lady, die gerade vor ihm her stöckelte, hatte wirklich schöne Beine, wie in einer Strumpfhosenwerbung, und das wusste sie selbst sehr gut: Sie hatte Schuhe mit der genau passenden Absatzhöhe gewählt, sodass die Bögen der Wadenmuskeln leicht betont wurden. Und ihr Rocksaum spielte ununterbrochen damit, ob die Kniekehlen nun verhüllt waren oder nicht. Wäre sie eine Kundin von ihm gewesen, hätte er ihr schon die richtigen Komplimente zu machen gewusst.

Die Brünette, die ihm jetzt entgegenkam, besaß hingegen absolut kein Auge für Farben, auch über ihre Arme würde man besser kein Wort verlieren – ein Wunder übrigens, dass sie das in den Schaufenstern nicht selber sah. Das Rentnerehepaar, das dort drüben gerade eine Haustür ansteuerte, war auf seine eigene Art stilvoll; die beiden ergänzten einander, wie es nur möglich war, wenn man ein langes Leben gemeinsam verbracht hatte. Die Frau trug als Krönung einen Hut mit absichtlich schmaler Krempe, damit sie bei windigem Wetter nicht in Schwierigkeiten geriet.

Orvo schaute an dem Paar vorbei, sah Neea aber noch immer nicht. Sie wartete vermutlich in der ›kleinen Ecke‹, denn er kam meistens vom Marktplatz her. Und obwohl er das Rentnerehepaar nicht mehr beobachtete, begriff er plötzlich, dass bei den beiden alten Leuten alles gut war. Ihm fiel nichts Besonderes an ihnen auf, etwas, von dem er hätte sagen können, damit hat es zu tun, da kommt es her. Er spürte es einfach, so wie es einer, der lange in der Pflege tätig gewesen ist, nun einmal spürt, und blieb stehen.

Auch die beiden Alten blieben stehen, und in die Frau kam nun eine andere Art von Leben, sie war aufgebracht und erschrocken zugleich. Ihr dürrer und irgendwie bis auf die Haut grauer Mann suchte mit einer Hand an der Hauswand Halt. Sein Gesicht war ernst, als würde er auf etwas lauschen, und die Augen waren wie nach innen gerichtet, um zu erkennen, was sich dort tat.

Orvo trat an die beiden heran. »Entschuldigen Sie, brauchen Sie vielleicht Hilfe?«

»Nein – ist schon gut.«

»Beim Weggehen hab ich noch wegen der Nitros gefragt«, fing die Frau an zu lamentieren. »Aber anscheinend muss ich mich um alles selbst kümmern.«

»Ich bin Krankenpfleger. Haben Sie irgendwo Schmerzen?«

»Es sticht bloß ein bisschen hier«, ächzte der alte Mann, schob die Sommerjacke zurück und legte die Hand auf die linke Seite. »Wie als Bub, wenn man zu viel gerannt ist.«

»Er hat schon mal eine Ballon-Angioplastie gemacht bekommen«, kam es aus dem Mund der Frau.

Orvo gab ihr die Schale mit den Erdbeeren und steckte das Handy ein. Er musterte den alten Mann und ergriff dabei routiniert dessen Handgelenk, sodass er sofort den Finger auf der Schlagader hatte. Der Puls war vielleicht etwas erhöht, aber gleichmäßig; der Schmerz wiederum lag zu weit unten, um mit dem Herzen zu tun zu haben. Der Mann atmete einigermaßen normal, seine Augen bewegten sich und reagierten auf natürliche Weise, und ihm war auch nicht der Schweiß ausgebrochen.

»Wir haben bestimmt keinen Grund zur Sorge«, sagte Orvo beschwichtigend, so wie er es sicherlich Hunderte Male in der Klinik gesagt hatte, und auch wenn er sich wohlweislich hütete, den Doktor zu spielen, schien es sich doch um Seitenstechen zu handeln, wie er es selbst bisweilen beim Joggen hatte, vor allem gegen Ende. »Darf ich die Stelle mal kurz betasten?«

Der Mann öffnete die Jacke noch ein Stück mehr, und Orvo legte die Handfläche auf den Punkt, der ihm gezeigt wurde. Er tastete leicht darüber, sehr vorsichtig, er spürte deutlich die Rippen und den äußersten quer verlaufenden Bauchmuskel. Aber er fing nicht an zu massieren, er ließ die Hand nur liegen und spürte durch den dünnen Hemdstoff hindurch die allmählich zunehmende Wärme des alten Körpers, registrierte zugleich aber auch, wie seine Hand heiß wurde. Aus Erfahrung wusste er, dass sie bald ganz rot sein würde. Auch beim Massieren wurden seine Hände warm, das war natürlich, aber diese Erhitzung war anders. Er spürte sie vor allem dann, wenn er eine seiner Frauen mit der bloßen Hand befriedigte.

»Schon wird es besser«, seufzte der Mann, und auch seine Frau atmete erleichtert durch und begann, die Medikamente ihres Ehemannes aufzuzählen, wobei ihr bestimmt auch das ein oder andere eigene dazwischenrutschte. »Lassen Sie die Hand noch einen Moment da«, sagte der Mann. »Sie sind… Sie scheinen mir der reinste Zauberer zu sein.«

»Ach ja? Eigentlich bin ich außer Krankenpfleger auch Masseur. Da sind die Hände geübt. Für dieses Mal hätten wir es überstanden, mein Herr. Aber Sie sollten sich sicherheitshalber einen Termin beim Arzt geben lassen. Nicht wahr?«

»Nicht mehr der geringste Schmerz. Es glüht nur irgendwie. Unser Doktor Rautiainen ist ein guter Bekannter, bei dem lasse ich mir einen Termin geben.«

»Tun Sie das. Und einen schönen Tag noch.«

»Vielen Dank, Herr… Herr?«

»Auf Wiedersehen.«

Orvo ging, und die Frau mit dem Hut rief ihm noch etwas nach, aber er drehte sich nicht mehr um. Er hatte richtig geraten: An der Ecke Raatimiehenkatu saß Neea in ihrem Lieblingsrollstuhl mit den zitronengelben Greifringen und Vorderrädern und wartete auf ihn. Der Rollstuhl brachte gut zum Ausdruck, was Neea für eine Person war. Sie wollte damit nichts demonstrieren und auch keine Aufmerksamkeit erregen, von wegen, »Achtung hier kommt der arme Krüppel angekrochen«, aber da sie nun einmal auf das Ding angewiesen war, hatte sie zu ihrem Vater gesagt: »Ich will keinen, bei dem man an einen gebrauchten Datsun denken muss – lieber gleich einen Lamborghini.«

Es war gut gewesen, dass sie das gesagt hatte, denn ihr Vater war ein einflussreicher Mann, der jedoch still im Hintergrund wirkte, obwohl er zu den ganz hohen Tieren gehörte. Orvo fragte nicht nach ihm, natürlich nicht, sie würde es ihm irgendwann erzählen, wenn sie wollte, aber wenn er es richtig verstanden hatte, war ihr Vater einer, der auch einen echten Lamborghini kaufen könnte, wenn ihm der Sinn danach stand. Ihre Mutter lebte nicht mehr. Und wie es aussah, kam sie mit ihrem Vater und dessen neuer Frau, die sie Koko und manchmal auch Kossivi nannte, nicht besonders gut aus.

Er kniff die Augen zusammen: Wie sehr er ihre Haare mochte! Sie waren so tiefbraun, fast schon rotschwarz, wie die kleinen chinesischen Drachenskulpturen. Wie ein Vorhang liefen sie über den Augenbrauen entlang und reichten wie Flügel bis auf die Wangen. Hinten waren sie relativ kurz geschnitten und bogen sich ein wenig nach innen.

Ihr ganzer Kopf war etwas Besonderes. Zum Teil vielleicht deswegen, weil sie ihn besonders stark und viel bewegte, womöglich um die Bewegungslosigkeit ihrer Beine zu kompensieren, und die Bewegungen wurden von ihrem Hals, der schmal und lang und weiß war, noch betont. Sie hatte das Gesicht einer Siamkatze, und als er sie zum ersten Mal auf der Couch liegen gesehen hatte, war ihm bewusst geworden, dass sie den Körper einer Tänzerin besaß, was er auch beinahe laut ausgesprochen hätte.

»Neea«, sagte er gerade so hörbar, als er auf sie zuging, denn sie stand mit dem Rücken zu ihm, erwartete ihn aus der falschen Richtung. Ihr Kopf drehte sich so abrupt, dass ihr Haar ganz kurz zu einer Wolke aufflatterte, und mit zwei gegenläufigen synchronen Handbewegungen wendete sie den Rollstuhl, sodass sie sich ins Gesicht sahen.

»Hallo.«

»Hallo«, erwiderte er, und nur einen haarfeinen Augenblick später mussten beide bereits lächeln. Orvo spürte sein eigenes Lächeln wie eine warme Berührung auf dem Gesicht, und daran erkannte er, dass es anders war als bei seinen übrigen Kundinnen; es entstand nicht durch Überlegung, sondern einfach so auf seiner Haut.

»Du hast mich überrascht«, stellte Neea fest. Auch ihre Stimme war schön, sie schien aus einem Holzblasinstrument zu kommen, das es vielleicht gar nicht gab. »Aber schön, dass du schon etwas früher kommen kannst.«

»Die Patientin um drei hat abgesagt. Zum Glück schon am Morgen.«

»So, so, die Patientin«, grinste Neea, und er nickte.

Von all seinen Kundinnen war sie die einzige, die wusste, welchen Beruf er eigentlich ausübte. Aber ihre Beziehung war auch kein Verkäufer-Käuferin-Verhältnis wie seine übrigen Beziehungen zu Frauen, auch wenn er sich selbst noch nicht so recht im Klaren darüber war, was für eine Beziehung es letzten Endes eigentlich war. Er fühlte sich in allem merkwürdig unsicher und ahnte, oder las eher, dass dies auch für Neea galt.

Gemächlich ging er die abschüssige Straße hinunter, und Neea rollte ständig bremsend neben ihm her. Sie kannten sich inzwischen so gut, als wären sie seit Jahren befreundet. Wenn Neea wollte, dass er sie schob, musste sie nur eine kurze Kopfbewegung nach hinten machen. Am Anfang war ihm einmal der Fehler unterlaufen – nur das eine Mal –, dass er sie von hinten kommend, ohne etwas zu sagen, einfach angeschoben hatte, und das hatte Neea erschreckt. Gründlich. Er hatte sofort kapiert, wie es für ihn selbst wäre, wenn er irgendwo in aller Ruhe stünde und jemand ihm von hinten an den Schultern einen Stoß versetzte.

Irgendwo in der Nähe zwitscherten Spatzen, als würde jemand in der hohlen Hand ein Glöckchen läuten.

»Die werden auch immer weniger.«

»Auf die Idee würde man nicht gleich kommen«, sagte Orvo aufrichtig erstaunt, denn das hatte er tatsächlich noch nicht gehört. Auch darum mochte er Neea und fühlte sich in ihrer Gegenwart wohler als mit den anderen: Ihr musste man nichts vorspielen. Man musste keinen bestimmten Ton anschlagen, keine falschen Komplimente machen. So etwas brauchte sie nicht. Ihre schmalen Handgelenke, die in den Rollstuhlhandschuhen verschwanden, waren schön, es genügte, wenn er sie mit den Fingerspitzen berührte. Dann verstand sie das. Und ihre Kleider waren bei aller Schlichtheit geschmackvoll, meistens mit hellen Naturfarben, oder wie sie es selbst ausdrückte: »Farben wie trockenes Holz«.

Neea brauchte keine Show und erkannte alles, was in die Richtung ging, sofort. Dann sah sie ihn mit halb geschlossenen Lidern an, mit einem Hauch von Zögern, und ihre Augen sagten: »Im Ernst, hör damit auf.« Sie hatte ihn nicht mehr als zwei Mal so ansehen müssen, da hatte er es begriffen, und seitdem war es für sie beide leichter.

»Das hat mit dem Strukturwandel in der Landwirtschaft zu tun. Zuerst sind sie auf dem Land verschwunden, und das spiegelt sich jetzt in den Städten wider.«

»Du verfolgst alles so genau.«

»Schon als kleines Mädchen habe ich die Vögel geliebt. Im Park habe ich versteckte Nester gebaut und ein oder zwei Eier hineingelegt. Zuvor hatte ich sie allerdings mit Wasserfarben angemalt. Und dann spielte ich, ich wäre eine Vogelmutter und könnte fliegen. Manchmal träume ich so etwas immer noch.«

»Ich und mein Freund Tuomo, wir waren Pegasus-Pferde. Aber wir flogen nicht. Dafür galoppierten wir so schnell, dass es fast schon wie Fliegen war. Sollen wir heute deine Beine machen?«

»Vielleicht eher den Nacken und die Schultern«, sagte Neea und bremste, sodass die Greifringe unter ihren Handschuhen sirrten. Das letzte Stück der Raatimiehenkatu war ziemlich steil, und Neea bog in einem Tempo in die Pietarinkatu ein, dass Orvo ängstlich die Luft zwischen den Zähnen einsaugte.

Bevor er losgegangen war, hatte er im Kalender nachgesehen: Er traf Neea heute zum neunten Mal. Geld hatte er nur beim ersten Mal genommen, und auch das war ihm peinlich gewesen, denn sie waren gar nicht zur eigentlichen Sache gekommen – und bis jetzt war es noch immer nicht passiert. Auch diesmal würde es kaum der Fall sein, denn zwischen ihnen war etwas aufrichtig Entspanntes, es war schön, einfach zu gehen und dem Wettsingen der Buchfinken im Brunnenpark zuzuhören und dem Gackern der Möwen weiter unten am Ufer. Es duftete fast berauschend nach irgendeinem Zierstrauch.

Allerdings hatte Neea zunächst durchaus die Dienste in Anspruch nehmen wollen, die er anbot. Sie hatte seine Telefonnummer im Internet gefunden, und das war in mancherlei Hinsicht großes Glück gewesen. Schon allein, dass sie gerade bei ihm gelandet war, dass es überhaupt eine Annonce von ihm gegeben hatte, denn normalerweise machte er keine Reklame. Ihm genügten die fünf, zur besten Zeit im Winter vielleicht auch sieben Stammkundinnen, die er hatte. Und die machten von ihm auch nicht allzu häufig Gebrauch, sodass er, wenn es lebhaft zuging, vielleicht einen Hausbesuch pro Woche hatte, oft nur zwei, drei im Monat. Glücklich durfte er auch deshalb sein, weil seine Kundinnen Frauen mit Niveau waren: wohlhabend, etabliert – und gesund.

Neea hatte Glück gehabt, als ihre Wahl auf ihn fiel. In der Hauptstadtregion – vielleicht sogar im ganzen Land – gab es nur wenige Professionelle wie ihn. Auch wenn er sich da nicht ganz sicher war, denn wer konnte das schon so genau wissen. Seine Annahme beruhte weitgehend auf Kurres Schätzungen. Es fehlte schlicht und einfach an Nachfrage. Zwar quoll das Internet über vor Kerlen, die sich als Sexualpartner aufdrängten, aber deren Absicht bestand ausschließlich darin, selbst zum Schuss zu kommen und sich Erleichterung zu verschaffen. Es schauderte Orvo noch immer, wenn er sich vorstellte, so ein Bock hätte sich an Neea vergriffen und sie nahezu vergewaltigt. Denn so wäre es gekommen. Zu allem Überfluss hätte so einer Neea mit wer weiß was anstecken können.

»Zack, zack«, rief sie und bog in die Toreinfahrt ein. Er

ging unmittelbar hinter ihr und schaute auch hin, obwohl es ihm jedes Mal einen Schauer über den Rücken jagte, einen eisigen, wie wenn man auf den obersten Balkon ging, um die Teppiche auszuschütteln. Er hatte auch noch nicht herausgefunden, wie sie es anstellte. Es ging so flugs: Im Nu befand sich der Rollstuhl in Rückenlage, und ihre Knie und die kleinen Vorderräder standen hoch in der Luft. So fuhr sie auf den Hinterrädern, wie junge Kerle es mit ihren Motorrädern und noch jüngere mit ihren Mountainbikes tun.

»Lass mal lieber«, sagte er kleinlaut, ging noch näher heran und streckte die Hand aus, um sie notfalls aufzufangen. »Zumindest solltest du dabei einen Helm tragen.«

»Nein. Das geht, wenn man es kann. Und ich war noch nicht mal zwölf, als es mir die Jungs in der Reha beibrachten.«

»Aber es sieht… furchtbar aus, ehrlich gesagt.«

»Das ist eines der wenigen Vergnügen, die man mit diesem Gerät hier hat«, lachte Neea und ließ die Vorderräder wieder aufsetzen. Er hörte ihr Lachen gern, es fing in der Kehle an, klang zuerst tief, wurde dann aber plötzlich ganz hell wie das Lachen einer Kinderschar, und es hallte in der Hofeinfahrt wider, sodass es klang, als lachten gleich mehrere auf einmal.

Von der Hofeinfahrt führte eine Rampe zur Tiefgarage hinunter, aber diesmal hatte Neea keine Lust, rückwärts hinunterzurollen. Stattdessen fuhren sie weiter in den Hof hinein. Es war eine enge Schlucht, so wie alle anderen Hinterhöfe im Bereich der Innenstadt, aber die Wände waren freundlich gelb gestrichen, sodass es wirkte, als schiene ständig die Sonne. Irgendwo oben gurrten Tauben. In einem der oberen Stockwerke wohnten auch Neeas Eltern, genauer gesagt ihr Vater und Koko. Jedes Mal hatte Neea das Gefühl, Koko beobachtete sie vom Fenster aus, und darum steuerte sie immer rasch die linke Wand und die dort anschließende zweite Durchfahrt an.

»Koko ist heute noch nicht da gewesen«, sagte Neea wie beiläufig und versuchte gar nicht erst, ihren Verdruss, oder was es war, zu verbergen. Orvo wusste nicht, ob der Ärger daher rührte, dass die Stiefmutter heute noch nicht da gewesen war, oder daher, dass sie im Gegenteil ständig zu ihr kam.

»Kommt Koko eigentlich von Coco Chanel?«

»Zum Teil. Aber man müsste sie mit zwei K schreiben. War eine Idee von mir. Wenn du sie mal siehst, verstehst du sofort, woher sie kommt.«

»Okay. Ich warte darauf. Und zwar mit Interesse.«

Bei der ersten Verabredung war Neea sehr zurückhaltend gewesen, vielleicht sogar unterschwellig aggressiv, aber er hatte bald begriffen, dass es vor allem mit der Irritation durch die Situation und womöglich auch mit einer Art Selbstschutzmechanismus zu tun hatte.

»Hast du damit gerechnet, dass ich so eine bin?«, hatte sie direkt gefragt und dabei mit den Fingernägeln auf den Greifrädern getrommelt. »So ein Handicap auf Rädern?«

»Nein… damit konnte ich natürlich nicht rechnen«, hatte er geantwortet und war dabei tatsächlich sehr verwirrt gewesen. Doch er war darauf eingestellt, eine neue Kundin kennenzulernen, und konnte daher seine Irritation mit Routine überspielen. »Aber das hat keine Bedeutung. Du sagst einfach, wie – falls du irgendwelche Wünsche hast, auf welche Art du es möchtest.«

»Es gibt ja nur eine Art«, hatte Neea fast trotzig erwidert, aber das war nur ein Bluff gewesen, den sie selbst nicht lange durchgehalten hatte, dann war ihr die Maske vom Gesicht gefallen, und sie war vom Hals an aufwärts rot geworden und hatte den Blick gesenkt. Und wenn er sich nicht irrte, hatte sie versucht, Tränen zu unterdrücken.

»Wir haben es nicht eilig«, hatte er gesagt, ein bisschen so, als ginge es darum, den Bus nicht zu verpassen. »Und wenn du nicht willst, dann müssen wir auch nicht unbedingt. Alles liegt in deiner Macht.«

Neea hatte geschwiegen. Orvo hatte sich ein Stück weiter weg von ihr gesetzt und dabei ihr Aquarium bemerkt. Auch mit Abstand betrachtet sah es sehr gepflegt aus. Die Pflanzen waren geschmackvoll, aber lehrbuchmäßig arrangiert, die Fische waren hauptsächlich Guppys und ein paar schwarze, die er nicht kannte. Offensichtlich hatte er inzwischen gelernt, mit seinen Kundinnen wie mit seinen Patienten Smalltalk zu betreiben, denn schon hörte er sich erzählen, wie er als Junge den Sand für sein erstes Aquarium von einer Stelle holte, wo immer Hunde ausgeführt wurden, und was für katastrophale Folgen das gehabt hatte.

Neea wiederum hatte ihm erzählt, dass es ihr sogar gelungen sei, Albinowelse dazu zu bringen, sich zu vermehren, wenn auch aus Versehen. Zu allem Überfluss hatten die Tiere auch noch in den Filter gelaicht, sodass man ihn nicht reinigen konnte… Neea und Orvo hatten sich unterhalten, als wäre das Thema Aquariumpflege der Anlass ihres Treffens gewesen. Schließlich hatte er ganz vorsichtig vorgeschlagen, Neea ein bisschen zu streicheln, oder sie ihn, oder ihr mit Küssen etwas Gutes zu tun, aber Neea war darüber hinweggegangen, und sie hatten weitergeplaudert, bis sie auf die Uhr geschaut und festgestellt hatte: »Jetzt hab ich deine Zeit sicher schon aufgebraucht. Es tut mir sehr leid… ich bitte um Entschuldigung… aber ich kann einfach nicht… auf diese Art. Dass ich dafür bezahle.«

Sie hatte ihm dabei unverwandt in die Augen geschaut, und er hatte sowohl am Blick als auch an ihrem schmalen Katzengesicht gesehen, dass sie es ernst meinte und dass die Ablehnung nicht aus einem Moment der Scham oder der Reue heraus kam, sondern tief aus dem Inneren und aus den Erfahrungen ihres Lebens. Sie hatten noch eine Weile geredet, und er hatte dann nicht den vollen Preis genommen. Er tat das alles ja nicht wirklich, um davon zu leben. Schließlich war es ihm gelungen, das Ganze ins Spielerische zu lenken, indem er meinte, seine Besuche seien mit einer Garantie versehen: War die Kundin nicht zufrieden, ging das nächste Mal auf ihn.

Zwei Wochen später hatte Neea angerufen. Er hatte ihren Fischen tiefgefrorene Eintagsfliegenlarven und ihr selbst eine gelbe Rose mitgebracht, und danach hatte er ihr zum ersten Mal die Füße gewaschen.

In der Durchfahrt war es angenehm kühl, es ging ein zarter, kaum merklicher Luftzug. Man sah den Hinterhof und eine Ecke des Unterstands für die Mülltonnen, und eine hohe Mauer, hinter der die Fliederbüsche des Nachbarhauses hervorlugten. Auf der Briefklappe stand mit weißen Plastikbuchstaben die Orvo bereits vertraute Aufschrift: Neea Sainio. Er blieb stehen, damit Neea quer vor die Tür fahren konnte – sonst wäre sie nicht ans Schloss herangekommen. Es klirrte, als sie den Schlüsselbund hervorzog. Er half ihr nie, wenn sie ihn nicht darum bat. Schließlich kam sie auch sonst selbstständig zurecht – warum auch nicht, denn das Einzige, was sie nicht konnte, war gehen.

»Tschuldige, wenn es ein bisschen unordentlich ist«, sagte sie, und Orvo lächelte. Wenn Neea »unordentlich« sagte, meinte sie damit, dass vielleicht ein ungespültes Glas auf der Spüle stand oder ein Bleistift auf dem Fußboden lag, den sie nicht aufgehoben hatte, weil ihre Helfende Hand, die fast ein Meter lange Greifzange, ihr gerade nicht ins Auge gefallen war. »Ich bin ein bisschen abrupt aufgebrochen.«

»Ich muss mich entschuldigen, weil ich die Erdbeeren, die ich dir mitbringen wollte, nicht mehr habe.«

»Sieh an. Ich hätte fast gewettet, dass du Kirschen magst. Aber die gibt es vielleicht noch nicht.«

»Es gibt auch noch keine einheimischen Erdbeeren. Weshalb meine Erdbeeren wahrscheinlich nicht besonders aromatisch gewesen wären. Ich habe sie aus Versehen einer alten Frau gegeben.«

»Ach ja?« Neea drehte flugs ihren Rollstuhl, und zog lustig die Augenbrauen hoch. Auch das war an ihr anders als bei anderen Menschen: Allein ihr Gesichtsausdruck und die Bewegungen von Kopf und Händen genügten, wo andere minutenlang reden mussten. In ihrer Wohnung roch es nach Maiglöckchen.

»Genauer gesagt war es ein älteres Ehepaar. Waren wohl zu schnell gegangen, weshalb der Mann Seitenstechen bekam.«

»Nichts mit dem Herzen?«

»Meiner Meinung nach hat nichts darauf hingedeutet«, sagte Orvo und merkte, dass Neea den obersten Knopf ihrer Bluse öffnete. Sofort ließ er den Blick in eine andere Richtung schweifen. Neeas Wohnung war ziemlich einzigartig. Sie zog sich über die gesamte Länge der Hofdurchfahrt hin, sodass man von den Schlafzimmerfenstern aus in den ersten und vom Wohnzimmer aus in den zweiten Hof mit dem Wilden Wein an der Mauer blickte.

Die Räume waren wohnlich eingerichtet, wie ein Nest, in

dem man Zuflucht vor der Welt finden konnte. Man hatte auch nicht gleich das Gefühl, sich in einer Behindertenwohnung zu befinden, auch wenn Neeas Vater bei der Renovierung nicht gegeizt hatte; die Schränke in der Küche hoben und senkten sich auf Knopfdruck, sodass Neea sie alle benutzen konnte, die Flächen befanden sich auf Rollstuhlfahrerniveau, die Steckdosen auf Hüfthöhe, und im Bad kam Neea ebenso mühelos auf die Toilette wie auf den Duschstuhl. Es war ein gemütliches Zuhause.

»Und du hast die alte Dame gezwungen, ihrem Mann Erdbeeren zu verabreichen und ihn damit zu heilen?«

»Das nun nicht gerade«, lachte Orvo. »Ich habe sie, ehrlich gesagt, vergessen. Ich drückte sie der Frau in die Hand und legte dem Mann die Hand auf die Seite.«

»Du hast ihn massiert?«

»Nicht einmal das. Bloß ein bisschen abgetastet. Dabei merkte ich, dass er mal einen Leistenbruch hatte. Man spürt das als Verhärtung. Aber ich ließ einfach die Hand liegen, damit er sich beruhigte.«

»Und der Schmerz verging«, sagte Neea langsam und schaute zu ihm hoch. Es war ein bisschen wie der »Im-Ernst-hör-damit-auf«-Blick, außer, dass die Iris jetzt ganz zu sehen war und die Augen weit offen standen.

Neeas Wanduhr schlug drei Mal. Auf dem Fensterbrett landete eine braun gescheckte Taube.

»Hallo, Neea Sainio. Soll Ihr Nacken massiert werden?«

»Weißt du, was«, sagte Neea wie zögernd, als hätte sie einen Verdacht und überlegte, ob sie ihn aussprechen sollte oder nicht. Dann strich sie sich übers zarte Gesicht und sagte so schnell, als befürchtete sie, die Worte könnten ihr entkommen: »Als du mir das letzte Mal die Füße gewaschen hast, habe ich gemerkt... Koko hat darüber natürlich nur gelacht, aber ich habe meinen Arzt von der Behindertenstiftung angerufen.«

»Und aus welchem Grund?«

»Als du weg warst, brannten meine Fußsohlen.«

»Ich hatte sie auch ziemlich gut massiert. Vielleicht half auch das Öl ein bisschen mit.«

Neea kam mit ihrem Rollstuhl näher heran, so dicht, dass sie mit ihren Knien seine Knie berührte. Vielleicht spürte sie das selbst gar nicht, denn normalerweise hütete sie sich davor, ihn anzufassen. Sie sah ihm jetzt so fest in die Augen, dass sich zwischen ihren Gesichtern ein gläserner Gang bildete, der alles andere ausschloss.

»Ich habe gesagt, meine Fußsohlen brannten.«

»Aber das ist doch nicht...«, fing Orvo an, und erst dann begriff er. An seinem Hals zuckte eine Ader oder ein Muskel, und die Verwirrung war wie Sand, der seine Brust ausfüllte, er konnte nicht einmal den Blick abwenden. Nach einer ganzen Weile gelang es ihm immerhin, langsam zu schlucken.

»Genau«, stimmte ihm Neea zu. »Das ist nicht möglich. Der Meinung war der Arzt auch. Und ich weiß das besser als jeder andere. Seit vierzehn Jahren spüre ich nicht einmal, dass ich Beine habe.«

»Ich... ich weiß, dass amputierte Gliedmaßen manchmal wehtun können...«

»Meine Beine sind nicht amputiert. Und sie tun nicht weh. Mir brannten die Füße vor Wärme. Und zwar auf gute Art.«

»Vielleicht hast du...«

»Nein. Ich komme mit der Hand hin, ich kann sie berühren. Die Füße waren ganz warm.«

Orvo machte ungezielte Bewegungen mit den Händen,

ein bisschen so, als würde er nach etwas greifen, das er kaum sah. Sein professionelles Ich hatte sämtliche Worte verloren, und das galt erst recht für sein eigenes Ich, für den Orvo, der er wirklich war. Irgendwo regte sich außerdem ein leichter Zweifel, er könne sich in Neea vollkommen geirrt haben; womöglich beschränkte sich ihre Behinderung nicht nur auf die Beine.

»Vielleicht mache ich jetzt deinen Nacken, Neea«, sagte er schließlich mit fast betäubtem Mund und blickte kurz auf die Uhr, obwohl er sich sonst wohlweislich hütete, das zu tun. Er hatte sogar ein paar Methoden entwickelt, den Verlauf der Zeit zu kontrollieren, ohne dass die andere Person es merkte. »Ich habe dir das noch nicht erzählt. Mein Opa – also der Vater meiner Mutter – wohnt auch in Helsinki. Und ich gehe jeden Tag zu ihm und schaue, wie es ihm geht. Er ist ziemlich launisch. Heute habe ich ihm versprochen, spätestens um halb fünf da zu sein.«

Neea schaute ihn einen Moment lang an.

»Okay«, meinte sie schließlich. So wie man zu verstehen gibt: »Lassen wir es bleiben.« Oder, was geradezu erschreckend war, als könnte sie an einem unsichtbaren, mystischen Text ablesen, was der andere empfand. »Die Handcreme ist auf der Ablage im Bad.«

»Die von Pirkka?«

»Dieselbe wie immer.«

»Die ist nicht so… die lebt nicht richtig auf der Haut. Nächstes Mal bringe ich eine Flasche ordentliches Öl mit. Die gehört dann dir.«

Er ging zum Bad, sah aber noch, wie Neea die Bluse auszog. Ihr Nacken war schmal und schön, wie ihr ganzer Hals, und die Muskeln der Arme und im Schulterbereich waren gut entwickelt, denn sie fuhr nicht nur möglichst steile Anstiege allein hinauf, sondern benutzte auch das Fitnessstudio im Miniformat, das die Hälfte ihres Schlafzimmers einnahm. Es war für sie ein fast unmerklicher, doch zugleich bedeutender Schritt, dass sie ihn die Schultern massieren ließ und dabei die Brüste vor ihm entblößte.

Die Spiegelablage war so niedrig angebracht, dass er im Spiegel nur seine Brust und seine Taille sah, und so sollte es sein, denn Neeas Welt bemaß sich nach der Rollstuhlhöhe. Das ging einem gesunden Menschen wie ihm, der es gewohnt war, alles nach seinem beweglichen Körper einzurichten, nur nicht so schnell in den Kopf. Neea konnte sich glücklich schätzen, dass ihr Vater sich um sie kümmerte, oder ihr zumindest Geld gab. Womöglich begriff er, dass seine Euros nicht besser angelegt sein konnten.

Auch Neeas Ablage stand voller Make-up – ihr Gesicht war stets gepflegt –, aber anders als man hätte erwarten können, waren es keine Top-Marken, sondern Allerweltsprodukte aus dem nächsten Laden. Darum auch die billige Handcreme.

Orvo ließ die graublaue Tube aufschnappen, drückte weiße Creme auf beide Handrücken und verteilte sie leicht, damit sie warm wurde, denn er achtete immer darauf, seinen Patienten keine eiskalte Masse auf die Haut zu klatschen. War Neea im Begriff, sich in ihn zu verlieben? Er fand für die brennenden Fußsohlen keine andere Erklärung. Aber überraschenderweise war ihm die Vorstellung nicht unangenehm, jedenfalls ließ sie in ihm kein Warnsignal ertönen, wie es zweifellos der Fall gewesen wäre, wenn es sich um Berit, Ulla oder eine andere gehandelt hätte.

Im Grunde weckte die Vorstellung etwas sehr Sonderbares in ihm: etwas Unruhiges oder fast Verzweifeltes, wie in einem

Nachtfalter, der sich im August im Schirm der Hoflampe abmühte, und zugleich auch etwas Warmes, wie man es spürte, wenn es einem gelang, sich an ein Vogelnest heranzuschleichen, sodass die Vogelmutter nicht davonflog, sondern in aller Ruhe weiterbrütete. Und außerdem noch etwas – vielleicht eine kurze Ahnung von dem besänftigenden Glück, das er empfand, wenn er als Kind mit seinem Teddy im Arm einschlief.

Er dachte darüber nach, glaubte aber nicht, so ein Gefühl zu brauchen, um sein Selbstwertgefühl zu stärken. Was die Männlichkeit betraf, bekam er genügend Befriedigung und Unterstützung von den anderen Frauen.

Er verteilte die Creme weiter auf seinen Händen und starrte dabei fast unmerklich auf die Finger. Er erinnerte sich, einmal etwas über Leute gelesen zu haben, die mit den Händen heilen konnten, annullierte es aber sogleich mit einer »Ja-ja-von-wegen«-Einstellung, denn er hatte noch nie an so einen Humbug geglaubt. Außerdem hatte er nichts Spirituelles an sich, sondern war seiner Meinung nach durch und durch Realist. Er betete auch nie, geschweige denn, dass er ein Verhältnis zu Gott hätte. Eigentlich dachte er nicht mal an ihn.

Neea saß mit nacktem Oberkörper vor dem Schminktisch. Ihre Haare sahen auf der bloßen Haut noch dunkler aus als sonst, und er war plötzlich froh, sich die Hände eingerieben zu haben, denn er empfand eine fast unwiderstehliche Lust, eine Hand auf Neeas Kopf zu legen und ihr über die Haare zu streichen.

Sie hatte kleine, stupsnasige Brüste, fast so, wie sie Halbwüchsige hatten. Das mochte damit zu tun haben, dass ihre obere Rückenmuskulatur so stark war. Und da er an ihre Brüste dachte, stellte er fest, dass er es nur flüchtig tat, wie auch sonst bei seinen Patientinnen, und nicht so, als wäre sie eine Privatkundin. Sie betrachtete ihn im Spiegel, und nun wieder mit ihrem üblichen Blick.

»Jetzt wird es gleich ein bisschen kühl«, warnte er, und Neea hob eine Hand. Sie hatte ein Gummiband hervorgezaubert und machte sich mit ein paar geschickten Bewegungen einen Pferdeschwanz. Und auch wenn die Geste ganz alltäglich war, hatte sie doch etwas unwahrscheinlich Sinnliches an sich, das Orvo, wäre er Maler gewesen, sogleich verewigt hätte. Er legte ihr die Hände auf die Schultern, und sie zuckte kein bisschen zusammen. Sie fühlte sich zart und zerbrechlich unter seinen Händen an.

»Die sind gar nicht so hart«, stellte er fest und strich mit den Handflächen auf beiden Seiten über den Trapezmuskel bis zu den Schultergelenken. Er ließ das Blut zum Herz hin zirkulieren und führte die Hand dann wieder nach oben bis zum siebten Dornfortsatz. »Jedenfalls stoße ich nicht auf Knubbel.«

»Eigentlich sind sie auch nicht verspannt«, sagte Neea, bereits wie im Halbschlaf. Sie hatte die Augen leicht geschlossen und atmete tief und gleichmäßig. »Aber das fühlt sich einfach so gut an.«

»Schön. So soll es ja auch sein.«

Noch stärker als zuvor empfand er Zärtlichkeit für sie, wie als Kind in Sääksimäki, wo er sich um das orangerote Katzenjunge gekümmert hatte. Eine andere hätte durchaus so tun können, als schmerzten ihr die Schultern, damit er sie möglichst lange massierte, aber nicht Neea. Irgendwie hatte sie begriffen, dass seine Finger die Haut und die Muskeln lesen konnten, weshalb er wusste, ob ein Schmerz da war oder nicht, und wo er in Wahrheit saß, im Kopf oder in den Schultern. Auf dem Schminktisch stand eine weiße, faustgroße Kugel aus Stein, deren eine Hälfte Licht durchließ, als wäre sie aus Glas.

»Wer kommt da?«, fragte Orvo, als an der Tür Geräusche zu hören waren. Das Schloss knackte, und ein ziemlich großer Schlüsselbund klirrte.

»Koko«, schnaubte Neea, und es kam ihm vor, als wäre ihre Stimme grau vor Ärger. »Normalerweise schickt sie vorher eine SMS«, sagte Neea und griff nach ihrer Bluse, aber er drückte ihr sanft die Arme zurück in den Schoß und sagte vollkommen ruhig: »Lass nur. Wir machen weiter. Ich bin der Masseur, du bist meine Patientin. Okay?«

»Okay. Aber wenn sie was ahnt?«

»Was soll sie ahnen? Sie würde es nie im Leben erraten.«

Die Tür wurde aufgerissen, und der Geruch von sonnenwarmem Asphalt wehte herein. Außerdem roch es nach einem teuren, vielleicht ein bisschen zu reichlich aufgetragenen Parfum.

»Hu-hu, Neea!«, rief es von der Tür aus, als wäre die Wohnung ein riesiges Labyrinth. Orvo mochte die Stimme der Frau nicht; es war eine, wie sie durch Übung und Überlegung und gespitzte Lippen entstand. An jedes ihrer Wörter hätte man ein Schild mit der Aufschrift »Lüge« hängen können.

»Hier. Im Wohnzimmer, Koko.«

»Ich dachte schon… um Gottes willen. Wer ist denn der Herr?«

Orvo stützte die Ellbogen in die Seiten und zeigte seine Handflächen, sodass auch ein dummer Mensch gesehen hätte, dass sie feucht und fettig waren, weil man ihn bei der Massage unterbrochen hatte.

»Smolander«, stellte er sich knapp vor und machte eine dezente Verbeugung. »Henrik Smolander. Ich bin Krankenpfleger. Und Masseur. Wie Sie sicherlich schon bemerkt haben, sind wir gerade mitten in der Behandlung, weshalb…«

An der Tür von Ullas Nachbarwohnung in Lauttasaari stand Smolander. Und die Kirche des heiligen Henrik befand sich in der Tehtaankatu, nur gut hundert Meter von der Stelle entfernt, an der er vorhin mit Neea abgebogen war.

Er musterte die Frau, und zwar nicht auf die normale Art, nicht so, dass der Blick umherschweifte und die andere Person nur wie aus Versehen traf, sondern bewusst so, wie man jemanden von Kopf bis Fuß musterte. Die Frau war das Abbild ihrer Stimme. Noch keine fünfzig, schlank und gepflegt. Aber der Lippenstift war zu stark aufgetragen und hätte ein paar Grad heller sein können.

Die blonden Haare waren frisch frisiert: vorne nach oben gekämmt, und an den Seiten fast bis auf die Schultern reichende, mit Lack gestärkte Schwünge nach oben. Die Nägel waren mit Sicherheit Kunstnägel, weil zu symmetrisch für eigene. Ihr Kostüm war schön, oder eher hübsch, hätte aber erst so richtig etwas hergemacht, wenn es eine Zwanzigjährige getragen hätte. Und die Seidenbluse war vermutlich mit Absicht eine Nummer zu klein gewählt worden, damit die üppigen Brüste hervorstanden und die Knopfleiste zum Spannen brachten.

»Ich dachte schon, hier geht etwas vor – etwas Intimes«, lachte Koko und trat näher, Schritt für Schritt, einen Fuß fast unnatürlich vor den anderen setzend wie auf dem Catwalk. Obwohl Werktag war, glitzerte ihre Strumpfhose – oder vermutlich waren es Stay-ups –, die feuerroten Schuhe hatten atemberaubende Absätze. »Auch wenn Neea so etwas ja nicht macht. Das wüsste ich ja.«

»Koko!«

»Ja, also ich bin Frau Sainio. Kiti Silander-Sainio, die Frau von Finanzdirektor Erkki Sainio«, artikulierte Koko mit Sorgfalt, wobei sie darauf achtete, keinen Lippenstift auf die Zähne zu bekommen. »Und… wie soll ich sagen – die Ersatzmutter der kleinen Neea.«

»Koko, bitte!«

»Neealein. Ich wollte nur kurz vorbeischauen.«

Sie ging sehr dicht an Orvo vorbei, so dicht, dass er eigentlich hätte zurückweichen müssen, doch er rührte sich nicht vom Fleck. Zuerst dachte er, ihr Blick sei kalt, aber er war noch schlimmer, nämlich wie Trockeneis: Er verursachte Kälte und Verbrennungen zugleich und hatte Orvo im Nu bis auf die Boxershorts durchleuchtet. Dann stand Koko auch schon auf der Schwelle zum Schlafzimmer. Sie sah nach, in welchem Zustand sich das Bett befand, ging Orvo auf. Und sofort spürte er, dass die eiserne Zelle existierte, in aller Kälte, in ihm, dass sie ein Teil seiner Seele war. Auch jetzt stand der Mann mit der Lederschürze darin, er schob Patronen in beide Läufe des Gewehrs und ließ die Waffe zuschnappen, und auch wenn Orvo das alles wie von außen betrachtete, wusste er doch genau, worauf der Mann mit der Schürze seine Waffe richten wollte.

»Darf ich fragen, wo Herr Savander beschäftigt ist?«, gurrte Koko und machte sich schon wieder auf den Rückweg, jedoch nicht ohne zuvor wie zerstreut einen Blick ins Bad zu werfen.

»Im städtischen Bereich«, antwortete er, und das war nicht direkt gelogen, denn sein Arbeitsplatz lag tatsächlich in der Stadt. Es war Kokos Sache, ob sie es so interpretierte, dass sein Arbeitgeber die Stadt Helsinki war.

»Na, das ist ja dann ein sicherer Arbeitsplatz. Aber Neealein, eigentlich wollte ich dich nur fragen, ob du genügend Tampons hast. Denn wenn ich mich nicht irre, müsstest du…«

»Hör auf, Koko!«, schrie Neea und machte eine so heftige Bewegung, als versuchte sie, mit reiner Willenskraft aus dem Rollstuhl zu springen.

»Gnädige Frau«, sagte Orvo, und auch wenn er diesen Ton nur selten anschlagen musste, so beherrschte er ihn doch: Seine Stimme klang wie eine Eisenstange, die bei Minusgraden über Nacht im Freien gelegen hatte. »Wie Sie sehen, bin ich mit meiner Behandlung noch nicht fertig. Und sogar in den weniger vornehmen Vierteln Helsinkis wissen die Leute, dass Unbefugte nichts im Behandlungsraum zu suchen haben.«

»Entschuldigen Sie mal, Herr Sulander, ich…«

»Bitte, hier lang«, unterbrach er sie und trat direkt vor sie hin. Mit einer Hand wies er zur Tür, die andere hielt er erhoben, als wollte er sie der Frau auf die Schulter legen. Koko duckte sich intuitiv, vor allem wohl, um ihre Seidenbluse vor Flecken zu schützen, aber die roten Schuhe fingen an zu steppen wie hitzige Flämmchen, und Orvo hielt die Tür auf, worauf die Frau bloß auf den Fußballen ins Treppenhaus trippelte.

»Was für eine Kokotte«, schnaubte er und knallte die Tür zu. Noch immer roch er das Parfum wie einen Lappen, der ledrig durch die Luft flatterte. Mit zwei Sätzen war er wieder im Zimmer, blieb dort aber abrupt stehen. Neea hatte sich mit dem Rollstuhl umgedreht, sodass sie ihm das Gesicht und die bloßen Brüste zuwandte. Und ihr Gesicht und ihre Hände erschreckten ihn. Sie hielt die Augen geschlossen, als wären sie ganz aus dem Gesicht verschwunden, und ihre Lippen waren hässlich verzogen, sodass man das Zahnfleisch sah und die Zähne leuchteten wie eine einheitliche Knochenplatte. Die Hände hatte sie im Schoß geballt, so fest, dass Orvo der seltsame Gedanke kam, sie wären blutweiß, wenn Blut nicht rot wäre.

»Neea?«

»Eine Kokotte«, keuchte Neea, als würde sie sich unwahrscheinlich anstrengen. »Du hast es sofort erkannt. Daher kommt der Name Koko.«

»Hör mal, Neea«, fing er mit gesenkter Stimme an und zuckte bei seinem eigenen Tonfall zusammen: Aus irgendeinem Grund war es der gleiche Ton, den er im Krankenhaus benutzt hatte, wenn er zu sterbenden alten Leuten gesprochen hatte. »Ich kenne sie nicht näher, aber…«

»Mein Gott, wie ich diese Frau hasse«, keuchte Neea. Sie hechelte förmlich, wie eine gebärende Frau zwischen den Wehen, und Orvo sah, dass es nicht nur mit der Szene von eben zu tun hatte, sondern mit zahllosen entsprechenden Auftritten, die im Lauf der Jahre stattgefunden hatten. Und er begriff ebenfalls, dass kein Außenstehender in der Lage wäre, Neeas schmerzhaften Hass zu verstehen; außer ihm vielleicht. Er wusste, wie es war, mit einer Mutter zusammenzuleben, die wegen seiner möglichen Beziehungen mit Selbstmord drohte, ansonsten aber am ehesten an ein Pantoffeltierchen erinnerte, und mit einem sadistischen Großvater, der ihm mit seiner Altersraserei und seiner Waffe Angst einjagte und seine ganze Lebenskraft aus der Demütigung seines Enkels zu beziehen schien.

»Ich kann es vielleicht verstehen, Neea.«

»Nein!« Sie schüttelte heftig den Kopf, und für einen Moment war ihr Haar wie Rauch um sie herum. »Mein Gott, wie ich sie hasse! Ich hasse sie! Von Anfang an habe ich sie gehasst. Kinder haben ein gutes Gespür. Zuerst glaubt man, dass man vielleicht sogar geliebt wird, oder dass man dem anderen wenigstens nicht gleichgültig ist. Aber ich war für sie immer bloß ein komischer Pudel, dem sie beibringen wollte, auf zwei Beinen zu gehen.«

»Das muss hart gewesen sein.«

»Alle Ärzte haben wir abgeklappert. Bis nach Amerika haben sie mich gebracht. Obwohl es Fakt ist: Ich werde niemals gehen können. Ich hab Reikitherapie gemacht. Aromatherapie. Bin bei allen möglichen Rutenschwenkern gewesen…«

Orvo gab einen Laut von sich, der nicht mehr bedeutete, als dass er da war und zuhörte. Er ging näher an sie heran, und obwohl er sich normalerweise zuerst die Hände gründlich mit Seife gewaschen hätte, so nahm er nun das mitgebrachte Handtuch von der Rückenlehne des Rollstuhls und entfernte damit die Creme von Handflächen und Fingern. Er hatte das Gefühl, sonst keine Zeit zu haben, auch wenn er gar nicht wusste, wofür.

»Und es hat halt nicht geklappt«, sprach Neea weiter, noch immer keuchend, aber nun war ihr Mund bereits wieder der Neea-Mund. »Sie fühlte sich deswegen beleidigt. Das hat sie natürlich nicht direkt gesagt, aber es war, als hätte ich sie vor den Augen meines Vaters bloßgestellt.«

»Ziemlich merkwürdige Denkweise.«

»Allerdings. Sie hat ernsthaft versucht, mich in wer weiß was für Einrichtungen unterzubringen. Im Sommer in der Reha, damit sie mich nicht sah. Sie fing an, mich zu hassen. Und niederzumachen. Sie redete mit mir wie mit einer Debilen. Als hätte ich das Gehirn in den Beinen!«, schrie Neea, wie kurz vorm Zerbersten, und ergriff ihre Knie und schüttelte ihre Beine, sodass die makellos sauberen, weißen Turnschuhe auf der Fußstütze schlackerten. Orvo fiel kein einziges Wort ein, das er jetzt hätte sagen können.

»Mir ist es dann gelungen, mit meinem Vater zu reden, damit er mir diese Wohnung hier kauft«, fuhr Neea kurz darauf fort, vielleicht schon ein wenig ruhiger. »Aber der ist auch… zwar ein Wirtschaftsgenie der Superklasse, zugegeben, aber sonst… absolut kein Gefühlsleben. Und dann hat er sich Koko Kossivi, wie ich sie nenne, angelacht. Diese narzisstische Kokotte.«

»Kokotte… Das ist die treffende Bezeichnung.«

»Und ich bin von ihr abhängig! Sie erledigt viele Dinge für mich. Auch wenn ich so viel wie möglich selber mache. Übers Internet und so.«

»Das ist für dich bestimmt total praktisch.«

»Aber dann kommt sie zu mir und präsentiert mir mit voller Absicht ihre Beine! Sagt, ich soll mir ihre neuen Schuhe ansehen! Und wie zierlich sie gehen kann. Sie hat sogar einen Kurs dafür besucht. Ich… ich könnte… aber ich sitze immer bloß in diesem Stuhl hier.«

Wieder schüttelte Neea wie wild den Kopf und griff mit beiden Händen in die Luft, die Finger gekrümmt, als versuchte sie, etwas in Stücke zu reißen. Und es sah aus, als wollte sie etwas sagen, ihr Mund bewegte sich entsprechend, aber vielleicht existierten die Wörter, die sie suchte, noch nicht einmal. Dann brach sie in Tränen aus. Und Orvo hatte noch niemanden so weinen sehen: Zuerst reckte sie das Gesicht nach oben, und ihrer Kehle entwich ein kurzer, bellender Laut. Dann liefen auch schon die Tränen, und sie warf den Kopf nach vorn, schlug das Gesicht geradezu in die Hände und weinte. Sie weinte wie ein Meerestier, das man mit Gewalt an Land gezogen hatte.

Orvo hielt sich die Hand vor den Mund und biss sich in die Daumenwurzel, dass er es bis in den Arm hinein spürte. Er konnte nichts für seine Gedanken. Er dachte, dass er wiederholt von einer Meerjungfrau geträumt hatte, und dass die Meerjungfrau nicht gehen konnte, weil sie keine Beine hatte, sondern eine Schwanzflosse, mit deren Hilfe sie davonschwamm. Neeas Schwanzflosse war der Rollstuhl mit den zitronengelben Felgen.

»Neea«, sagte er, aber sie war weit weg, jenseits ihres eigenen Weinens, und er sah dieses Weinen wie einen Wald voller Bäume: Einer davon war das scheuende Pferd, einer der Tod der Mutter, dann gab es die Jugend, die nie gekommen war, es gab die Freunde, die sie nie hatte, und die Tänze, die Neea nie getanzt hatte. Er warf das Handtuch weg, irgendwohin, machte den letzten Schritt auf Neeas Rollstuhl zu und ließ sich auf ein Knie nieder, sodass sein Gesicht auf der Höhe von Neeas Gesicht war.

Er ergriff ihre Handgelenke und versuchte, ihr die Hände vom Gesicht zu nehmen, aber es gelang ihm nicht, sie waren wie verkrampft. Er legte Neea einen Arm um die Schultern, und jetzt, da sie weinte, fühlten sie sich nicht robust und muskulös an, sondern sehr zart, so, als hielte man einen ängstlich zappelnden Schmetterling zwischen den hohlen Händen. Mit der anderen Hand fasste er Neeas Handrücken und Gesicht und drückte sie an sich, worauf er den Geruch ihrer Haare und ihres Weinens aufnahm.

»Ach Neea«, flüsterte er. »Neea, mein Schatz. Uns wird etwas einfallen. Glaubst du mir das, Liebste?«

8

Besprechung

»Was hat der Gerichtsmediziner genau gesagt?«, fragte Laiho, erhob sich von der Tischkante und öffnete das Fenster in Harjunpääs Büro. Er hatte Stil und schwieg darüber, dass es im Raum nach verwester Leiche und Insektengift roch. Der Gestank ging von Harjunpääs und Pekkas Kleidern, Haut und Haaren aus.

Keiner antwortete. Pekka vielleicht deshalb nicht, weil er das Gefühl hatte, nur der Lehrling zu sein, Onerva nicht, weil sie nicht dabei gewesen war, und Harjunpää nicht, weil er an den Hvitträsk dachte, den See in Kirkkonummi, dessen Wasser um ein Vielfaches klarer war als die Luft und kühl wie Quellwasser. Es war unglaublich schön, dort einzutauchen, auch nach einem schwierigen Arbeitstag, und er hatte Elisa versprochen, heute mit ihr schwimmen zu gehen.

»Also was hat er gesagt?«, fragte Laiho noch einmal, aber keineswegs in diesem fordernden Tonfall, den manch anderer Chef an den Tag legte. Er war erst seit knapp einem Jahr bei der Gewalt und vermutlich deshalb noch ein wenig unsicher, aber Kriminalhauptkommissar und Ermittlungsleiter war er trotzdem, und was bei seiner Ernennung vielleicht die größte Rolle gespielt hatte: Er hatte Kriminalistik studiert. Nach dem, was man in der Cafeteria hörte, war seine eigene Abteilung mit ihm zufrieden, denn er redete nicht um die Dinge herum, sondern traf seine Entscheidungen sofort. Der eigentliche Chef der Mordkommission – Mäki – war nach einer Knieoperation noch krankgeschrieben, weshalb Laiho vorübergehend auch die Leitung dieser Abteilung übernommen hatte und somit auch die Ermittlungen im Fall Viola.

»Aufgrund der äußeren Untersuchung so gut wie nichts«, sagte Harjunpää und merkte, dass er auf eine ziemlich fette Fliegenlarve getreten war, die noch immer zerquetscht am Rand seiner Schuhsohle haftete. »Sie war schon in zu überreifem Zustand. Eindeutige Spuren von äußerer Gewalteinwirkung konnten nicht mehr festgestellt werden. Die einzigen sicheren Spuren aus Lebenszeiten waren die Abdrücke an den Handgelenken.

»Was ist mit denen?«

»Wir sind noch nicht dahintergekommen.«

»Vielleicht hat man ihr mit Gewalt den Armschmuck abgerissen«, sagte Pekka, auch jetzt so, als amüsierte ihn etwas. »Ich habe nämlich mit ihrer Sekretärin telefoniert. Reichlich Schmuck war typisch für sie. Am linken Handgelenk trug sie außer der Uhr normalerweise eine Bismarckkette, am rechten in letzter Zeit gleich drei schwere Goldarmbänder. Das fiel auf, weil in Labors üblicherweise nicht viel Schmuck getragen wird. Aber sie war ja auch die Chefin.«

Alle schwiegen. So war es immer, wenn jeder etwas Unsicheres im Kopf hatte, oder gar nichts, und alle warteten, dass ein anderer zuerst den Mund aufmachte.

»Ich habe ihre Tochter in Schweden erreicht«, sagte Onerva schließlich. »Die beiden haben fast wöchentlich miteinander telefoniert. Die Tochter war sich sicher, dass ihre Mutter keinen festen Freund hatte. Gerade erst vor ein paar Wochen hatte sie ihre Mutter bedauert, wegen deren Einsamkeit, aber die Mutter hatte gesagt, sie sei nicht einsam, sie gehe viel ins Konzert und mit Freundinnen aus. Und lachend hatte sie hinzugefügt, wenn sie einen anderen Begleiter brauche, lasse sie sich einen kommen.«

»Guck an«, entfuhr es Pekka, und auch Laiho strich sich mit beiden Händen über seinen fast kahl geschorenen Schädel. »Sie bestellte sich also einen Begleiter.«

»Die Tochter hatte es eher als lockere Bemerkung verstanden. Aber sie hat auch gesagt, ihre Mutter sei in mancherlei Hinsicht ausgesprochen originell gewesen.«

»Inwiefern?«

»Zumindest hatte sie vor zwei Jahren mehrere Monate lang einen Mann aus dem Kosovo bei sich aufgenommen«, sagte Onerva.

Unten fuhr ein Polizeiauto mit heulender Sirene los, und alle dachten ungefähr das Gleiche: ein Unfall. Bitte ein Unfall. Es wird sich doch keiner vor den Zug geworfen haben, oder?

»Aufgrund der Wohnung kann man davon ausgehen, dass sie ein Leben auf ordentlichem Niveau geführt hat.«

»Aber das Sexualleben ist immer vollkommen unberechenbar«, sagte Harjunpää. Er hatte das oft genug gesehen, zuletzt vor einem Monat, als er einen sehr bekannten Geschäftsmann vom Strick befreit hatte. Der Mann hatte ein Korsett getragen und eine Orange im Mund stecken. Es war ein weit verbreiteter und dummer Irrglaube, Strangulation würde die sexuelle Lust steigern. Er beruhte ausschließlich auf Berichten, dass in ihren Ländern zum Tode Verurteilte in einigen Fällen eine reflexartige Erektion bekommen hatten, bevor sich die Schlinge endgültig zuzog.

»Und das spricht dafür, ihr Handy zu orten.«

»Wir haben sogar genügend Gründe dafür, es abzuhören. Erst recht, wenn die Obduktion etwas ergibt.«

»Kein Gauner kann so dumm sein, das Handy zu behalten. Und es auch noch eingeschaltet zu lassen.«

»Außer es ist kein Krimineller im eigentlichen Sinn«, überlegte Pekka. »Vielleicht haben sie es aus irgendeinem Grund nur ein bisschen zu weit getrieben. Und ein Handy besitzt heutzutage doch keinen Wert mehr. Er hat es mitgenommen, weil es bestimmte Nummern enthält.«

»Ja«, meinte Harjunpää gedehnt. »Und den Schmuck hat er vielleicht mitgenommen, um uns zu täuschen.«

»Aber vorerst kann man auch nicht ausschließen, dass der Tod auf natürlichem Weg eingetreten ist«, sagte Laiho mit deutlichem Zögern. Harjunpää merkte, dass er selbst sich eine natürliche Todesursache geradezu wünschte; er hatte das Gefühl, sich für das volle Programm einer Mordermittlung gar nicht motivieren zu können, für all die Arbeitstage, die sich bis in die Nacht hinzogen. Lieber atmete er in seinem Garten den Sommerduft ein und hörte dem Quaken der Frösche zu. Auch Laihos Zögern verstand er: Eine Mordermittlung konnte man nur schwer durchziehen, wenn einem lediglich zwei Ermittler und ein Lehrling zur Verfügung standen.

»Und das abgespülte Glas?«, fing Onerva an, aber da meldete sich Harjunpääs Diensthandy, und er zog es hervor, blickte aufs Display, worauf er ein unwilliges Gesicht machte, den anderen zunickte und auf den Gang hinausging. Es war Frau Vilonen, die ihn anrief. Ihr zwanzigjähriger Sohn Teemu war seit der Silvesternacht verschwunden. Wöchentlich redete Harjunpää mit der Frau, aber er hatte sie noch immer nicht davon überzeugen können, dass sie alles taten, was in ihrer Macht stand. Teemu hatte ein Lokal in der Mannerheimintie in ziemlich betrunkenem Zustand verlassen, und mit Hilfe der Aufnahmen von Überwachungskameras hatte man seine Spur bis ans Ufer im Stadtviertel Hietalahti verfolgen können, von wo aus er noch an die fünfhundert Meter bis nach Hause gehabt hätte. Dort aber endete alles. Harjunpää wusste mit einiger Sicherheit, wo man Teemus Leichen finden würde – und zwar mit offenem Hosenlatz –, aber das konnte er ihr nicht sagen. Er erinnerte sich nicht genau, wie viel Prozent der in Helsinki ertrunkenen Männer mit offener Hose gefunden wurden, aber eine beträchtliche Menge war es auf jeden Fall, denn aufgrund irgendeiner mystischen Blödheit mussten betrunkene, schwankende Männer unbedingt ins Meer pinkeln. Vielleicht klang das Plätschern irgendwie feierlich. Er beendete das Gespräch halb mit Gewalt und kehrte in den Raum zurück.

»Betrachten wir die Situation mal im Ganzen«, sagte Laiho gerade. »An sich ist die Ausgangslage nicht schlecht. Noch kann man nicht ohne Weiteres von einem Gewaltdelikt ausgehen. Aber es ist außerordentlich gut, dass der Fundort trotzdem unter dieser Prämisse untersucht worden ist. Die Wohnung bleibt weiterhin versiegelt. Im Prinzip haben wir also nichts verloren. Ich werde mich jetzt sofort um die Ortung des Telefons kümmern.«

»Und wegen des Schmucks schicken wir Streifenbeamte zu den Pfandleihern«, sagte Onerva. »Und zu deren Stammkunden. Der Goldpreis ist nämlich um zweihundert Prozent gestiegen.«

»Das Haus in der Välskärinkatu ist übrigens relativ zahm«, grinste Pekka. »Ich bin die Datenbank mit den Delikten im Stadtbereich durchgegangen. Zwei Fahrräder und ein Rollator sind im Hof geklaut worden. Und vor vier Jahren hat sich einer auf dem Dachboden erhängt.«

»Und Viola?«

»Ein Treffer vor einem Jahr. War Zeugin, als die Straßenbahn einen Fahrradfahrer in der Iso-Robertinkatu umgenietet hat. Und im Melderegister hab ich mir die Nachbarn angeguckt. Können alle kein Wässerchen trüben.«

Es wurde still: Vorerst war nur noch eine Sache übrig. Und obwohl die Teilnahme an Obduktionen für jeden von ihnen zur Routine gehörte, zog es niemanden direkt dorthin – auch wenn es kaum einer aussprach, ging es einem immer an die Nieren.

»Hat Sintonen nicht versprochen, sie am Morgen gleich als Erste aufzumachen?«, stellte Laiho fest. »Wer geht hin?«

»Ich übernehme das«, brummte Harjunpää, denn auch wenn Onerva so ziemlich alles aushielt, so löste der Geruch, der entstand, wenn man den Bauch einer Leiche aufschnitt und den Darm entfernte, noch immer Brechreiz bei ihr aus.

»Ich komme mit«, sagte Pekka. »Und ich kann auch die Fotos machen.«

Laiho stand auf und befühlte wieder seine Haarstoppeln.

»Hoffentlich hat es keiner von euch eilig, zum Badestrand zu kommen«, meinte er. »Ihr werdet nämlich noch heute Abend mit den Nachbarn aus dem gleichen Treppenaufgang reden. Und falls Zeit bleibt, mit dem ganzen Haus.«

»Eine Dame hat was von einem Gentleman gesagt.«

»Von einem was?«

»Im Lauf des Frühlings hatte sie spätabends im Treppenhaus mindestens zwei Mal einen fremden Mann gesehen. Und sie war sicher, dass er beim zweiten Mal aus der Wohnung von Frau Alanko, also von unserer Viola gekommen war.«

»Was für ein Mann war das?«

»Das konnte sie nicht so genau sagen, außer, dass er sich geschmeidig bewegt und wie ein Gentleman ausgesehen hatte. Zwischen dreißig und vierzig.«

»Von denen gibt es ein paar… Morgen kümmern wir uns auch um den aus dem Kosovo. Und wir gehen an ihren Arbeitsplatz und sprechen mit ihren Mitarbeitern. Aber getrennt voneinander.«

An der Tür ertönte ein verschärftes Räuspern. Hagqvist, genannt Hagge, von der Technischen Ermittlung, stand im Laborkittel auf der Schwelle. Er war seit weit über zehn Jahren bei der Technik und noch länger Polizist, aber er war so schüchtern geblieben wie am ersten Tag. Normalerweise blickte er nur auf seine Füße oder untersuchte den kleinen Schraubenzieher, den er fast immer in der Hand hielt, und redete eigentlich nur, wenn es unbedingt sein musste. Aber als Spurensicherer war er unschlagbar. Fand einer seiner Kollegen zehn Spuren am Tatort, entdeckte Hagge noch zehn dazu.

»Ja?«, sagte Harjunpää sondierend, denn er wusste, Hagge hätte niemals wegen einer Kleinigkeit sein Labor verlassen. Hagge hob die Hand: Zwischen Zeige- und Mittelfinger hielt er einen kleinen Minigrip-Beutel mit einem weißen, kaum kleinfingernagelgroßen Etwas.

»Das lag unterm Bett. Von vorne betrachtet, dreißig Zentimeter vom linken Bettpfosten aus in Richtung Bettmitte.«

Sie warteten auf die Fortsetzung. Da Hagge etwas zu sagen hatte, sprach er deutlich und wie insgeheim amüsiert.

»Und das ist?«, fragte Laiho schließlich.

»Es stammt von der Verpackung eines Kondoms Marke Sultan Conture; ein Stück Folie, das beim Aufreißen abgerissen ist. Und, tja. Obwohl es in der Wohnung überall sauber war, hatte sich unterm Bett doch ein bisschen Staub angesammelt. Aber auf dem hier war noch kein Staub. Nix.«

»Passt auf so einen kleinen Fetzen die Aufschrift Sultan Conture?«, fragte Onerva, aber nicht, weil sie einen Scherz machen wollte, sondern weil sie schon ahnte, dass Hagge dafür eine Erklärung hatte.

»Also, äh.« Er senkte den Blick und bekam kleine rote Flecken auf den Wangen. »Unser Kollege Bosse hat ein bisschen in seinem Schrank gekramt.«

»Alles klar«, lächelte Harjunpää, denn alle kannten Bosses Ruf. Sobald es während der Nachtschicht auch nur einige Momente lang ruhig war, konnte der Mann einfach nicht anders, als sich zu einer seiner heimlichen Geliebten davonzustehlen. Und auch wenn er damit nicht direkt angab, so konnte er es sich doch nicht verkneifen, nach einem solchen Ausflug festzustellen: »Jetzt fühle ich mich richtig erleichtert.«

Harjunpää rieb sich das Kinn. Er glaubte nicht an einen sechsten Sinn, trotzdem regte sich in seinem Kopf bereits die unangenehme Gewissheit, dass sie nach der Obduktion das volle Mordermittlungsprogramm anleiern mussten. Ein Teil von ihm überlegte schon, wo sie Verstärkung herbekämen, und er kannte auch die nüchterne Antwort: nirgendwo. Höchstens Piipponen würde sich vielleicht überreden lassen, weil Überstunden zu erwarten waren. Die boten ihm immer Gelegenheiten, zwischendurch mal zu verschwinden und andere Sachen zu erledigen.

»Und ja«, gab Hagge von sich. »Das ist noch nicht alles. Die

Abdrücke an den Handgelenken der Toten stammen wahrscheinlich von Handschellen.«

»Der Gerichtsmediziner würde das nicht beschwören.«

»Ich bin ja auch technischer Ermittler. Und ich schwöre nicht. Aber nach dem Abtransport der Leiche habe ich das Bett untersucht.«

»Und?«

»An beiden Pfosten des Kopfendes waren eindeutig Spuren eines Gegenstands mit harten Kanten zu erkennen.«

»Sadomaso?«

»Davon kann man ausgehen. Oder bloß Fesseln. Und als wir das Bett von der Wand rückten, kamen viele Spuren zum Vorschein. So viele, dass sie nicht von einer einzigen Runde stammen können.«

9

Die Box

Orvo sprang an der ersten und eigentlich auch einzigen Haltestelle in der Satamakatu aus der Straßenbahn, ging mit leicht zögernden Schritten zur Kruunuvuorenkatu und dachte an Neea. Er bekam sie einfach nicht aus dem Kopf. Sie war dort auf zwei verschiedenen Ebenen präsent. Auf der ersten fühlte er, wie er sie getröstet und umarmt hatte, bis sie endlich ruhiger wurde und sie beide begriffen, dass sie sich küssten. Nicht mit haschenden Trostküssen, sondern so, als würden sie einander hungrig verschlingen wollen. Er vermisste Neea bereits jetzt und trug sie irgendwie schon in seinem Inneren, wie um sie vor allem Unheil zu schützen, insbesondere vor dieser abscheulichen Koko. Eine fast übergroße Welle der Zärtlichkeit überkam ihn und ließ seine Finger zu ausgestreckten Hölzern erstarren.

Er wartete, bis die Straßenbahn die scharfe Abbiegung zum Hafen hinunter genommen hatte, überquerte dann die Straße und bog links ab. Er hatte keinen weiten Weg, es war gleich der erste Eingang.

Auf der zweiten Ebene sah er Neea und alles andere sehr realistisch. Sie war behindert und würde es immer bleiben.

Das hieß, sie würde bis zum Ende ihres Lebens an den Rollstuhl gebunden und zumindest in gewissem Maße auf die Hilfe anderer Menschen angewiesen sein. Mit ihren Übersetzungen verdiente sie nicht schlecht, aber unregelmäßig, und sein Gehalt als Masseur war auch nicht besonders. Ihr Vater und Koko würden die Idee für puren Unsinn halten. Und er selbst – er war wie mit einer Nabelschnur an seine Mutter und den Admiral gebunden. Beide hatten zwar eine gute Rente, aber seine Mutter hätte weder die Lust noch die Kraft, den Opa zu pflegen. An seine Mutter banden ihn außerdem eine merkwürdige Verantwortung und Schuldgefühle, denn sie hatte tatsächlich schon zwei Mal versucht, sich umzubringen. An das erste Mal konnte er sich kaum erinnern, er war damals nicht einmal zehn gewesen, und seine Schwester Merja hatte noch zu Hause gewohnt und sich um alles gekümmert. Aber das zweite Mal lag noch keine zwei Jahre zurück. Da hatte sie Tabletten genommen, weil eine gewisse Tuula – eine ziemliche Idiotin – trotz all seiner Verbote plötzlich vor der Tür gestanden hatte, und mit vor Liebe großen Augen nach ihm gefragt hatte.

Das alles konnte einfach nichts werden.

Das Torgitter war dunkelgrün gestrichen, ebenso die an einer Seite eingelassene schmale Blechtür. Orvo zog den Schlüssel hervor und schloss auf, bremste die Tür beim Zufallen, denn sie schlug sonst so laut scheppernd ins Schloss, dass es im Hof widerhallte wie ein Schuss. Er wohnte hier nicht, aber Kurre hatte ihm die Schlüssel für die Tür und die Geschäftsräume im Hinterhof besorgt, für die »Box«, wie sie beide sagten. Als Kind hatte er in demselben Hof mit seinen Freunden Teemu, Hekke und Imppu gespielt, aber das war noch in der Zeit gewesen, bevor Katajanokka sich in einen vornehmen Stadtteil verwandelte. Das Haus hatte einer Bank gehört, wurde aber wohnungsweise an Snobs verkauft, die dann freilich den Schock ihres Lebens wegstecken mussten: Sämtliche Wasserrohre, Abflüsse und Stromleitungen hatten unverzüglich erneuert werden müssen, und die Holzböden gaben in manchen Wohnungen noch immer bedrohlich nach.

Rechts standen ein paar Garagen, und im Souterrain gab es hier und da kleine Türen, die einst in den Rüben- oder Kohlenkeller geführt hatten. Im hinteren Teil des Hofes ragte noch immer ein Schornstein auf, aus der Zeit, als das Haus seine eigene Zentralheizung und einen Müllverbrennungsofen hatte. Hier und da standen Blumenkübel, mit denen versucht wurde, all das Hässliche ein bisschen zu verschönern, aber die Wirkung war die gegenteilige: Neben den schönen Blumen sah das Hässliche noch hässlicher aus.

Es gab zwei nebeneinanderliegende Türen zu Geschäftsräumen. Auf dem Schild der rechten Tür stand die Aufschrift: M. Saarinen. Fahrrad- und Kleingerätereparatur. Auf der linken stand ausgesprochen dezent: CC Group. Das war Kurres Box. Orvo erkannte schon von Weitem, dass das Vorhängeschloss nicht angebracht war, und als er näher herankam, sah er, dass es hinter den wohlweislich verklebten Fenstern etwas heller war als sonst. Kurre war also noch da, anders als üblicherweise am Abend. Orvo steckte den Schlüssel wieder ein und klopfte rhythmisch an die Tür. Es war kein vereinbartes Klopfzeichen, sondern eines, das wie von selbst kam, und Kurre erkannte daran trotzdem, wer der Ankömmling war.

Kurres Schritte näherten sich der Tür, er schloss auf, doch zuvor hörte man ein kaum vernehmliches metallisches Geräusch – die Sicherheitskette. Orvo war sie immer etwas seltsam erschienen, doch er hatte nicht weiter darüber nachgedacht.

»Hallo, du«, sagte Kurre wie immer, wenn sie sich trafen. »Komm rein.«

»Grüß dich. Ich wollte ein bisschen Eisen stemmen. Ich hab geglaubt, du bist schon weg. Hoffentlich störe ich nicht?«

»Nee. Jo, jo, komm nur.« Kurre schüttelte den Kopf und nickte gleichzeitig. Das »Jo, jo« sprach er jedes Mal wunderbar nasal aus. »Ein Geschäft hat sich ein bisschen in die Länge gezogen, aber ich wollte gerade gehen. Also nur zu.«

Orvo trat ein. Kurre schloss sorgfältig die Tür, aber die Kette legte er nicht vor. Seine Box war vermutlich einmal die Waschküche gewesen oder so etwas, weshalb sie sich auch so weit hinten im Hof befand, aber jetzt konnte man sie nur schwer definieren. Am ehesten handelte es sich um eine Kombination aus Büro, Lager und Computerwerkstatt. Überall standen gebrauchte, zum Teil auseinandergebaute Rechner herum, stellenweise sogar auf Stapeln, und die vielen diffusen Kabelrollen und Schaltplatten sahen aus wie die Innereien eines neuzeitlichen Tieres. Wegen Orvos Laptops hatten sie sich auch kennengelernt. Die E-Taste hatte geklemmt, und der Vertragshändler hatte sofort geraten, ein neues Gerät zu kaufen, aber Orvo hatte an der Anschlagtafel eines Supermarkts Kurres Zettel gesehen und ihm den Laptop zur Reparatur gebracht. Kurre hatte ihn sich gleich angesehen, und Orvo hatte eher zum Zeitvertreib und aus Höflichkeit die Drückbank und die Hanteln gelobt und sein Bedauern geäußert, selbst so etwas nicht zu besitzen. Kurre hatte nur kurz überlegt, ein wenig die mandelförmigen Lider gehoben, ihm in die Augen geschaut und gemeint: »Okay. Du kannst hier stemmen. Wenn ich da bin.«

Den Schlüssel hatte er ihm erst viel später gegeben.

Jetzt ging Kurre direkt an den mit allem möglichen Kram beladenen Schreibtisch und setzte sich. Durch irgendetwas, Orvo wusste nicht, durch was, vielleicht durch die fahrigen Bewegungen, entstand bei ihm der Eindruck, als wäre Kurre angespannt, oder als wäre etwas nicht in Ordnung. Mit schnellen Fingern tippte er etwas auf der Tastatur des mittleren der drei Computer, die er auf seinem Tisch stehen hatte, worauf der Bildschirm dunkel wurde, sodass Orvo nicht sehen konnte, was dort gestanden hatte.

Dann schnappte sich Kurre eines seiner drei Mobiltelefone – das neueste Modell von Nokia, das eigentlich nicht zu ihm passte –, zögerte kurz, schaltete es aber nicht aus, sondern klappte es nur zu und verstaute es in der obersten Schreibtischschublade, die er anschließend abschloss.

»Hast dir ein schönes Handy besorgt.«

»Ooch«, meinte Kurre und winkte ab. »Ist das alte von meinem Sohn. Hat einen kleinen Defekt. Jetzt bettelt er um ein neues. Aber ich schau erst mal rein. Und du? Wie immer schwer am Kneten?«

»Bloß Massage. Steife Nacken und Schultern«, erwiderte er leichthin, denn auch wenn sie so gut wie nie über seine Arbeit sprachen, musste Kurre immer etwas Zweideutiges fallen lassen, so regelmäßig, dass Orvo schon ein paarmal das Gefühl gehabt hatte, seine Leistungsfähigkeit sollte kontrolliert werden.

»Geht auf die Beine. War ein anstrengender Vormittag. Und ich bin nicht zum Laufen gekommen.«

»Massierst du mit den Füßen, oder was?« Kurre zog verdutzt die Augenbrauen hoch, und obwohl er dabei vollkommen ernst blieb, war das seine Art von Humor. Orvo war öfter darauf hereingefallen, bevor er sich daran gewöhnt hatte.

Kurre war fast so groß wie er, aber älter, wenn auch noch unter vierzig, und er hatte so viel Bauch angesetzt, dass es ihm nicht schaden würde, ebenfalls joggen zu gehen. Seine Gebärden hatten etwas Träges an sich, aber das war nur Kulisse, denn in Wahrheit war er sehr energisch und sogar irgendwie geschmeidig. Den Blick hielt er immer verhüllt und oft nach unten gerichtet, ein bisschen so, als würde er den anderen aus lauter Barmherzigkeit reden lassen, obwohl er selbst alles besser wusste. Seinen Schnurrbart pflegte er gut und strich gern mit den Fingern darüber.

»Bei manchen Typen würde ich am liebsten auch die Füße einsetzen«, sagte Orvo ruhig. »Aber man massiert nicht nur mit den Händen, sondern mit dem ganzen Körper; die Bewegungen gehen von den Beinen aus. Ansonsten verkrampft man plötzlich im Arm, und die Kraft geht einem aus. Und wenn man älter wird, hat man garantiert Arthrose in den Fingern.«

»Jo, jo«, meinte Kurre, wieder wie durch die Nase. Er hatte sicherlich nicht einmal hingehört, sondern an etwas vollkommen anderes gedacht. Etwas plagte ihn, oder er wollte einen Vorschlag machen.

Nach der Laptopreparatur war Orvo tatsächlich zum Gewichtheben zu Kurre gekommen. Dieser hatte den Toshiba so gut gewartet, dass er noch immer funktionierte. Damit hatte ihre Freundschaft, oder eher lose Kameradschaft angefangen. Kurres Angebot war überraschend fair gewesen, zumal gegenüber einem völlig Unbekannten, und anfangs hatte Orvo eine Zeit lang den Verdacht gehabt, Kurre sei schwul. Denn er hatte sich eindeutig für ihn interessiert und ihm sogar mit einem Auge beim Training zugeschaut. Aber er hatte gelernt, ihm zu vertrauen. Wie nebenbei hatte Kurre ihn gefragt, was er so tat. Nie zu viel auf einmal, sondern so geschickt, dass Orvo erst viel später begriffen hatte, dass Kurre fast alles über ihn wusste, er über Kurre jedoch so gut wie nichts.

»Komm mal her, ich zeig dir was«, hatte Kurre eines Abends gesagt – das war nun fast zwei Jahre her. Ein bisschen überraschend, das war nicht zu leugnen, aber eindeutig im Zusammenhang mit einem Entschluss, den er bereits gefasst hatte. Orvo hatte sich den Schweiß abgewischt und war an den Schreibtisch getreten. Kurre hatte ein Kabel herausgezogen und dadurch eines seiner Handys vom Computer getrennt, dann kurz etwas eingetippt – und auf dem Monitor war das Bild einer nackten Frau erschienen.

Es war von hinten aufgenommen worden, der Qualität nach mit dem Handy und allem Anschein nach heimlich, ohne dass die Frau etwas gemerkt hatte. Sie bewegte sich von dem Fotografen weg und hielt ein zusammengeknülltes Handtuch oder einen Morgenmantel in den Händen. Ihr Körper war schön: gleichmäßiger, kräftiger Rücken, relativ schmale Taille und kecke, runde Pobacken, deren Bewegungen man sich allein durch das Foto gut vorstellen konnte.

»Würde es dir Spaß machen…«, fing Kurre an, sprach den Satz aber nicht zu Ende. »Setz dich mal auf deinen Hintern.«

Orvo nahm Platz, war aber die ganze Zeit auf der Hut, denn er hatte das starke Gefühl, als führte Kurre etwas Dubioses im Schilde, etwas Schmieriges, auch wenn er noch keine Ahnung hatte, was es sein könnte.

»Würde es dir gefallen, mit so einer Frau ins Bett zu gehen?«, fragte Kurre unvermittelt, ohne jede Einleitung, wobei er ihm endlich einmal in die Augen sah. Kurres Augen waren dabei feucht wie die Steinkugeln, die in manchen Elektrogeschäften auf Miniaturspringbrunnen kreisten.

»Wenn sie kein Gesicht hat wie ein Drache«, meinte Orvo lachend. Genauer gesagt war es nur der Versuch eines Lachens, denn seine Stimme war zu laut und zu gezwungen, ähnlich wie bei Leuten, die im Bus in ihr Handy plärrten.

»Ich kann dir garantieren, dass sie das nicht hat«, sagte Kurre vollkommen gelassen und machte einen Handkuss mit beiden Händen. »Und was für Brüste! Mjam!«

Das war der Anfang seines Hurenjobs.

Allerdings ging es nicht mit einem fliegenden Start los, denn das Ganze kam ihm erst mal fremd vor. Außerdem erwachte in ihm der starke Verdacht, Kurre könne ihn austricksen, womöglich gar irgendwie in die Tinte reiten. Dann ging ihm auf, dass Kurre es bloß darauf anlegte, sein Zuhälter zu werden – denn aus reiner Menschenfreundlichkeit konnte er das Angebot nicht gemacht haben –, allerdings konnte er auch nicht leugnen, dass ihn die Vorstellung, ab und zu eine andere Frau zu haben, faszinierte.

Mehr als eine Woche lang zögerte er und blieb der Box komplett fern. Kurre kam von sich aus auf das Thema nicht wieder zurück, es war Orvo, der es ansprach, als er endlich verstand, warum Kurre ihn beobachtet hatte. Es hatte mit dem Jobangebot zu tun gehabt. Er wollte sehen, ob Orvo so einen Job körperlich meistern könnte.

Außerdem hatte Kurre ihn längst durchschaut und gemerkt, dass Orvo innerlich bereits zugestimmt hatte, denn er ging irgendwann einfach dazu über, detailliert die Abläufe zu erklären. Er sprach über Kontaktherstellung und Tarife, Orvo fasste immer mehr Vertrauen, und das galt offenbar auch umgekehrt. Zu der Zeit war Orvo im Umgang mit Frauen noch ziemlich unbeholfen und angespannt und wurde immer wieder von heftigen Schuldgefühlen ergriffen, und seine sexuellen Erfahrungen waren bis dahin alles andere als Schwindel erregend gewesen.

Doch Kurre bildete ihn aus, angefangen damit, wie man auf den Anruf einer Kundin zu reagieren hatte, wie und wann man lächeln musste, wenn man sie traf, wie man eine Frau »auslotete«, sodass man herausfand, was ihr wirklich gefiel. Manche wollten einfach nur mit einem Mann essen gehen. Über einige Dinge hielt man am besten die Schnauze, bei anderen wiederum war es ratsam, sich der Frau anzupassen. Kurre erklärte sogar, wie man sich die verschiedenen Vorlieben einer jeden merkte und wie man Buch darüber führte, über welche kleinen Aufmerksamkeiten und Geschenke welche Frau sich freute. Und auch wenn Orvo äußerst unerfahren war, begriff er schnell, dass dies für Kurre nicht galt, dass der seine Ratschläge nicht aus dem Ärmel schüttelte, sondern alles selbst in der Praxis getestet hatte.

»Du fragst dich bestimmt, warum«, hatte Kurre einmal zum Abschluss gesagt. »Offen gesagt deswegen, weil ich zu sehr expandiert habe. Ich schaffe es einfach nicht mehr, alle zu versorgen. Außerdem habe ich ja noch eine Ehefrau. Und Viagra öffnet auch keine Himmelspforten.«

»Wie viele hast du…«

»Ts, ts, ts.« Kurre hob den Zeigefinger. »So etwas fragt man nicht. Verstehst du? So etwas fragt man niemanden. Am wenigsten die Kundinnen. Und wenn dich jemand fragt, antwortest du auch nicht. Klar?«

»Klar.«

»Und jetzt mal absolut unter uns und nur ein einziges

Mal: Ich habe mich nach und nach auf SM und Bondage-Geschichten spezialisiert. Es gibt zwar nicht so viele Kundinnen von der Sorte, aber wenn ich sie mir einmal vornehme, dann richtig.«

Das Foto, das er mit seinem Handy heimlich geschossen hatte, war von Berit gewesen. Kurre fädelte selbst alles ein, und eines Tages an einem Mittwoch klingelte Orvos Samsung, und Berit wurde seine erste Kundin. Ganz reibungslos verlief es freilich nicht: Er war fürchterlich nervös, schlimmer als vielleicht je zuvor. Er befürchtete ernsthaft, er könnte nicht funktionieren. Kurre hatte ihm eingebläut, dass man vorher keinen Tropfen Alkohol zu sich nehmen durfte, daran hatte er sich gehalten und außerdem eine »kleine Blaue« genommen, die Kurre ihm gegeben hatte, eine echte, kein Mist aus dem Internet, und es hatte geklappt.

In der Anfangsphase half es ihm allerdings, dass für die Frauen die Situation ganz selbstverständlich war und dass sie eindeutig erfahrene »Konsumentinnen« waren. Deutlich älter als er und unverkennbar erfreut über so einen jungen Kerl. Er selbst war ziemlich stolz, als eine mal halb aus Versehen sagte, er sei besser als ein gewisser anderer. Dieser gewisse andere konnte niemand außer Kurre gewesen sein.

»Jo, jo«, gab Kurre von sich und nahm die Füße von der Schreibtischecke. Er war in Gedanken ständig irgendwo anders und hatte garantiert nicht gehört, was Orvo ihm gerade über den Unterschied zwischen klassischer Massage und Trockenmassage erklärt hatte, oder über den elastischen und den straffen Muskeltyp.

»Könntest du bei einem Job für mich einspringen?«, fragte Kurre, ohne Orvo anzusehen.

»Ein normaler?«

»Ein Dreier.«

»Nein. Entschuldige, aber ich hab noch nie...«

»Dann wird es vielleicht Zeit, dass du es lernst«, stellte Kurre fest und sah ihn dabei sogar an. Er besaß die phänomenale Fähigkeit, überzeugend zu klingen, auch wenn er gerade noch erzählt hatte, mit Pferdehoden Billard zu spielen.

»Ist gar nicht so schwer. Halt ein bisschen mehr Spielerei. Du machst dir vorne einen Klecks Orgasmus-Stopper drauf, dann besorgst du's beiden in einem Rutsch.«

»Ich glaub, das ist trotzdem nichts für mich.«

»Ach. Die eine von den beiden ist normalerweise eher passiv. Guckt hauptsächlich zu. Und besorgt es sich in Handarbeit selbst.«

»Lass es uns lieber vergessen«, sagte Orvo, wenn auch schon nicht mehr sonderlich überzeugend. Unbestreitbar reizte ihn die Vorstellung von zwei nackten Frauen in einem Bett und er zwischen ihnen, aber so, wie es etwas Verlockendes hatte, so hatte es auch etwas Beängstigendes.

»Es ist ja nicht heute«, meinte Kurre fast gleichgültig. »Du kannst es dir noch überlegen. Und ich gebe dir eine DVD, da kannst du dir ansehen, was das für ein Spaß ist.«

»Die kann ich nicht mit nach Hause nehmen.«

»Dann schau sie dir hier an«, sagte Kurre und tätschelte einen seiner Computer. »Es kann auch ganz softer SM dazukommen.«

»Also dann bestimmt nicht.«

Kurre stand auf, machte ein paar Schritte, bückte sich und wühlte in einem Elektronikschrotthaufen. Man hörte Kunststoffgeraschel und Metallgeklimper und dann einen scharfen Ton, als er ein widerspenstiges Kabel abriss.

»Weißt du, du bist noch jung für das Geschäft.« Er richtete sich auf und hielt einen weinroten Aktenkoffer in der Hand, den er als »tragbares Sozialministerium« bezeichnete, wegen S und M. Kein schlechter Witz, und Orvo kannte den Koffer sehr wohl, er hatte ihn sich selbst einmal für einen Hausbesuch in Töölö ausgeliehen.

»Du solltest rechtzeitig dein Repertoire erweitern. Was du einmal draufhast, geht nie wieder verloren. Du ahnst ja gar nicht, worauf Frauen stehen können.«

»Der Job in Töölö war für mich der erste und der letzte dieser Art. Die Kundin liegt mit Handschellen an die Bettpfosten gefesselt da und beißt sich auf die Zähne. Und dann sollst du sie nageln, was das Zeug hält. Das war ja fast schon Nekrophilie.«

»Jetzt übertreib mal nicht.«

»Und sie war ja auch anscheinend nicht zufrieden, weil sie mich nicht noch mal bestellt hat. Wahrscheinlich hast du sie inzwischen wieder übernommen.«

»Nee. Nicht nach dir. Ich hab zum letzten Mal im April, Mai von ihr gehört.«

Kurre setzte sich, legte den Koffer auf die Knie und ließ ihn aufschnappen. Orvo beugte sich etwas näher heran. Der Koffer enthielt dieselben Requisiten wie damals: weiche Schnur, die nicht auf der Haut scheuerte, einen Gummiball, den man in den Mund stecken und hinter dem Nacken festbinden konnte (er konnte noch immer nicht verstehen, dass es jemanden erregte, fast zu ersticken), Lederarmbänder, eine Latex-Maske, Handschellen und Cremes, von denen Kurre anscheinend am häufigsten diejenige benutzt hatte, die den Penis ein bisschen betäubte, sodass man es länger treiben konnte, ohne zu kommen.

»Eigentlich tut man dem anderen beim SM nicht wirklich weh«, meinte Kurre mit einem Seitenblick. »Es läuft ganz soft ab. Du tust nur so, als ob. Du vermittelst der Kundin die Illusion, die sie haben will.«

»Und woher kennt man die?«

»Die kennt man, wenn man bei der Auftragsannahme ein bisschen fragt. Aber ich will nicht leugnen, dass es auch echte Sadisten gibt. Die hinterlassen allerdings Leichen und sitzen im Knast. Von denen gehört keine zu meinen Kundinnen. Steh mal auf und dreh mir den Rücken zu.«

Orvo stand auf, jedoch zögerlich. Kurre hatte dem Koffer einen schwarzen Gummiknüppel entnommen. Es war kein Spielzeug aus dem Sexshop, sondern ein Originalknüppel, wie ihn Wachleute und Polizisten früher benutzt hatten.

»Nun dreh dich schon um. Du kennst mich doch. Ich werde ihn dir bestimmt nicht hinten reinstecken.«

Widerwillig drehte sich Orvo um. Ganz langsam und nur zur Hälfte, sodass er Kurre über die Schulter hinweg im Auge behalten konnte. Dieser tat so, als wäre er voll in Fahrt und holte mit dem Knüppel aus, worauf Orvo instinktiv alle Muskeln anspannte und den Kopf einzog. Aber dann streifte der Knüppel nur ganz leicht den Hintern, und gleich darauf noch einmal.

»Auf dem Niveau spielt sich das ab«, sagte Kurre. »Kein bisschen heftiger. Und auch hier gilt: Wenn der andere sagt, er will aufhören, dann ist auch Schluss. Das ist nur ein Spiel. Okay?«

»Okay«, sagte Orvo mit leicht zitternden Lippen, denn er hatte sich innerlich schon auf wer weiß was eingestellt gehabt. »Ich möchte, dass wir den Job, was mich betrifft, trotzdem vergessen.«

»Na dann«, schnaubte Kurre, legte den Knüppel zurück, verschloss den Koffer und stellte ihn unter den Schreibtisch. Als Nächstes zauberte er eine DVD hervor, legte sie vor den Laptop, loggte sich aus den anderen beiden Rechnern aus und schaltete sie ab.

Er gähnte geräuschvoll, stand auf und nahm seinen Seidenblouson von der Stuhllehne. »Jetzt kannst du ein bisschen Eisen stemmen, und anschließend wirfst du da mal einen Blick rein. Und wenn es nur zu deinem eigenen Vergnügen ist.«

»Na, ich kann ja mal gucken. Aber sicher nicht mehr. Ich bin ein Mann für eine Frau – ich meine, für eine auf einmal.«

»Ciao«, meinte Kurre und ging auf die Tür zu, blieb aber noch einmal stehen. »Schließ die Firma gut ab. Und denk auch an das Vorhängeschloss.«

»Das mache ich doch ganz automatisch«, erwiderte er. Kurre sagte dazu nichts, sah ihn aber fest an. Wieder glichen seine Augen den nassen Steinkugeln, aber jetzt ein bisschen anders, fast beängstigend, sodass Orvo der vollkommen unlogische Gedanke kam, jemand müsse auch den seit Jahren ungeklärten Mord am Bodom-See verübt haben. Dann fiel die Tür zu.

Orvo ließ sich wieder auf den Stuhl sinken und blieb in unbequemer Haltung sitzen, was er nicht merkte oder nicht zu korrigieren vermochte. Er konnte keinen rechten Gedanken fassen, sie blockierten sich alle gegenseitig. Er wusste nicht genau, warum, aber er hatte das unangenehme Gefühl, kurz hinter Kurres Kulissen geschaut zu haben, auch wenn er selbst nicht begriff, was er da gesehen hatte. Aber es war etwas Schmeichlerisches oder sogar mehr, etwas Schmieriges gewesen.

Er hatte überhaupt keine Lust mehr, sich mit den Hanteln abzuplagen, doch nach Hause zu gehen, war auch keine Alternative; dort erwarteten ihn doch nur die vorwurfsvollen Blicke seiner Mutter und der nach Urin stinkende Admiral mit seinen Gemeinheiten und der allabendliche widerliche Kampf darum, ob der Alte das Darmrohr nahm oder nicht.

Außerdem kam ihm nun wieder mit Macht Neea in den Sinn. Ihre klaren Tränen, und wie er mit den Lippen danach geschnappt hatte, und wie sie sich schließlich in seinen Armen beruhigt hatte, und wie die immer weniger werdenden Schluchzer ihren zarten Hals noch zum Erzittern gebracht hatten. Er machte eine unruhige Bewegung, ächzte, setzte sich dann auf Kurres Stuhl und nahm die DVD-Hülle in die Hand. Sie zeigte zwei Blondinen, die beinahe wie Zwillingsbarbies aussahen, beide mit dem gleichen pseudo-geilen Lächeln im Gesicht, und zwischen ihnen ein solariumgebräunter Mann mit Waschbrettbauch.

Orvo legte die Hülle weg und ließ den Kopf sinken. Zufällig fiel sein Blick dabei auf die oberste Schreibtischschublade. Kurre hatte sie abgeschlossen, aber in seiner Aufregung nicht daran gedacht, den Schlüssel mitzunehmen. Mit einer schnellen Bewegung leckte sich Orvo über die Lippen. Dann blickte er hinter sich – nicht weil er glaubte, jemand könnte ihm hinter dem Schrott und den Computerkadavern auflauern, sondern weil er schon früher ein paarmal daran gedacht hatte, dass ein Mann mit Kurres Charakter und geschickten Fingern durchaus irgendwo eine Webkamera versteckt haben könnte.

Er holte tief Luft, legte die Hand auf den Schlüssel und drehte ihn um. Das Schloss ging spielend auf, die Schublade ebenso. Das Handy lag obenauf. Er nahm es in die Hand und hielt es sich aus einem launischen Einfall heraus vor den

Mund und schnupperte. Er wusste nicht, was das für ein Duft war, er war so schwach, aber ihm kam undeutlich in den Sinn, wie er im Winter einmal einer Patientin in den Pelzmantel geholfen hatte, und gleich darauf, wie er als kleiner Junge Geldmünzen aus der Handtasche seiner Mutter stibitzt hatte.

Er blickte sich noch einmal um, dann klappte er das Handy auf. Display und Tasten leuchteten. Kurre hatte das Gerät nicht ausgeschaltet. Entweder er hatte nicht daran gedacht, oder er kannte den PIN-Code nicht, weil es nicht sein eigenes war. Orvo drückte die Menütaste, und es kam ein Telefonverzeichnis zum Vorschein. Er klickte es dem Alphabet nach durch. Es enthielt hauptsächlich Nachnamen. Hinter vielen stand ein Buchstabe oder ein anderes Zeichen, vielleicht als Hinweis auf den Vornamen oder die Position. Es waren auch Firmennamen darunter, er kannte sie nicht, aber irgendwie fiel ihm sein Besuch in der Apotheke letzte Woche ein. Kosenamen gab es keine, auch nichts, was auf Familienmitglieder hindeutete.

Die Liste der Namen schien endlos lang, Orvo ließ die Einträge vor seinen Augen vorbeifließen, ohne sie eigentlich zu lesen. Er war schon am Buchstaben G vorbei, als er zusammenfuhr, rasch den Daumen auf den anderen Pfeil legte und zurückkehrte.

»Graf«, hauchte er, denn so stand es deutlich auf dem Display, und auch noch in Großbuchstaben, wie um sicherzustellen, dass es sich von den anderen unterschied, und damit man nicht versehentlich dort anrief. Aber das war noch nicht alles. Er selbst benutzte als Dienstnamen – oder eher als Künstlernamen – Herr H., und den Kundinnen gegenüber nur kurz und bündig H. Ein paarmal hatte er gehört, wie Kurre sich am Telefon gemeldet hatte, an demjenigen, das er immer bei sich hatte und das auf Vibrationsalarm gestellt war. Jedes Mal hatte er in einem leicht amüsierten, gut gelaunten Ton gesprochen, an dem man erkennen konnte, dass er eine Frau am anderen Ende der Leitung hatte.

Kurres richtiger Name lautete Curt Granlund, und die Aufschrift des Türschilds war die Abkürzung davon, aber am Telefon hatte er sich anders gemeldet: »Der Graf.«

10

Fornix vaginae

Harjunpää war es nie gelungen, die Atmosphäre im Gerichtsmedizinischen Institut zu definieren. Nirgendwo gab es Symbole oder Texte, die auf den Tod hindeuteten, alles war neutral wie in jeder beliebigen Behörde, aber die Atmosphäre war eine andere: nicht direkt andächtig, sondern irgendwie so, als hielte das ganze Gebäude den Atem an und wüsste Dinge, vor denen das große Publikum nur zu gern Ohren und Augen verschloss. Das Gleiche galt fürs Personal. Die Leute, die hier arbeiteten, waren ruhig und ohne Eile, als stünden sie über allen Dingen. Besucher dämpften unwillkürlich die Stimme und gingen über kurz oder lang zum Flüstern über.

Der Geruch drang nicht bis in die allgemein zugänglichen Räume vor. Erst in der Gedenkkapelle bekam man eine Ahnung davon, sofern man ihn kannte, und in den Aufbewahrungsräumen und im Obduktionssaal konnte man ihm nicht entrinnen. Es war kein Gestank wie in einer Wohnung, in der jemand gestorben war, sondern etwas Dezenteres, aber es hing überall fest und schaute einen gewissermaßen geradewegs an. Trotz aller Erfahrung löste es bei Harjunpää noch immer die Hoffnung aus, alles möge schnell über die Bühne gehen, damit er wieder hinauskam. Es war der Geruch des Todes.

Viola Helena Alanko lag mit ausgestreckten Extremitäten auf Tisch zwei, den Nachnamen hatte man ihr auf den rötlichen, mit Pusteln übersäten Oberschenkel geschrieben. Das heißt, es war eigentlich nicht mehr Viola, jedenfalls für Harjunpää nicht; er konnte seit Jahren nicht mehr an Tote als Menschen denken.

So vollkommen jene Leiche, die dort auf dem Stahltisch lag, auch einmal das Ich einer Frau namens Viola gewesen war, so war sie jetzt nur noch grauenerregend. Millionen von Mikroben zersetzten sie bereits, aber der Gerichtsmediziner musste dennoch versuchen, etwas Wesentliches aus ihr herauszufinden.

»Abgesehen von den Verwesungsveränderungen keine nennenswerten Auffälligkeiten. Schnittfläche normal fest. Keine Körnung feststellbar«, diktierte Sintonen, der Gerichtsmediziner, einschläfernd monoton in das Mikrofon, das aus der Lampenkonstruktion über der Toten bis vor seinen Mund hinabreichte. Sintonen musste der älteste Arzt des Instituts sein, ein kräftig gebauter Mann mit langsamen Bewegungen, in jeder Hinsicht einsilbig, der kein nutzloses Zeug von sich gab, sondern stets genau überlegte, was er sagte. Und was er sagte, traf auch zu.

Zwei Schwächen, oder eher Eigentümlichkeiten, hatte er jedoch, und wegen derer nahmen ihn nicht alle sofort ernst, auch wenn sie ihre Meinung sehr bald änderten. Er erschien zu jeder Jahreszeit und an jedem Ort mit der platten Mütze eines Südstaatensoldaten aus dem amerikanischen Bürgerkrieg, und das veranlasste unerfahrene Polizisten dazu, sich flüsternd zu erkundigen, ob Sintonen überhaupt Arzt war, geschweige denn Gerichtsmediziner. Sein Wort wog vor Gericht allerdings mehr als das jedes anderen, ungeachtet dessen, dass er es einfach nicht unterlassen konnte, seine Meinung über Tätowierungen auf Band zu diktieren: »Auf dem linken Handrücken des Toten befindet sich etwas, das eventuell einen Adler darstellen soll, jedoch eher an Donald Duck erinnert, der seinen Steiß in Pech getaucht hat.«

Diejenigen, die um die Tote herumstanden, konnte man nur schwer voneinander unterscheiden: Alle trugen Kopfhauben und Atemschutz, grüne Obduktionskittel und an den Füßen plumpe Gummistiefel, die allerdings an der Rückseite aufgeschnitten waren, sodass man leicht hineinschlüpfen konnte. Hagqvist von der Technik war neben dem Gerichtsmediziner als einziger zu erkennen: Das Blitzlicht seiner Kamera flammte unablässig auf.

Harjunpää war insgeheim zufrieden damit, dass der Präparator die Obduktion schon vor seiner Ankunft vorbereitet hatte. Das Öffnen des Brustkorbs und der Bauchdecke brachte ihn nicht aus der Fassung, aber er schreckte noch immer vor der Behandlung des Kopfes zurück. Dabei schnitt der Präparator zuerst die Kopfhaut von einem Ohr zum anderen auf und zog den vorderen Teil herunter, sodass die Tote ihre letzten menschlichen Züge verlor. Am fiesesten war die Entfernung der Schädelplatte. Zwar benutzte der Präparator dabei eine elektrische Säge, die sich mit irrsinniger Geschwindigkeit drehte, weshalb es schnell ging, aber es stieg dabei der süßlich bittere Geruch von verbranntem Knochen auf, und der war für Harjunpää jedes Mal seltsam und abstoßend. Nirgendwo sonst stieß man auf etwas Vergleichbares. Manchmal schleuderte die Klinge Stücke von Haut oder Muskeln bis an die Decke oder an die Fenster, was die Präparatoren zu der beiläufigen Feststellung veranlasste: »Die Fledermäuse sind wieder unterwegs.«

Die Obduktion war bereits weit fortgeschritten, eigentlich bereits kurz vor dem Abschluss, und das setzte bei Harjunpää unruhige Gedanken in Gang. Offenbar auch bei Pekka, denn sie hatten schon mehrmals fragende Blicke getauscht. Alle Organe waren bereits untersucht worden, die Todesursache hatte sich trotzdem noch nicht herausgestellt. Sintonen hatte auch noch kein einziges Mal »aha« gesagt, was eine interessante Entdeckung bedeutet hätte.

Er hielt eine Hand in die Höhe und ließ den Darm durch die Finger laufen, wobei er ungerührt darauf starrte. Harjunpää hingegen blickte abwechselnd auf irgendeinen Punkt im Saal und auf die Tote und das Durcheinander, das sie alle vor sich liegen hatten. Es war vollkommen anders, als es in den Fernsehserien gezeigt wurde. Dort lag immer nur eine Leiche auf einmal da, und auch die bis zum Hals zugedeckt, mit einem Gesicht wie ein schlafender Mensch oder eine Schaufensterpuppe.

Harjunpää kam plötzlich in den Sinn, dass Elisa recht gehabt hatte mit ihrer Feststellung, es gebe in gewisser Weise tatsächlich ein ewiges Leben. So auch für Viola. Denn ob man sie nun verbrannte oder begrub, nachdem man sie mit groben Stichen zugenäht hatte, sie ging auf jeden Fall in den Kreislauf des Lebens ein, in Form von Gasen oder Nanopartikeln, und würde irgendwann, Jahrzehnte oder Jahrhunderte später, Bestandteil des Blütenblatts einer am Wegrand leuchtenden Ranunkel oder ein Teilchen im Handy einer Viola in der Zukunft sein.

»Das ist das Ende einer Welt«, flüsterte Pekka so leise, dass Harjunpää es kaum hörte.

»Was?«

»Wenn ein Mensch stirbt. Das ist das Ende einer Welt. So wie hier – niemand hat das erlebt, was sie erlebt hat, und die Dinge von ihrer Warte aus gesehen. Aber wenn der Tod eintritt – paff! Hört alles auf zu existieren. Die Welt, die sie wahrgenommen hat.«

»Sicher. Weltuntergangsprediger hat es schon immer gegeben, auch ganz andere. Und man hat sie ausgelacht. Aber jetzt lacht keiner mehr. Weil sich das Ende schon ankündigt, mit den ganzen auseinanderbrechenden Eisbergen.«

»Aha«, stieß Sintonen aus, und beendete das Geflüster.

Er hatte die übrigen Gedärme zur Seite geräumt, starrte in den Bauchraum und griff mit der linken Hand nach einem Zweilitergläsgefäß und mit der rechten nach einem Instrument, das sich von einer normalen Suppenkelle so gut wie gar nicht unterschied. Er schöpfte sie voll und goss den Inhalt in das Glas, schöpfte erneut und ließ wieder etwas Rotschwarzes in das Gefäß laufen. Geronnenes Blut war es, und es war viel davon vorhanden. Trotzdem hatten sie nicht einmal unter Anleitung des Gerichtsmediziners bei der äußeren Untersuchung an Violas Leiche etwas finden können, was auf eine Verletzung hingedeutet hätte.

Sintonen nahm die Handdusche und spülte den Hohlraum aus, sodass alles Blut ans Fußende des Obduktionstisches rann und von dort in den Abfluss. Harjunpää und Pekka beugten sich weiter nach vorne, und Harjunpää stellte fest, dass er sich zum ersten Mal fragte, wo das Blut eigentlich hinlief – in die normale Kanalisation? Sintonen winkte den Präparator, der am Tisch nebenan die vorige Leiche wieder zusammensetzte, zu sich und machte eine Kopfbewegung auf Violas Beine. Der Präparator kam herüber, packte Viola an den Fußgelenken und spreizte die Beine. Harjunpää war das schon früher aufgefallen: Die Mitarbeiter im Saal verstanden einander so gut, dass sie oft kein Wort sagen mussten.

Sintonen untersuchte eine Weile den Schambereich der Toten, schien aber nichts zu finden, denn er runzelte unzufrieden die Augenbrauen.

»Das da ist die Gebärmutter«, sagte er zu den anderen und wies mit den Fingern auf den Bauchraum. Harjunpää konnte sie nicht gleich erkennen. Er hatte etwas Größeres erwartet, denn seine Vorstellung davon stammte aus einem Schulbuch und von einem Bild, auf dem eine Mutter das sich entwickelnde Kind in sich trug. Aber eine unbefruchtete Gebärmutter im Normalzustand war nicht einmal faustgroß.

»Das hier wiederum ist die Gebärmutterfurche. Sie wird normalerweise vom Rektum verdeckt. Und dies hier, direkt bei der Gebärmutter, ist das Scheidengewölbe. Fornix vaginae. Also quasi vom Bauchinneren aus betrachtet.«

»Und?«

»Es ist kaputt. Wenn nicht sogar auch der Fundus uteri, auch wenn der ein bisschen wie schräg von hinten kommt.«

»Entschuldige«, musste Harjunpää unterbrechen. »Könntest du das ein bisschen genauer erklären? Ich meine, was das heißt.«

»Das heißt, dass sie aller Wahrscheinlichkeit nach an dieser inneren Blutung gestorben ist«, sagte der Gerichtsmediziner und streckte die Hand aus. Wie ein Gedankenleser zauberte der Präparator eine vielleicht fünfzig Zentimeter lange, biegsame Sonde hinein. Der Mann trug keine Maske, er war all das gewohnt und hatte keine Lust, den Mundschutz ständig auf- und abzusetzen, je nachdem, wo er sich gerade bewegte, und jetzt regte sich auf seinem ansonsten ausdruckslosen Gesicht das Interesse, geweckt von dem neuen Phänomen.

Sintonen ergriff die Sonde ganz am Ende und führte sie ein. Sein Gesichtsausdruck – oder eigentlich nur sein Blick – war plötzlich völlig verändert: vor Sorgfalt konzentriert. Er schob die Sonde weiter hinein, so vorsichtig, als hätte er eine lebende Frau vor sich. Dann beugte er sich nach vorn, um in den Bauch hineinzuschauen.

»Aha. Schaut mal.«

Der abgerundete Kopf der Sonde schimmerte kalt neben der Gebärmutter. Wenn Sintonen die Hand bewegte, bewegte sich auch die Sonde, und erst da ging Harjunpää auf, dass sich im Scheidengewölbe nicht nur eine kleine Stichwunde befand, sondern ein schlimmer Riss.

»Sie ist zu Tode vergewaltigt worden«, sagte Sintonen lakonisch. »Und wie ihr alle einsehen werdet: Es ist noch kein Mann auf die Welt gekommen, der so ein langes Glied gehabt hätte. Mit so einer harten Eichel.«

»Die Spuren an den Handgelenken. Die stammen von Handschellen.«

»Das würde sehr gut passen«, konstatierte Sintonen. »Sadomasochismus. Aber das hier sind weiche, flexible Organe, die zerstößt man nicht aus Versehen. Derjenige, der das getan hat, hat es mit Wucht getan und mit voller Absicht. Und er muss gewusst haben, was dann passiert.«

11

Dildos und Erkenntnisse

Pekka war richtig heiterer Stimmung und unverhohlen interessiert an allem, was er sah, und griff sich immer wieder etwas Faszinierendes heraus, um es genauer unter die Lupe zu nehmen. Ganz besonders schien er sich zu amüsieren, als er die Strumpfbänder an einer Schaufensterpuppe dehnte und wieder losließ, weil sie so lustig zusammenschnurrten und wieder das Bein hinaufkletterten.

Harjunpää war nicht direkt verlegen, aber es irritierte ihn doch ein bisschen, einen Penis in der Hand zu halten und von allen Seiten zu betrachten, während die Verkäuferin gelassen zusah. Leute, die sich in der Branche auskannten, nannten es Dildo oder Massagestab, auf jeden Fall war es ein ziemliches Ding und sehr naturgetreu mit seinen hervortretenden Adern und der blanken Eichel. Die Länge reichte jedoch nicht annähernd, und der Schaft war zu dick.

»Bei denen hier dürfte es nicht an der Länge fehlen«, sagte die Verkäuferin und griff mit ihren gepflegten Händen weiter nach rechts. Ihre Stimme war wie ihre Hände: gepflegt und beruhigend wie bei einer Ärztin. »Aber sie sind alle dafür gemacht, Wohlbefinden und Befriedigung zu verschaffen, allein das Material ist schon so elastisch. Könnten sie mir die Verletzung vielleicht irgendwie beschreiben?«

»Das spielt im Moment keine Rolle«, wich Harjunpää aus. »Uns interessiert mehr, was es alles für Möglichkeiten gibt. Damit wir das Entsprechende erkennen, wenn wir es sehen.«

Er hielt sich mit Pekka in einem Sexshop auf, im Zentrum von Helsinki in einer guten Gegend mit hohen Ladenmieten, und er war noch immer ein wenig überrascht. Er hatte die einschlägigen Geschäfte als solche in Erinnerung, wie sie zu Beginn seiner Laufbahn gewesen waren: schäbige Souterrainläden irgendwo im Stadtteil Punavuori, die Regale und Wühlkisten voller abgegriffener Pornohefte. Die Kundschaft hatte aus Männern mit roten Gesichtern bestanden, die den Kragen hochgestellt hatten und ein Heft nach dem anderen durchforsteten, weil sie sich nicht entscheiden konnten, welche Muschi ihnen am besten gefiel.

Aber dieses Geschäft hier war etwas vollkommen anderes: sauber und hell und weitläufig, vor allem aber so geschmackvoll eingerichtet wie jede andere teure Boutique in der Innenstadt. Die ausgestellten Produkte waren mit Bedacht arrangiert, je nachdem, zu welchem Bereich der Sexualität sie gehörten. Allein der Gesamteindruck, den das Geschäft machte, genügte, um dem Thema alles verdruckst Geheimnisvolle zu nehmen. Von der mit Scham durchsetzten Sündhaftigkeit vergangener Jahre war nicht die geringste Spur mehr übrig.

All das wurde von der Verkäuferin gekrönt. Sie war über vierzig, eventuell bewusst im Business-Stil gekleidet und sorgfältig frisiert, pflegte durchgängig eine sachliche und kompetente Umgangsform, mit geradezu verständnisvoller Freundlichkeit, auch Harjunpää und Pekka gegenüber, obwohl sie keine potenziellen Kunden waren, sondern nur Polizisten, die aus reiner Neugier herumschnüffelten.

Es befanden sich noch weitere Kunden im Laden, zwei teuer gekleidete Damen mittleren Alters, und ein junges Paar, das sich verschiedene Cremes ansah, wobei die Frau, die Rastalocken trug, immer wieder hell kicherte. Ab und zu sah die Verkäuferin kurz bei dem Pärchen vorbei, wie auch bei den Damen, und ihre Erläuterungen verrieten, dass sie ihre Produkte und das Gebiet, in dem sie eingesetzt wurden, tatsächlich kannte. Harjunpää zweifelte nicht daran, dass sie zögernden Kunden bei Bedarf auch etwas vollkommen Neues zum Ausprobieren nahelegen würde.

»Ich bin sicher ein bisschen altmodisch«, fing er an, als wolle er sich vorab schon entschuldigen. »Aber für was für ein Spiel ist das eigentlich gedacht?«

Er legte den Plastikpenis in die Vitrine zurück und nahm den nächsten in die Hand, der mindestens einen halben Meter lang war. Etwas in der Art suchten sie, nachdem der Gerichtsmediziner seine Einschätzung formuliert hatte. Dieses Modell nun bestand aus durchsichtigem Kunststoff, wie Glas, aber es fühlte sich hautartig angenehm an. Beide Enden waren als Phallus geformt.

»Dieses Modell ist ursprünglich für den Akt zwischen zwei Frauen entworfen worden. Merken Sie, wie biegsam es ist? Aber natürlich setzt letztendlich nur die Fantasie allem eine Grenze.«

Es gab reichlich Dildos aus ähnlichem Material, und sie waren allesamt geradezu schön. Manche leuchteten munter, andere wiederum wiesen sehr dezente Farben auf, und bei einigen hätte man wetten mögen, dass sie aus den Händen eines Top-Designers stammten. Überraschend viele waren so lang, dass sie durchaus in Frage gekommen wären, und Harjunpää war machtlos gegen das widersprüchliche Gefühl, das ihn beim Betrachten befiel: Jeder einzelne dieser schönen, glänzenden Gegenstände war dazu gedacht, Sinnesfreuden und Befriedigung zu bescheren, trotzdem suchte er darunter nach etwas, mit dem man einen Menschen grausam ermorden konnte.

»Und der hier?«, fragte Harjunpää und legte den Finger auf einen tiefgrün schimmernden Dildo. Er fragte aus reiner persönlicher Neugier, denn er konnte sich den Zweck des Stabs einfach nicht vorstellen. Er war schmäler als die anderen und hatte kugelförmige Ausbuchtungen, kleiner als Tischtennisbälle und aufgereiht wie eine Perlenkette.

»Zur Analstimulation«, antwortete die Frau beinahe erstaunt über die Frage nach einer solchen Selbstverständlichkeit. »Der Schließmuskel ist bei vielen Menschen eine äußerst erogene Zone. Wenn man diesen Stab behutsam verwendet, weckt jede Kugel eine Empfindung, beim Einführen wie beim Entfernen.«

»Danke sehr«, sagte Harjunpää. »Ich glaube, Sie haben uns sehr eindringliche Hinweise gegeben.«

»Dann beehren Sie uns gern auch privat wieder. Und ich hoffe, Ihre Klientin wird sich erholen.«

»Ich denke doch.«

»Vor allem auch ohne psychische Beeinträchtigungen. Das ist doch bei jedem ein sehr sensibler Bereich.«

»Genau. Auf Wiedersehen.«

Draußen wogte das pausenlose Rauschen, das Verkehr und Menschen in der Innenstadt stets verursachten, aber wenn man es nicht Tag und Nacht hören musste, sondern nur gelegentlich kleine Dosen davon abbekam, störte es nicht, sondern wirkte eher wie ein modernes Orchesterwerk.

»Die hatten auch schöne Sachen«, stellte Pekka fest. »Da müsste man mal zusammen mit seiner Frau zum Einkaufen hingehen, dachte ich direkt.«

»Das Pärchen da drin setzt deine Idee gerade in die Tat um.«

»Ich werde mit Hanna auch mal hingehen. Aber jetzt muss sie erst mal das Kind zur Welt bringen und sich von allem erholen.«

»So eine kleine Abwechslung tut sicherlich jedem gut. Wann ist es denn so weit?«

»In ziemlich genau einem Monat. Wieder ein Mädchen. Kann man auf dem Ultraschall gut erkennen.«

Harjunpää hatte das Auto im Halteverbot stehen lassen, weil er keinen legalen Parkplatz gefunden hatte, und ein Blick auf die anderen Fahrzeuge verriet, dass die Politessen da gewesen waren. Sie jedoch waren verschont geblieben. Das unauffällige Erkennungszeichen auf der heruntergeklappten Sonnenblende, das Außenstehenden nichts sagte, hatte funktioniert.

»Das war eigentlich ziemlich erhellend«, stellte Harjunpää fest, nachdem er den Motor angelassen hatte. »Nun wissen wir ungefähr, was wir suchen, wenn es so weit ist.«

»Und dass wir es nicht mit einer seltenen Abnormität zu tun haben.«

»Richtig. Du hast die Dildos nicht angefasst, oder?«

»Nein. Ich hab meinen eigenen. Und zwar live.«

»Das Entscheidende ist jedenfalls, dass die meisten relativ hart und glatt sind.«

»Das heißt, sie sind leicht zu reinigen?«

»Genau. Einige hatten allerdings eine deutlich porösere Oberfläche, die ein bisschen an Haut erinnerte. Wenn wir

Glück haben, kann an so einem durchaus Blut und DNA hängen geblieben sein.«

Pekka griff in die Türablage und brachte einen klassischen schwarzen Schlagstock zum Vorschein, einen echten Gummiknüppel.

»Ich hab als Erstes an so einen gedacht.«

»Der würde gut passen. Mit der halbrunden Spitze. Auch der Durchmesser wäre entsprechend. Übrigens haben wir die Wohnung gar nicht nach einer möglichen Tatwaffe durchsucht.«

»Wir waren uns nicht sicher. Und kannten die Methode nicht.«

»Aber jetzt kennen wir sie. Und wir werden heute noch einmal hingehen.«

Harjunpää setzte mit Schwung den Blinker und lauerte auf eine Lücke, in die er hineinschlüpfen konnte, aber er kam nicht dazu, denn in der Jackentasche vibrierte sein Handy.

»Wie könnte es anders sein«, stöhnte er, stieß den Schaltknüppel in den Leerlauf und zog die Handbremse. Dann holte er das Handy hervor: »Harjunpää.«

»Onerva hier. Ist gerade ein ungünstiger Moment?«

»Ich kenne gar keine anderen mehr. Aber schieß los«, erwiderte Harjunpää und wurde aufmerksam, denn auch wenn Onerva nur wenige Worte gesagt hatte, und dies mit absoluter Pokerstimme, so hatte er doch lange genug mit ihr zusammengearbeitet, um zu ahnen, dass sie etwas Wichtiges mitzuteilen hatte. »Dürfen es andere Ohren hören?«

»Wenn sie an Pekkas Kopf sitzen, dann ja.«

»Gut«, sagte Harjunpää und schaltete den Lautsprecher ein, warf einen Blick auf Pekka und sah, dass auch er eine Vermutung hatte.

»Violas Handy ist geortet worden«, sagte Onerva.

»Sag bloß.«

»Und damit sind die Wunder noch nicht zu Ende. Derjenige, der das Handy hat, befindet sich in Katajanokka. Und er bewegt sich dort auch noch.«

»Weitläufig?«

»Nur innerhalb des Stadtteils. Ausschließlich zwischen zwei Feststationen.«

»Wenn es unser Täter ist, dann muss es ein ziemlicher Scheißkerl sein. In gewisser Weise.«

»Laiho und ich haben uns schon überlegt, ob er es vielleicht verkauft hat.«

»Dann wäre doch wenigstens die SIM-Karte gewechselt worden.«

»Oder jemand spricht so lange auf Kosten der Toten, wie es geht.«

Harjunpää lehnte sich mit seinem ganzen Gewicht im Sitz zurück und warf einen Blick auf Pekka, aber der schien intensiv über etwas nachzudenken. Und schon tat Harjunpää das ebenfalls und ging in Gedanken die Register und Programme durch, die ihnen zur Verfügung standen. Letzten Endes hing alles von den Standorten der Feststationen und ihrer Reichweite ab. Und obwohl er sich sehr wohl darüber im Klaren war, was an diesem Tag noch alles erledigt werden musste, spürte er den fast unwiderstehlichen Willen, im Verkehr einzutauchen und nach Katajanokka zu fahren, aber gleich darauf begriff er, dass dies im aktuellen Stadium bloß ein Schuss ins Blaue wäre und somit Zeitverschwendung. Vielleicht hätte er auch nur die Häuser von Katajanokka betrachten und dabei denken wollen: »Hier steckst du – und wir wissen es.«

»Timo?«, fragte Onerva. »Bist du noch bei Bewusstsein?«

»Ja, ja. Wird es schon abgehört?«

»In Kürze ist es so weit. Laiho organisiert gerade die Genehmigung. Aber ich habe eben schon mal als Frau Nieminen von der Klempnerei Töölö dort angerufen.«

»Und?«

»Es hat bloß eine Zeit lang geläutet. Keiner geht ran, und es schaltete sich auch kein Anrufbeantworter ein.«

»Okay. Wir kommen geflogen. Dann halten wir ein kleines Meeting ab und schauen uns die einzelnen Bauklötze noch mal genau an.«

Er hob bereits das Handy, um den Lautsprecher auszuschalten, aber Onerva kam ihm zuvor: »Warte!«

»Was?«

»Ich hab noch eine gute und eine schlechte Nachricht. Erinnerst du dich an Tea Nenonen vom Gewaltdezernat in Espoo?«

»Nur vom Namen her. Gemeinsame Fälle hatten wir mit denen nicht.«

»Piipponen kennt sie natürlich. Er kennt ja alle. Und ich muss zugeben, dass er ein phänomenales Gedächtnis hat.«

»Also?«

»Er konnte sich an einen Fall in Espoo erinnern, der Jahre zurückliegt. Damals gab es eine versuchte Festnahme im Stadtgebiet Helsinki, in Vallila, und da war er dabei.«

»Sie haben den Täter gefasst?«

»Nein. Der Fall ist immer noch ungelöst. Und die Zentralkripo konnte damals nicht übernehmen, weil sie gerade einen Amoklauf in einem Einkaufszentrum hatten.«

»Und?«

»Bei dem Fall wurde in einer Wohnung in Espoo-Lintuvaara eine Frau tot aufgefunden. Nackt, im Bett. Und zwar nicht nach dem Mittagsschlaf. Sie hatte eine Plastiktüte über dem Kopf, und ein Handgelenk war noch mit Handschellen an den Bettpfosten gefesselt.«

»Heiliger Bimbam«, sagte Harjunpää sehr leise und sah an Pekkas Gesicht, dass er ihm nichts zu erklären brauchte. Das übliche Grinsen zeigte sich in den Augenwinkeln, als er sagte: »Das mit der Klempnerei Töölö hab ich jetzt allerdings nicht verstanden.«

12

Der Tennisarm

Neea konnte sich einfach nicht konzentrieren. Das passierte ihr nicht oft. Wenn sie an ihrer Magisterarbeit schrieb oder an Übersetzungen arbeitete, auch an kleinen, zum Beispiel an der Gebrauchsanweisung für eine LED-Taschenlampe (so etwas amüsierte sie oft, denn dort konnten Dinge stehen wie »EXPLOSIONSGEFAHR – keine Batterien ins Feuer werfen«, oder: ERSTICKUNGSGEFAHR – verschluckte Batterien können im Hals stecken bleiben«), entstand zwischen ihr und dem Bildschirm oder dem Buch eine ganz spezielle Beziehung. Ein bisschen, wie wenn sie sich intensiv mit jemandem unterhielt, wenn alles andere außen vor blieb und in Vergessenheit geriet. Jetzt aber funktionierte das nicht.

Immer wieder musste sie denselben Satz von vorne lesen: »Il se mit à aller et venir entre le lit et la fenêtre…«, und sie wusste genau, was dort stand, aber die Wörter entwischten ihr und vermengten sich zu einem Buchstabenbrei, und ihre Finger bewegten sich zwar über der Tastatur, doch auf dem Bildschirm erschien kein einziger Buchstabe.

Sie dachte an H. Niemand hatte sie je so umarmt. Es war keine »Oh-du-armer-Krüppel«-Umarmung gewesen. H. hatte wirklich Anteil genommen, er war traurig gewesen wegen ihrer Tränen und hatte ihr eine echte Stütze sein wollen. Sie dachte daran zurück, wie er ihr die Tränen vom Gesicht geküsst und ihre Hände gestreichelt hatte, sodass sie aus ihrer geballten Versteinerung zum Leben erwacht und wieder ihre eigenen Hände geworden waren.

Sie seufzte, packte mit beiden Händen die Greifräder ihres Rollstuhls und korrigierte ihre Haltung. Eines der teuflischsten Dinge, die es gab, war ein Druckgeschwür am Hintern, und sie hatte Symptome, die in die Richtung gingen. Sobald sie besser saß, rollte sie hin und her, und da ihre Linke stärker war, drehte sich der Rollstuhl so weit, dass sie das Aquarium sah. Es war nicht groß, nur hundertzwanzig Liter, aber genau passend, sie konnte sogar vom Stuhl aus die Steine auf dem Grund arrangieren. Sie freute sich daran, sie liebte den Anblick. Und auch wenn sie nie direkt darüber nachdachte, so war es für sie doch nicht so sehr ein Stück Unterwasserwelt, das man als Mensch normalerweise nicht zu Gesicht bekam, sondern eher eine Landschaft mit Wald und Himmel. Die schillernden Guppys und Neonfische waren für sie Vögel, die frei und ohne Einschränkung zwischen Erde und Himmel umherfliegen konnten. Das bewegte sie immer wieder aufs Neue, so sehr, dass sie manchmal eine Fernsehsendung unterbrach, um den Fischen zuzuschauen, und den Blick erst wieder auf den Apparat richtete, wenn bereits die Nachrichten kamen.

»Uns wird schon etwas einfallen«, hatte H. gesagt und sie mit seinen so außergewöhnlich dreinblickenden Augen angeschaut. Sein Blick hatte ihr Gesicht gewärmt wie seine Hände ihre Füße, und dadurch hatte sie gewusst, dass er meinte, was er sagte.

Das Handy piepste, weil eine SMS ankam, und Neea drehte den Rollstuhl wieder an den Schreibtisch. Einen Moment lang hoffte sie inständig, die Mitteilung stamme von Stiina, begriff aber fast sofort, dass die Hoffnung vergeblich war. Stiina war einmal ihre engste Freundin gewesen – eigentlich die einzige, die sie aufrichtig als Freundin bezeichnen konnte –, aber seit ihrer Heirat kam sie immer seltener zu Besuch. Auch wenn sie am Anfang getönt hatte: »Stell dir vor, jetzt hast du zwei Freunde: mich und Joel!« Ein paarmal waren sie zusammen gekommen, dann wieder nur Stiina allein, und mit ihrer Schwangerschaft waren die Besuche von Anrufen und schließlich von Textmitteilungen abgelöst worden.

»Ich komme vorbei«, stand auf dem Display, sonst nichts. Solche Mitteilungen schickte nur Koko. Neea seufzte erneut, jetzt schon etwas gequälter, und blickte sich intuitiv in der Wohnung um. Alles musste an seinem Platz stehen, denn Koko bemerkte alles, speziell all das, was nicht so war, wie es sein sollte. Neea war nicht sicher, ob sie es sich nur einbildete, aber es kam ihr so vor, als würde Koko zum Beispiel eine vom Stuhl gerutschte Bluse betont langsam aufheben, ebenso einen Stift, einen Löffel, was auch immer. Und auch wenn sie dabei nicht direkt Seufzer ausstieß, so rief sie mit ihrer Körpersprache geradezu: »Mit euch Behinderten hat man aber auch seine Last!«

Neea beantwortete die SMS nicht. Koko würde ohnehin kommen. Und zwar mit dem eigenen Schlüssel. Sie kam in Neeas Wohnung, wie eine Hundebesitzerin in den Zwinger kam, um ihren kleinen Boston Terrier zu begutachten. Da sie gerade an Stiina gedacht hatte, fiel Neea noch etwas ein: Stiinas Hochzeit. Sie war großartig gewesen. Die Trauung hatte in der Johanneskirche stattgefunden und das Fest im Kasino in Katajanokka. Aber obwohl Koko ihr eines ihrer prächtigsten Seidenkleider geliehen und die Friseuse ihr die Haare gemacht und sie geschminkt hatte, war das Fest eine der trostlosesten Erfahrungen in Neeas Erwachsenenleben gewesen.

Mit ihrem Rollstuhl war sie sich vorgekommen wie aufs Abstellgleis geschoben. Von dort aus hatte sie beobachtet, wie schick angezogene, gut gebaute Männer und Frauen mit hinreißenden Beinen in kleinen Grüppchen beieinanderstanden, sich unterhielten, lachten, zwischendurch die Gesellschaft wechselten – so wie es sich bei einer Hochzeit gehörte. Es war niederschmetternd gewesen, zu begreifen, dass sie all das immer nur von außen beobachten würde, nichts davon war für sie vorgesehen. Nicht das vor den Altar Treten, nicht das Tragen eines so schön über die Hüften herabfallenden Brautkleides, am allerwenigsten der Hochzeitswalzer, bei dem die anderen zuschauten und das Brautpaar um die Wette bewunderten.

Am Abend jenes Tages hatte sie sich zum ersten Mal wirklich gewünscht, zu sterben. Zunächst hatte sie gedacht, es sei Neid oder Eifersucht. Aber es war nichts dergleichen; diese Gefühle kannte sie. Es war eine unbeschreibliche Trostlosigkeit, die auch die Beteuerungen des Therapeuten nicht beseitigen konnten: »Du musst einfach lernen, mit deiner Behinderung zu leben und dich über all die Möglichkeiten zu freuen, die das Leben dir dennoch zugesteht.« Kein gesunder Mensch konnte sich vorstellen, was es bedeutete, wenn die Hälfte des Körpers nur ein gefühlloser, mechanischer Apparat war. Oder wenn es schon eine schweißtreibende akrobatische Übung darstellte, ins Bett zu gelangen, oder wenn man sich mühsam eine Windel anziehen musste, für den Fall, dass man im schlaftrunkenen Zustand nicht gleich den Rollstuhl fand und rechtzeitig auf die Toilette kam.

Neea wischte sich mit dem Handrücken über die Augen und kam nicht einmal dazu, das Handy auf den Tisch zu legen, als es erneut piepste.

»Warum nennst du sie Kossivi?«, stand auf dem Display. Das kam wirklich unerwartet, sie musste kichern, wie zuletzt als kleines Mädchen. Dann hob sie wachsam den Kopf und horchte. Noch hörte man nicht den Widerhall der hohen Absätze im Hofdurchgang, und sie schrieb aufgeregt eine Antwort: »Das ist der Name eines Mädchens, das in Afrika von Affen großgezogen worden ist. Missionare fanden es mit fünf Jahren. Es hat aber nie sprechen und sich wie ein Mensch zu benehmen gelernt.«

Sie suchte im Adressbuch nach H.s Nummer, die unter »Masseur« gespeichert war. Und zwar nur, weil Koko nicht gegen ihren Drang ankam, überall die Nase hineinzustecken. Neea hielt es keineswegs für unmöglich, dass auch ihr Handy durchsucht würde, wenn sich die Gelegenheit dazu böte. Und als sie die Nummer sah, kamen ihr in einem warmen Strom die Worte in den Sinn, die H. gesagt hatte, nachdem sie endlich aufgehört hatte zu weinen.

»Du kannst das vielleicht nicht verstehen, Neea«, hatte er gesagt und sie auf diese gute, alles sehende Art angeschaut, »aber Koko ist neidisch auf dich. Sie begreift das sicher selbst nicht. Sie kann gehen, wohin sie will, Tennis spielen und segeln. Aber sie weiß auch: Wenn dein Vater jemanden liebt, dann dich. Bestimmt hat er auch für Koko etwas übrig, aber dich liebt er. Koko mag auf ihre Beine stolz sein und sie dir immer wieder präsentieren – und dabei unbewusst neidisch auf dich in deinem Rollstuhl sein.«

»Ich bringe Bananen mit«, hieß es in der nächsten SMS. »Du kannst ihr eine abgeben.«

Wieder kicherte Neea und hielt sich die Hand vor den Mund, obwohl niemand in der Nähe war. Sie fand es erstaunlich, dass zwei kurze SMS von H., den sie kaum kannte, sofort gute Laune in ihr auslösten und einige Sorgen auf der Stelle wegwischten. Ihr wurde warm in der Brust – sie hatte etwas ganz eigenes, nur für sich. Etwas, das sie nicht mit Koko teilen musste, auch nicht mit ihrem Vater oder mit dem Physiotherapeuten, mit niemandem. Sie konnte sich nicht erinnern, seit dem Unfall etwas Eigenes, Privates gehabt zu haben. Aber jetzt hatte sie es. Und für andere war es nur unter der Bezeichnung »Masseur« in ihrem Handy sichtbar.

»Mein Liebling«, schrieb Neea, bereute es aber sofort. Es sah plötzlich lächerlich aus. Sie bezeichnete einen Mann als Liebling, der sich in Wahrheit prostituierte und sie ein einziges Mal getröstet und gestreichelt und gesagt hatte: »Liebes.« Aber seit sie erwachsen war, war niemand so zärtlich zu ihr gewesen oder hatte gar »Liebes« gesagt, aus ganzem Herzen und nicht nur aus dem Mund. Der Gedanke wärmte sie, wieder breitete sich ein gutes Gefühl in ihr aus, und sie ließ die Worte stehen und fügte hinzu: »Könntest du schon heute kommen?«

Da klapperten auch schon die hohen Absätze im Hofdurchgang, und gleich darauf hörte man das vertraute Geräusch, als der Schlüssel ins Schloss gesteckt wurde. Neea erschrak, als wäre sie bei einem Verbrechen ertappt worden, und schickte schnell die SMS ab, wie um zu verhindern, dass sie ihr gestohlen wurde. Dann klappte sie das Handy zu, legte es auf den Tisch und schob eine Hand auf die Tastatur ihres Computers. Mit der anderen rieb sie sich die Stirn, als würde sie über ein kniffliges grammatikalisches Problem nachdenken.

»Hallo, Neealein«, sagte Koko mit ihrer üblichen, von den Lippen geformten Fröhlichkeit, aber in ihrer Stimme klang noch etwas anderes mit, das nichts Gutes verhieß. Ihren Parfumduft verströmte sie wie immer, ihr Make-up war tipptopp, und die Haare waren wie frisch vom Friseur gemacht. Sie hatte ihre türkise Seidenbluse vor dem Bauch verknotet wie ein Teenager und trug dazu Mikroshorts! Neea kam in den Sinn, dass Koko womöglich etwas mit einem jungen Mann hatte, aber gleich darauf verwarf sie diesen Gedanken wieder. Koko hing zu sehr am Geld ihres Vaters und an all dem Luxus, den es ihr garantierte. Erst dann erkannte sie: Koko wollte ihr die ganzen Beine präsentieren, einschließlich der wunderbar festen Oberschenkel, und das ganze enorme Ausmaß ihrer gebräunten Haut. Über die letzte Begegnung musste sie sich geärgert haben.

»Ich mag es nicht besonders, wenn du mich Neealein nennst.«

»Aber mein Vögelchen! Das ist doch ein Kosename. Damit will ich nur zum Ausdruck bringen, was du mir bedeutest.«

»Das war mein Kosename als kleines Mädchen, bevor… und außerdem hat nur meine Mutter so zu mir gesagt.«

»Dann bitte ich tausend Mal um Entschuldigung, Neea. Heute ist wieder herrliches Wetter. Eigentlich wollte ich mit Gun Tennis spielen gehen. Aber mein Ellbogen.«

»Gut, dass wenigstens schönes Wetter ist.«

»Immerhin ein schwacher Trost. Eigentlich schade, dass du gerade jetzt so viel Arbeit hast.«

»Wie würdest du das übersetzen: ›…charger du fardeu des autres‹?«

»Du weißt doch, dass ich kein Italienisch kann«, sagte Koko und bewegte sich mit sorgfältig gesetzten Schritten auf die Couch zu und nahm Platz. Irgendwie war sie kribbelig, denn sie hielt ihre Handtasche so, als hätte sie am liebsten die Zigaretten herausgenommen und sich eine angesteckt. Sie rauchte nämlich, allerdings hinter Neeas und deren Vaters Rücken, aber man roch es. Womöglich benutzte sie nur deshalb so irrwitzig viel Parfum.

»Du erinnerst dich doch sicher an Sara Lindel-Liukkonen, eine gute Freundin von mir?«

»Doppel-L, ich weiß. Und der Satz eben war Französisch, nicht Italienisch.«

»Ja, sicher. Aber was ich sagen wollte: Saras Mann ist Abteilungsleiter bei der Aufsichtsbehörde für das Gesundheits- und Sozialwesen.«

»Beaufsichtigt er die Gesunden und Sozialen?«

»Es besteht nicht der geringste Grund zum Spott, Neea«, sagte Koko. Hätten menschliche Stimmen Farben, hätten ihre Wörter dabei tiefviolett geklungen, mit kleinen blutroten Einsprengseln. »Du weißt sehr gut, dass diese staatliche Behörde über alle Beschäftigten im Gesundheitsbereich Buch führt.«

Neea wusste, dass bald der eigentliche Punkt kommen würde, und führte unwillkürlich die geballten Fäuste vor den Bauch, als würde sie mit einem Schlag rechnen.

»Und auch wenn das an sich vertraulich ist: Es gibt in Finnland genau eine Person im Pflegebereich, die Smolander heißt.«

»Und?«

»Ihr Vorname lautet Marja. Nicht Henrik, wie sich der Herr, der neulich bei dir zu Gange war, nannte.«

»Aber ich kann doch nicht… Die schicken mir mal den und mal den«, erwiderte Neea konfus. Sie geriet leicht aus der

Fassung, vor allem wenn sie lügen musste. Das mochte zum Großteil daher kommen, dass sie im Grunde wenig mit Menschen zu tun hatte. Mit Ärzten und Physiotherapeuten redete man ohne Umschweife und sagte die Wahrheit.

»Hat er nicht gesagt, er sei auch Masseur?«

»Das ist er auch. Und zwar ein guter. Weißt du noch, wie ich dich bat, meine Fußsohlen anzufassen?«

»Die waren kalt wie tiefgefrorener Seelachs. Kein Wunder. Der Verband der Masseure kennt nämlich auch keinen Henrik Smolander.«

»Aber woher soll ich… ich kann nicht…«, stammelte Neea, und ein geradezu wütendes Weinen erwachte in ihr. »Was geht dich das an! Ich bin diejenige, die behandelt wird. Gut behandelt wird!«

»Möchte nicht wissen, was da alles dazugehört«, schnaubte Koko. Nun schimmerte endlich einmal eine gewisse Verächtlichkeit in ihrer Stimme durch, was sie normalerweise kaschieren konnte. »Du weißt doch von den vielen falschen Ärzten und Todespflegern. Hat er deine Brüste begrapscht? Wie willst du dich wehren, wenn er dich da aufs Bett wirft?«

»Hör auf, Koko!«, rief Neea und machte eine unsinnige Bewegung, als wollte sie aufstehen. »Er soll seine Papiere mitbringen, dann kannst du kommen und nachsehen. Ich ertrage es nicht… du weißt doch, was ich für eine Gefangene bin… und dann habe ich endlich mal ein bisschen was Gutes…«

Koko stand auf, so energisch, als hätte sie einen großartigen Abgang geplant. Sie legte eine Hand in den Nacken und rieb ihn, dass die Goldketten klimperten.

»Ich werde mich über diesen Herrn informieren. Aber hat er die Schmerzen in deinem Nacken weggekriegt?«

»Ja. Auch wenn er meinetwegen Fischer oder Schreiner ist.«

»Vielleicht würde er das auch bei mir hinbekommen«, sagte Koko. »Ich bin selbst oft genug bei der Massage gewesen, um einen richtigen Masseur von einem falschen unterscheiden zu können. Vielleicht massiert er beim nächsten Mal auch ein bisschen meinen Nacken.«

»Ich weiß nicht, ob er das ohne Rezept darf.«

»Wir werden es versuchen. Einmal nur. Und außer uns dreien wird es niemand erfahren.«

»Nein!«, schrie Neea, und jetzt konnte sie ihre Wut nicht mehr im Zaum halten, denn sie begriff, was Koko mit ihrem Kossivi-Instinkt gewittert hatte: dass zwischen ihr und H. noch etwas Privateres war. Vielleicht beneidete Koko sie auf irgendeine Art doch, schließlich war H. ein ansehnlicher junger Mann. Vielleicht wollte sie vor seinen Augen ihre Bluse ausziehen, auch ihren BH, und ihm zeigen, was für herrliche, weiß schimmernde Brüste sie hatte.

»Du hast doch über deinen Tennisarm geklagt! Wenn er einverstanden ist, kann er sich ja darum kümmern. Aber weiter wirst du deine Nase nicht in diese Angelegenheit stecken. Mein Vater und die Krankenkasse bezahlen meine Behandlungen. Nicht du!«

13

Malla

Maija-Kaarina wurde eigentlich nie bei dem offiziellen Namen genannt, den ihre Eltern ihr zu geben beschlossen hatten. Allerdings waren sie auch erst nach leichtem Zank und mehrtägigem Schmollen darauf gekommen. Die Mutter hatte einfach eine Maija haben wollen, weil sie das für einen ehrlichen finnischen Namen hielt, der Vater wiederum wollte Kaarina als Namen für seine Tochter haben, weil das seiner Meinung nach mehr Pep hatte. Außerdem hatte in seiner Familie schon immer jemand Kaarina geheißen.

So kam es zu dem Kompromiss Maija-Kaarina. Die Großeltern erzählten, als kleines Kind habe sie ihren Namen nicht aussprechen können, sondern immer nur Malla gesagt und zugleich ihre Puppe hartnäckig Molla-Malla genannt. Daraus hatte sich nach und nach die Gewohnheit herausgebildet, die Puppe Molla zu nennen und das Mädchen Malla. Während ihrer gesamten Schulzeit und das Studium hindurch war sie als Malla bekannt, und auch an ihrem Arbeitsplatz stand neben der Tür: Malla Korhonen. Deshalb waren viele überrascht, wenn sie ein Dokument sahen, auf dem sie mit dem Namen unterschrieb, auf den sie der Pfarrer einst getauft hatte.

Seit der Herstellung von Molla-Malla waren fünfzig Jahre vergangen, aber es gab die Puppe noch. Sie saß auf einer Armlehne von Mallas tannengrünem Sofa, wenn auch etwas verschlissen, und bestaunte die Welt mit ebenso runden Augen wie damals, als sie im Puppenwagen durch die Gegend geschoben worden war.

Malla wiederum stand nackt vor dem großen Badezimmerspiegel in ihrer Zweizimmerwohnung in der Pakkamestarinkatu. Ihre Freundinnen hatten die Anschaffung für blödsinnig gehalten und behauptet, er würde wegen der Feuchtigkeit beschlagen und darum seinen Zweck gar nicht erfüllen. Aber Malla betrachtete sich immer vor dem Duschen, und der Spiegel bereitete ihr sehr wohl Freude.

Wenn jemand die finnische Durchschnittsblondine definieren müsste, könnte er sich an Malla orientieren, und ihr würde das vermutlich gefallen. Ihr Gesicht hatte feine Züge, wie mit leichten Pinselstrichen gemalt, und das ganz leichte Doppelkinn sah man nicht, wenn sie darauf achtete, den Kopf aufrecht zu halten. Und sie achtete darauf, schon von ihrem Naturell her. Jüngere Mitarbeiter bezeichneten sie dementsprechend hinter ihrem Rücken als »taffe Tante«.

Allerdings hatte sie ganz und gar nichts Tantenhaftes an sich. Ihr Hals war faltenlos, ihre Schultern rundeten sich schön, so wie ihr Busen, auch wenn er sich inzwischen um knapp zehn Zentimeter gesenkt hatte, wie bei allen Frauen in ihrem Alter. Sie hatte keinen Bauch, denn sie hatte sich schon an vegetarische Kost gehalten, als darüber in den Medien noch kein Wind gemacht wurde, und niemals ließ sie ihre täglichen Sit-ups aus. Außerdem war sie fähig, bei Schokolade aufzupassen, denn das war das Einzige, wofür sie eine Schwäche hatte.

Malla drehte sich ganz langsam um und begutachtete den mittleren Bereich ihres Körpers. Da gab es zwei Details, die sie nicht mochte. Für ihren Geschmack hatte sie zu breite Hüften, auch wenn die Bildhauer und Maler vergangener Jahrhunderte vielleicht anderer Ansicht gewesen wären, wie sich aus ihren Werken schließen ließ.

Das Zweite war ihr Po. Der sprang ihrer Meinung nach zu abrupt vor. So dachte sie, seit im Gymnasium eines der anderen Mädchen sie nach dem Sport aus der Dusche getrieben hatte mit den Worten: »Komm endlich raus, mit deinem Entenarsch! Andere wollen auch duschen.« Aber selbst wenn sie einen Entenarsch hatte, so hatte sie immerhin keinen Cellulitehintern, und darüber war sie froh.

Ihre Knie fand sie zu eckig, zu plump, auch wenn sich deswegen noch kein Mann beschwert hatte. Mit ihren Beinen war sie allerdings zufrieden. Sie beugte sich nach vorn und berührte sie, aber sie verlangten noch nicht nach dem Lady Shave, wie auch die Bikinizone nicht, mit der sie es sehr genau nahm. Schamhaare, die aus dem Slip quollen, waren ihrer Meinung nach ungefähr der schlimmste Anblick, den man einem Mann zumuten konnte, und das galt ganz besonders für eine blonde Frau wie sie.

In ihren Bademantel mit Tigermuster gehüllt und mit Flipflops an den Füßen ging Malla in die Küche, die eigentlich nur eine ans Wohnzimmer anschließende Kochnische war. Sie füllte ihr Glas erneut mit Weißwein, hielt es zierlich am Stiel und betrachtete den Wein gegen das Licht. Er verriet ihr keinerlei Geheimnisse, sie war keine Weinkennerin, aber die Farbe sah einfach so schön aus. Mit langsamen, langen Schlucken trank sie das Glas in einem Zug aus. Dadurch entstand Wärme in der Brust und einen Augenblick später ein kleiner

Schwindel in den Schläfen. Sie war in der Lage, jedem Mann mit klarem Kopf zu begegnen, darum ging es nicht, aber eine kleine Entspannung schadete nicht, wenn man den anderen nicht kannte. Die Flasche stellte sie in den Kühlschrank zurück.

Die Kleider hatte sie sich bereits auf dem Bett zurechtgelegt: schwarze Unterwäsche, denn sie war nun mal in der Stimmung. Kein String, denn der hätte nur ihre Hüfte betont, aber auch keine altmodischen Unterhosen. Der BH war angenehm geformt, und die Ränder der Körbchen zierten feine Spitzen. Auch die Stay-ups waren schwarz.

Malla fand die alte Wahrheit zutreffend, dass jedes gute, feierliche Gefühl schon mit der Unterwäsche anfing. Und sie zog sich mindestens ebenso gern für sich selbst gut an wie für die Männer. Der schwarze Rock hatte einen gewellten Saum und ließ sich durch Öffnen eines Knopfs und eines Reißverschlusses leicht ausziehen, dazu war auch ein weniger intelligenter Mensch fähig. Als Oberteil hatte sie eine ebenfalls schwarze, jedoch mit dünnen Goldstickereien verzierte und eng anliegende Plisseebluse gewählt.

Malla blickte auf die Uhr. Sie war zierlich wie ein Schmuckstück, alle ihre Uhren waren so, das gehörte zu ihren Schwächen. Sie hatte noch fast eine Stunde Zeit, und sie trippelte zur Stereoanlage und suchte, ohne einen Moment zu zögern, eine CD von Celine Dion aus. Die Dion hatte eine viel angenehmere Stimme als Shirley oder die Streisand, deren Gesang an manchen Stellen das reinste Schreien war. Dann schwebte Malla in die Küche zurück, trank rasch ein halbes Glas Wein und setzte sich an den Tisch. Wie auf dem Bett die Kleider, so warteten dort die Schminksachen auf sie.

Mit den Fingerspitzen trug sie auf beiden Wangen gleichzeitig die Foundation auf und betrachtete dabei ihr Gesicht und ihre Augen etwas länger. Sie wusste schon jetzt, wie der Rest ihres Lebens verlaufen würde. In gewissem Sinn nur lose Beziehungen, wenn auch nicht sonderlich oft reine One-Night-Stands, sondern solche, die etwas länger hielten: ein halbes Jahr, manchmal auch ein ganzes. Nach etwas anderem sehnte sie sich gar nicht mehr. Sie war nie verheiratet gewesen und hatte auch nur einmal mit einem Mann zusammengewohnt. Damals war sie noch fast ein Mädchen gewesen, und es hatte nur knapp ein Jahr gehalten.

Ihren Freundinnen – die hatte sie allerdings, allesamt ebenfalls Singles – sagte sie, dass sie es nicht ertrage, wenn die Männer anfingen, Anspielungen auf eine festere Bindung zu machen. Ob sie nun vorschlugen, sich zu verloben oder zusammenzuziehen, es war stets etwas Einschränkendes und Fesselndes dabei. Schon zweimal hatte sie Männer, die ihr einen Heiratsantrag gemacht hatten, zurückweisen müssen: »Tut mir leid. Das mit dir war doch nicht so ganz mein Ding. Vergessen wir das Ganze.«

Sie war sich nicht ganz sicher, ob es wirklich daran lag, was eine feste Beziehung an Einschränkungen mit sich brachte, denn sie hatte eine solche Beziehung in Wirklichkeit noch gar nicht erlebt, geschweige denn, dass sie sich nach ihren Kurzzeitbeziehungen gefragt hätte, was schiefgelaufen war. Sie wäre zweifellos erstaunt gewesen, wenn sie jemand gefragt hätte, ob sie Beziehungen womöglich nur deshalb knüpfte, um sie wieder auflösen zu können.

Im Hinblick auf eine Sache war sie immerhin ehrlich zu sich selbst: Wenn sie in jenen Situationen den Gesichtsausdruck und die Reaktionen der Männer sah, weckte das in ihr ein auffallend starkes Gefühl, wie sie es sonst nie hatte. Vor allem bei Otso war ihr das so ergangen. Der Mann hatte das Format eines Bären gehabt und sie zuerst angestarrt, als redete sie in einer unbekannten Sprache zu ihm; dann war er in Tränen ausgebrochen, dieser Schrank von einem Mann, war auf den Stuhl im Flur gesunken und hatte das Gesicht in den Händen vergraben.

Bei einem gewissen Leo hatte sie ihre Intuition vor einem falschen Schritt bewahrt. Er war eine Art EDV-Guru und verheiratet gewesen – solchen ging sie seitdem aus dem Weg –, und es war mit ihm ungewöhnlich scharf zur Sache gegangen, vielleicht gerade weil er verheiratet gewesen war. Sie waren beide ziemlich durchgeknallt gewesen, vor allem Leo, denn der hatte die Scheidung eingereicht und eine Wohnung für sie beide gekauft, und zwar in bester Lage in Kulosaari. Als dann die Zeit kam, um über den Umzug zu reden, war sie gewissermaßen aufgewacht und hatte zu ihm gesagt: »Tut mir leid. Ich bin gerade zur Vernunft gekommen. Das ist doch nicht mein Ding.« Wovor sie behütet worden war, trat kurz darauf zu Tage: Sie hätte geheiratet, um Witwe zu werden, denn schon einen Monat später lag der Mann mit Leukämie im Krankenhaus – und als Nächstes auf dem Friedhof.

Als Lippenstift wählte sie einen etwas dunkleren als sonst, mit einem Hauch von Glanz. Sie betrachtete ihren Mund und das herrliche, vor Kraft strotzende Rot und die zwischen den Lippen aufblitzenden, tadellos weißen Zähne, und fing plötzlich an zu kichern. Sie wusste nicht, wo der Einfall herkam, er war auf einmal einfach da: Was würde der Kerl von heute Abend wohl für ein Gesicht machen, wenn sie ihn sich in Ruhe ausziehen ließe und dann feststellte: »Du. Bring nächstes Mal deinen kleinen Bruder mit.«

14

Der Mann mit der Gürteltasche

Der Besuch im Marktcafé hatte sich vor allem unter den Mitgliedern der Mordkommission zu einer Art wohltuenden Tradition entwickelt – manchmal sogar zu einem Siegesfest –, aber diese Zeiten lagen schon fast ein Jahrzehnt zurück. Es hatte vor allem in der Phase eine Rolle gespielt, als die Kripo noch in der Aleksanterinkatu ihren Sitz hatte, fast unmittelbar neben dem Marktplatz, und wenn man mit Würde die Nacht überstanden und bloß noch die übliche Morgenleiche vor sich hatte, verzogen sich die Leute von der Nachtschicht manchmal gegen fünf Uhr zum Markt, wo die Händler gerade erst ihre Stände aufbauten. Dann herrschte dort eine ganz besondere Stimmung: Es waren nur Leute da, die müde von der Nachtarbeit kamen, alle kannten sich, und vom Prominentenauflauf war noch nichts zu sehen. Manchmal sah man am Ufer eine Ratte, die größer war als eine Katze, übers Pflaster huschen.

»Wenn du das noch mal wiederholen könntest«, sagte Onerva in ihr Handy und hielt sich mit der freien Hand das Ohr zu. Harjunpää fiel auf, dass sie ihre Haare neu geschnitten hatte, sodass sie gerade so die Ohren bedeckten. Der Hakaniemi-Markt fungierte als Ersatz für das Café auf dem Markt am Hafen, vor allem morgens, wenn noch niemand zum Mittagessen da war. Und da es sich so selten ergab, dass die ganze Abteilung einmal versammelt war – Ermittlungsleiter Laiho, Onerva, Pekka und Harjunpää und Piipponen, der von der Brandabteilung ausgeliehen war –, hatten sie einmütig beschlossen, ihre Besprechung auf dem Hakaniemi-Markt abzuhalten. Dort kam man vom Präsidium in Pasila gut hin, es gab mehrere Kaffeestände, weshalb nirgendwo Gedränge herrschte und man über die Arbeit reden konnte, wenn man nur ein wenig die Stimme senkte.

»Warte kurz«, sagte Onerva, nahm das Telefon zwischen beide Hände und ließ ihren enttäuschten Blick von einem Kollegen zum anderen schweifen. Durch einen Spalt im Zelt fiel ein Sonnenstrahl auf ihr Gesicht, wodurch man ungewöhnlich gut sehen konnte, dass ihre Augen unterschiedliche Farben hatten. »Ratet mal.«

»Eine neue tote Frau. Gegenstand im Mund und Gurke zwischen den Brüsten.«

»Es ist verschwunden. Wir haben es verloren.«

»Was haben wir verloren?«

»Violas Telefon natürlich.«

»Verdammt noch mal«, brummte Piipponen. »Da hat sich einer ein bisschen Verstand ausgeliehen und ist auf die Idee gekommen, es auszuschalten.«

»Oder der Akku ist leer.«

Es wurde still. Nur an den anderen Tischen wurde weiter geredet. Sie hatten nun die bislang einzige brauchbare Spur verloren. Denn es war ihnen nicht gelungen, auch nur einen Menschen aufzutreiben, der ihnen einen Hinweis auf Violas Beziehungen oder Besucher hätte geben können. Die Technik hatte in der Wohnung einige brauchbare Fingerabdrücke sicherstellen können, aber im POLAS-Register hatten sie zu keinem Treffer geführt. Bis die DNA-Resultate vorlagen, würde unweigerlich einige Zeit vergehen – oder doch nicht: Harjunpää sah Piipponen an, der Beziehungen zu fast allen hatte und durch seine Überzeugungskraft sogar tote Pferde zum Galoppieren bringen konnte. Die Möwen schrien mit der lauten Stimme großer Vögel, und unter dem Tisch hüpfte ein einzelner, knopfäugiger Spatz umher.

»Eines ist jedenfalls Fakt«, sagte Laiho mit Nachdruck, wohl aus Pflichtgefühl, weil er der Ermittlungsleiter war. »Wir haben es in Katajanokka geortet, und es hat sich dort bewegt. Also brauchen wir im Grunde nur noch einen weiteren guten Link dorthin.«

»Das mit dem Bewegen kann eine Täuschung gewesen sein«, sagte Pekka und taxierte mit dem Blick, ob die anderen der Auffassung des Lehrlings Wert beimaßen. Offenbar kam er zu dem Schluss, dass sie es taten, denn das kleine Grinsen machte sich in den Mundwinkeln bemerkbar. »Ich war nämlich vorher bei den Drogen.«

»Und?«

»Einmal waren wir zu Fuß in Pukkimäki hinter einem Dealer her, aber dann hat er uns anscheinend gesehen und erkannt.«

»Bullen und Gangster erkennen sich immer – das ist wie bei einem Magnet.«

»Unser Auto stand weiter weg als seins, aber wir bekamen mit, dass er auf dem Ring nach Westen fuhr. Sein Handy war natürlich in der Peilung. Und es wurde auf der Höhe von Pakila geortet. Der Typ bewegte sich ebenfalls zwischen zwei Handymasten hin und her.«

»Hat er es einem streunenden Hund in den Arsch geklemmt?«

»Nein. Wir haben observiert und observiert und Überstunden geschoben. Aber der Kerl hatte das Handy auf der Flucht aus dem Auto geworfen. Und dort am Straßenrand hatte es sich nun wirklich nicht bewegt. Es lag aber genau an der Grenze zwischen zwei Feststationen, und weil die Feldstärke variiert, schnappt es sich immer das jeweils stärkere Signal.«

Sie sahen sich gegenseitig nicht an. Guckten nur auf ihre Kaffeebecher und auf die Pflastersteine. Plötzlich hatten sie das Gefühl, aus reiner Unwissenheit an der Nase herumgeführt worden zu sein. Und das, obwohl sie doch kompetente Profis waren. Der Spatz schnappte sich einen Krümel, den ihm Onerva hingeworfen hatte, und flatterte davon.

»Fangen wir mit der Auswertung des Melderegisters an«, sagte Harjunpää schließlich. »Das macht es schon mal leichter, wenn die Frauen rausfallen. Und bei den Männern ergibt sich wenigstens eine ungefähre Altersspanne.«

»Aber in Katajanokka gibt es verdammt viele Arbeitsplätze. Ämter, Geschäfte. Diejenigen, die dort arbeiten, finden wir nie.«

»Aber mit irgendwas müssen wir anfangen. Ich kann das übernehmen. Und Pekka kann darauf die Delikt- und POLAS-Dateien durchkämmen.«

»Espoo hat mir versprochen, das Material über den Fall in Lintuvaara zu kopieren«, sagte Piipponen und freute sich offensichtlich an der Vorstellung, nach Espoo fahren zu dürfen und zwischendurch ein paar eigene Dinge erledigen zu können. »Wenn wir das parallel durchgehen, können wir gut und gern Übereinstimmungen finden.«

»Ich hab heute Morgen mit der Sitte gesprochen«, sagte Laiho. »Reetta war nicht da, aber diese Anne Vornanen dort ist auch ganz gut.«

»Immerhin war überhaupt jemand da.«

»Die sitzen im Sommer immer in der Tinte. Die Fälle nehmen zu, und das Personal ist in Urlaub. Aber Anne hat versprochen, als Nebenprojekt herauszufinden, ob einer von ihren Stammkunden in Katajanokka wohnt. Von den meisten kennen sie auch den Arbeitsplatz.«

Wieder schwiegen sie. Tatsache war, dass sie in einem außergewöhnlich grausamen und brutalen Fall ermittelten, und dass sie dabei auf extrem dünnem Eis gingen. Überraschenderweise kam das zum großen Teil daher, weil das Opfer, Viola, eine sogenannte unbescholtene Bürgerin war, die nach allen Regeln der Wahrscheinlichkeit gar nicht Opfer eines Gewaltverbrechens hätte werden dürfen. Wegen ihres tadellosen Lebenswandels verfügte sie über keinerlei Kontakte, die Hinweise liefern könnten, oder wenigstens über irgendwelche zweifelhaften Beziehungen in irgendeine Richtung.

In der Kurve zur Hämeentie brachte eine Straßenbahn die Schienen zum Kreischen, ein Straßenmusiker in der Nähe erreichte das Ende seines Repertoirs, machte eine kurze Pause und nahm mit seiner Trompete die gleiche Runde erneut in Angriff. In einer von Pekkas Taschen wisperte der leise gestellte Polizeifunk. Die Zentrale rief nach einer freien Streife, aber Harjunpää kam nicht drauf, wofür, denn der Einsatzcode bewegte sich im dreistelligen Nummernbereich. Die Kommunikation der Kriminalpolizei hatte sich mehr und mehr aufs Handy verlagert. Etwas an der Meldung ließ Harjunpää trotzdem aufmerksam werden, auch wenn er noch nicht wusste, was.

»Was ruft die Zentrale da gerade?«, fragte er. Auch Pekka hatte offenbar mit einem Ohr zugehört, denn er wusste die Antwort sofort: »Im Vedenkantaja-Park ist ein Verdächtiger in einem älteren Fall gesehen worden. Die Augenzeugin, die ihn erkannt hat, folgt ihm gerade.«

»Und die Auswertung von Melderegister und POLAS hat bei dem Haus in der Välskärinkatu null gebracht?«

»Bloß einen, der mal wegen Trunkenheit am Steuer bestraft wurde«, erinnerte sich Piipponen. »In der Wohnung hat sich nichts gefunden, was als Tatwerkzeug gepasst hätte. Wenn wenigstens der Gerichtsmediziner ein bisschen genauer sagen könnte, was es eventuell war.«

»Na ja«, fing Laiho an, aber da klingelte sein Handy, und er stand auf und trat ein Stück zur Seite – vermutlich deshalb, weil Kriminalhauptkommissare Anrufe bekommen konnten, deren Inhalt ihre Mitarbeiter nicht unbedingt kennen mussten.

»Der Vedenkantaja-Park liegt in Katajanokka«, fiel Harjunpää endlich ein. Vor Zeiten, als er selbst dort gewohnt hatte, war er mit Pauliina manchmal in dem Park gewesen und hatte innerlich immer über die Hundekacke geflucht. »Frag doch mal in der Zentrale nach, Pekka, was das für ein Fall ist. Aber mit dem Handy, damit sie uns den Einsatz nicht aufs Auge drücken.«

Pekka tauschte das Funkgerät gegen sein deutlich schlankeres Handy, wählte per Schnellruf, wartete einen Moment ab, sprach kurz und wartete wieder.

»Vielleicht fällt er uns wie ein Braten in den Mund«, begeisterte sich Piipponen, bremste sich aber sogleich wieder: »Aber es wär ja verrückt, zu erwarten, dass alle Einsätze in Katajanokka mit unserem Fall zu tun haben.«

»Das ist übrigens was, das wir übers Deliktregister überprüfen müssen. Was in dem Stadtviertel normalerweise so anfällt. Und was das für Leute sind.«

»Kleinen Moment«, sagte Pekka ins Telefon, dann wandte er sich mit leicht erhöhtem Eifer zu den anderen: »Eine Zeugin, die schon im April Anzeige erstattet hat, hat einen Vergewaltiger erkannt. Aber die Zentrale ist wegen dieser verdammten Konferenz verstopft. Außerdem ist auf der Mannerheimintie ein böser Unfall passiert, und irgendwo gibt es auch einen kleinen Brand.«

»Sag, dass wir hinfahren und das überprüfen«, sagte Harjunpää, ohne eine Sekunde zu überlegen, denn in ihm erwachte das starke Gefühl, oder die Vorahnung, etwas, das darauf hindeutete, dass der besagte Vergewaltiger etwas mit ihrem Fall zu tun haben könnte. »Aber offiziell sollen sie es einem anderen geben.«

»Sie haben aber niemanden. Vor allem, weil das an sich kein Alarmfall ist.«

»Dann sag, dass wir ihn übernehmen«, erwiderte Harjunpää und sah die anderen an. In dem Moment wurde ihm klar, dass er und Pekka hinfahren würden, und er war froh, dass sie die Unverfrorenheit besessen hatten, mit zwei Autos vom Präsidium zum Kaffeetrinken zu fahren. Auch wenn die Fahrzeuge im Sommer nicht so knapp waren wie sonst.

»He, hört mal.« Laiho drehte sich zu ihnen um, kam ein paar Schritte näher und beugte sich über den Tisch, damit die anderen Leute nichts hörten. Obwohl er ein gut ausgebildeter Kommissar der jüngeren Generation war, der sich und die Lage stets im Griff hatte, spiegelte sein Gesicht deutliche Bestürzung wider.

»Rekomaa hatte in der Pakkamestarinkatu einen Exitus.

Aber als er die Lage überblickte, brach er das Ganze gleich ab.«

»Sag jetzt bloß nicht, dass da eine nackte Frau im Bett liegt.«

»Das hast du mir gerade erspart. Sie scheint höchstens vierundzwanzig Stunden tot zu sein. Und hat etwas am Hals, was auf Würgespuren hindeuten könnte.«

»Vielleicht bloß ein Zufall«, sagte Piipponen, aber mit derart gerunzelten Augenbrauen, dass es eher wie ein Zauberspruch klang, der das Böse vertreiben sollte. »Falls es aber derselbe Täter ist – dann geht das schon in Richtung Serienmörder.«

Laiho strich sich über die Haare und verzog den Mund, zweifellos stellte er eine Berechnung und Schlussfolgerung nach der anderen an, fragte sich, wie die Lage zu organisieren sei und wo er die Leute hernehmen solle, um eine solche Anhäufung von Fällen zu bearbeiten.

»Pekka und ich machen jetzt einen kurzen Abstecher nach Katajanokka«, sagte Harjunpää.

»Dort ist ein mutmaßlicher Vergewaltiger erkannt worden.«

»Okay«, meinte Laiho. »Falls es stimmt, gebt ihr den Fall direkt an die Sitte weiter. Ohne vorerst ein Wort über das andere hier zu verlieren. Und dann schauen wir in aller Ruhe, ob es zu unserem Fall passt.«

»Zu unseren Fällen.«

»Das ist noch nicht hundertpro sicher. Ihr fahrt nach Katajanokka und erledigt das. Wir fahren ins Präsidium. Dort nehmen Onerva und Piipponen die Spurensicherung mit und fahren zu dem Exitus. Ich behalte die Einsatzleitung. Und versuche, Verstärkung aus dem Hut zu zaubern.«

»Simsalabim!«, rief Piipponen und schwenkte die Autoschlüssel in der Luft.

Sie beeilten sich, zu ihren Fahrzeugen zu kommen, die sie am Rand des Marktplatzes geparkt hatten. Es war wie verhext: Ausgerechnet an diesem Tag betasteten die Leute besonders gründlich die Tomaten und den Blumenkohl an den Marktständen, überquerten abrupt die Gassen, um zu probieren, ob es gegenüber noch bessere gab, und wechselten an den nächsten Stand. Man kam nur stockend voran, es war der reinste Slalom zwischen dicken Tanten mit überquellenden Plastiktüten hindurch.

Dafür kam Harjunpää anschließend überraschend flott mit dem Toyota weiter bis zum Nordufer. Dort wurde der Verkehr zusehends dichter, denn die Ampelkreuzungen an der Katajanokka-Brücke und dem Hafen-Markt machten sich bereits bemerkbar.

»Soll ich das Veilchen aufs Dach setzen?«, fragte Pekka und tastete nach dem im Fußraum versteckten Blaulicht.

»Nein. Es geht ja nicht um Leben und Tod. Aber es kann lebensgefährlich werden, wenn man die Leute dazu bringt, nach allen Seiten auszuweichen.«

»Es geht ja auch einigermaßen vorwärts. Ich habe nur irgendwie das starke Gefühl, dass das unser Mann sein könnte. Aber dann würde ihn das Blaulicht natürlich verschrecken.«

»Ruf die Zentrale an und lass dir die Nummer von der Zeugin geben. Sie muss ja ein Handy haben, wenn sie sich vom Park aus gemeldet hat.«

»Und dann rufe ich sie an.«

»Bitte sie, dir genau die Stelle zu nennen. Und sich selbst ein bisschen zu beschreiben, damit wir sie erkennen.«

»Schon passiert.«

»Und sag ihr, sie soll genug Abstand zu dem Kerl halten. Und auch sonst vorsichtig sein.«

»Damit sie uns nicht gleich verrät?«

»Genau.«

Der Fahrer des roten Pritschenwagens vor ihnen suchte offenbar nach einem Geschäft oder einer anderen Adresse, denn er bremste ständig und beugte sich nach rechts, um aus dem Seitenfenster zu schauen, dann beschleunigte er wieder, um kurz darauf erneut die Bremslichter aufleuchten zu lassen. Harjunpää trommelte aufs Lenkrad und legte zwischendurch unnötigerweise die Hand auf den Schaltknüppel.

Sein Verstand wusste um die extrem geringe Wahrscheinlichkeit, dass der Mann ihr Mörder war, aber die Zeugenmeldung war wie auf Bestellung der zweite Link nach Katajanokka. Andererseits wusste er aus Erfahrung, dass im Zuge von Ermittlungen absolut alles möglich war. Sogar Wunder konnten geschehen, oder zumindest unglaublich erscheinende Einzelheiten, die überraschend alles auflösten. Und manchmal war eben auch reines Glück im Spiel. Der letzte Fall dieser Art lag nur wenige Monate zurück. Sie hatten einen Mann, der im Verdacht stand, auf jemandem mit dem Messer eingestochen zu haben, zur Fahndung ausgeschrieben, und am Mittag desselben Tages war ebendieser Mann aufs Präsidium gekommen, um seinen neuen Pass abzuholen. Durch die Festnahme – oder seine eigene Blödheit – war er so verdattert, dass er die Tat schon bei der ersten Vernehmung gestand, obwohl er von früher als hartnäckiger Leugner bekannt gewesen war.

»Er hat den Park verlassen«, sagte Pekka aus dem Mundwinkel heraus zu Harjunpää und dann wieder ins Telefon:

»Dann gehen Sie bitte ruhig weiter, aber mit nötigem Abstand.«

Harjunpää sah nicht, ob man links abbiegen konnte, wenn man aus dieser Richtung kam, und hatte auch nicht die Geduld, es zu überprüfen, aber sobald sich eine Lücke auftat, fuhr er links auf die Katajanokka-Brücke. Offenbar war es verboten, denn mindestens zwei Autos hupten heftig und lang.

»Frag nach Merkmalen.«

»Sandfarbene Cargohosen«, wiederholte Pekka laut das, was er hörte. »Hellblaues, kurzärmeliges Hemd. Weiße Turnschuhe. Geht die Luotsinkatu auf der linken Seite hinauf. Ungefähr dreißig Jahre alt. Schwarze Gürteltasche.«

»Sag ihr, sie soll an der Straßenecke stehen bleiben.«

Das alte Münzamt hatten sie bereits hinter sich gelassen, die Uspenski-Kathedrale huschte vorbei, dann kam auch schon der Park, der eher eine Grünanlage war.

»Dort. Die Frau im weißen Rock.« Pekka wedelte mit der Hand und sprach weiter ins Telefon: »Wir sehen Sie jetzt. Wir kommen in einem metallicgrünen Zivilfahrzeug.«

»Ist der Mann mit der Gürteltasche schon weit weg?«

»Sie sagt, er ist jetzt halb die Straße hinauf.«

»Dann machen wir es so, dass ich dich an der Ecke absetze. Du folgst ihm zu Fuß. Ich überhole ihn und komme ihm dann entgegen. Von hinten und vorne gleichzeitig. Und keine Sololäufe.«

»Ich mache der Zentrale Meldung, dass wir ihn im Visier haben.«

»Jep.«

Harjunpää hielt in der zweiten Reihe an, und Pekka sprang mit seinen langen Läuferbeinen verblüffend wendig aus dem

Wagen, war mit wenigen Schritten bei der Frau im weißen Rock, beruhigte sie mit einer Geste und gab Harjunpää zu verstehen: Los geht's. Harjunpää konnte gerade noch sehen, dass die Frau etwa um die dreißig war, rötliche Haare hatte und etwas aufgeregt wirkte, ansonsten aber eine ganz gewöhnliche finnische Frau zu sein schien.

Er setzte den Blinker, bog rechts in die Luotsikatu ein und fuhr sie hinauf. Er achtete darauf, nicht zu schnell zu werden, aber auch nicht lauernd zu kriechen, wie es Polizisten oft taten. Die Straßenränder waren zugeparkt, es waren einige Fußgänger unterwegs, genug, um dafür zu sorgen, dass der Verdächtige seine Verfolger nicht sofort bemerkte.

Harjunpää erspähte den Mann auf der Stelle. Offenbar hatte er seine Schritte beschleunigt, denn er näherte sich bereits der Katajanokankatu. Harjunpää umklammerte das Lenkrad. Er spürte, wie im ganzen Körper die Jahr für Jahr seltener gewordene diffuse Anspannung entstand. Hätte er Zeit gehabt, darüber nachzudenken, hätte er sicherlich begriffen, dass es sich dabei um eine Mischung aus Jagdtrieb und dem Verlangen handelte, das Böse zu vertreiben und die Arbeit zum Abschluss zu führen. Er angelte sein Handy aus der Tasche, schielte auf die Tastatur, fand die Schnellwahltaste für Pekka, drückte sie – und wäre um ein Haar einem funkelnagelneuen SUV in die Seite gefahren.

»Scheiße!«

»Pekka hier.«

»Ich hätte fast einen Unfall gebaut. Wir lassen die Verbindung offen. Er hat gerade die Katajanokankatu überquert. Ich fahr ein Stück an ihm vorbei und steig dann aus. Behalt ihn im Auge, falls er in einer Einfahrt oder einem Hauseingang verschwindet.«

»Darauf kannst du dich verlassen«, bestätigte Pekka, und Harjunpää bemerkte, dass der junge Kollege auch von der Erregung des Jagdhundes, der Witterung aufgenommen hatte, erfasst worden war.

Schließlich erreichte Harjunpää den Mann, hinter dem sie her waren. An dessen Hemdkragen konnte man das Logo einer teuren Marke erkennen, die Haare waren sorgfältig geschnitten, eventuell hatte er sogar Strähnchen. Er ging in gleichmäßigem Tempo und schaute nur vor sich, aber mit einem »Nicht-Blick«, den er im Laufe seiner Arbeit entwickelt hatte, sah Harjunpää, dass der Mann den Toyota wahrnahm und mehr als das: Er reagierte darauf, blickte plötzlich hinter sich und blieb fast stehen.

Einige geparkte Fahrzeuge weiter kam eine Hofeinfahrt, die breit genug war, dort fuhr Harjunpää rasch hinein. Er zog die Handbremse und zog den Zündschlüssel. So machten es alle Polizisten, schon wegen der Vorschriften, aber vielleicht noch mehr deshalb, weil keiner sich der Schande aussetzen wollte, mitten im Einsatz den Wagen gestohlen zu bekommen. Harjunpää legte die Hand auf den Türgriff, blickte aber vor dem Öffnen noch einmal in den Rückspiegel – und sah den Mann nicht mehr.

»Hast du Kontakt?«, keuchte Pekka ins Handy. Offenbar war er losgerannt.

»Nein. Und du?«

»Die abbiegende Straßenbahn hat mir die Sicht versperrt. Er muss das Auto erkannt haben.«

»Verdammter Mist.« Harjunpää sprang aus dem Wagen und auf den Bürgersteig, sah aber nur eine gebückte alte Frau, die eine Einkaufstasche schleppte, und Pekka, der ihm so leichtfüßig entgegenjoggte, als schwebte er. Sonst war niemand zu sehen, schon gar nicht der Mann mit der Gürteltasche.

»Er ist jedenfalls in kein Auto gestiegen«, sagte Pekka mit leichtem Keuchen und blieb stehen. »Aber er muss ganz in der Nähe sein.«

»Da gibt es eigentlich keine andere Möglichkeit als die zwei Hauseingänge und die Einfahrt dort«, meinte Harjunpää fast flüsternd und eilte bereits auf die nächste, massive Haustür zu. Im Augenwinkel sah er Pekka zur anderen Tür rennen.

»Hofeinfahrt zu!«, rief Pekka und gleich darauf: »Tür abgeschlossen!«

»Hier auch. Es gibt nicht mal ein elektronisches Türschloss, sodass wir nach dem Code fragen könnten.«

Auf dem Meer tutete mit tiefem Ton ein Schiff. Bis zur Straße hinunter hörte man das hektische Klatschen dutzender Flügel, als ein Taubenschwarm irgendwo weit oben aufflog. Intuitiv schauten beide Polizisten zum Himmel. Die Vögel überquerten gerade die Straße und flogen sofort wieder in einem Bogen zum gegenüberliegenden Haus zurück, in der bemerkenswerten Wellenformation, in der Schwarmvögel fliegen, wie von einem einzigen Gehirn gesteuert.

»Da drüben, auf der anderen Straßenseite steht ein Hoftor offen«, entdeckte Pekka, und sogleich waren sie wieder in Bewegung, rannten, ohne nach rechts oder links zu schauen, auf die Straße, schlängelten sich zwischen den geparkten Fahrzeugen auf der anderen Seite hindurch und rannten durch die offene Einfahrt. Mitten im Hof stand der Lieferwagen einer Teppichfirma mit offenen Hecktüren, und zwei jüngere Männer in Arbeitsoveralls luden ächzend eine Teppichrolle aus, die auf den ersten Blick wie ein toter Seeelefant aussah. An beiden Treppenaufgängen im Hof waren die Türen weit geöffnet und fixiert, vor der einen lag bereits eine graue Teppichrolle bereit.

»He, Kollegen!«, rief Harjunpää. »Wir sind von der Kriminalpolizei und suchen einen Mann. Ist hier gerade jemand vorbeigekommen?«

Die Männer ließen die Rolle los und richteten sich auf. Einer von ihnen, der sich noch im Laderaum befand, wirkte etwas älter und wischte sich mit der Reklamemütze den Schweiß von der Stirn.

»Kann schon sein«, sagte er gedehnt und außer Atem, wobei seiner Stimme zu entnehmen war, dass er im Laufe seines Lebens schon zu viele Strafzettel wegen überhöhter Geschwindigkeit von der Polizei bekommen hatte. »Wir haben keine Zeit, zu gucken, wo die Leute hingehen. Eine schöne Frau wäre uns vielleicht aufgefallen.«

Gelassen und mit einem Hauch Schalk in den Augenwinkeln trat Pekka hinter den Lieferwagen und fragte den Kollegen, der bislang geschwiegen hatte: »Und Sie? Bei so einer Kleinigkeit könntet ihr uns Bullen schon ein bisschen helfen.«

»Es ist jemand vorbeigekommen«, sagte der Mann wesentlich freundlicher als sein Kompagnon. »Aber wir haben nicht so darauf geachtet. Uns läuft der Schweiß in die Augen, dass man kaum die eigenen Hände sieht.«

»Okay, Jungs. Danke.«

Harjunpää und Pekka traten zur Seite, und die Männer machten sich erneut an der Teppichrolle zu schaffen. Ein ums andere Mal flatterte der Taubenschwarm über den Hof.

»Ich hab einen Blick in den Lieferwagen geworfen«, flüsterte Pekka, »da hält sich keiner versteckt. Was nun?«

»Er muss hier irgendwo sein.«

»Aber hätte er uns dann nicht direkt in die Arme laufen müssen?«

»Stimmt. Wenn er nicht so clever war, und in ein oberes Stockwerk gegangen ist, um abzuwarten. Wir checken die Treppenhäuser. Jeder eins.«

»Du meinst, wir teilen uns?«

»Wenn wir beide in dem einen Aufgang sind, kann er inzwischen aus dem anderen kommen und sich aus dem Staub machen. Und falls es einen Aufzug gibt, hol ihn runter und lass die Tür offen.«

»Okay. Und das Handy an?«

»Jep.«

Die Wände im Treppenhaus waren hässlich grün, und der Fußboden schokoladenbraun gestrichen, und zum Teil auch deshalb musste Harjunpää, der aus dem hellen Hof kam, eine Zeit lang blinzeln, bis er richtig sah. Als Erstes warf er einen Blick auf die Tafel mit den Namen der Hausbewohner, aber es war keiner darunter, der ihm auch nur entfernt bekannt vorkam. Der schmale Fahrstuhl war bereits unten, Harjunpää schob das Scherengitter zur Seite und öffnete die Drahttür einen Spalt. Auf diesem Weg konnte der Typ jedenfalls nicht entwischen, wenn Harjunpää die Treppe hinaufstieg.

Der Teppich vor der Tür sollte anscheinend in die Reinigung gebracht werden, denn der Fußboden war nackt, und der Hausmeister oder die Putzfrau hatten nicht besonders viel Fleiß an den Tag gelegt: Man sah, wo der Teppich gelegen hatte, weil sich um ihn herum der Staub mehrerer Monate angesammelt hatte. Harjunpää legte die Hand aufs Geländer: keine Vibration. Dann lauschte er einen Moment mit zur Seite geneigtem Kopf, nahm aber keine Geräusche wahr, die auf eine Bewegung schließen ließen. Irgendwo plärrte ein Radio, einer dieser »Gute-Laune-Sender« war eingestellt. Der betont muntere Moderator hielt einen atemberaubenden Sprechrhythmus aufrecht, um der Lieblingsmoderator der ganzen Nation zu werden, dabei gab es die gleichen Figuren auf allen anderen Sendern auch.

Harjunpää nahm mehrere Stufen auf einmal. Im Treppenhaus roch es nach gebratenem Hering. Der Teppich fehlte nur bis zum ersten Stock. Den Abdrücken im Staub nach zu schließen, waren zumindest eine Frau mit schmalen Stöckelschuhen und ein noch sehr kleines Kind hier gegangen. Harjunpää setzte den Weg nach oben fort. Und schon im nächsten Stockwerk sah er etwas, was ihn veranlasste, stehen zu bleiben und die Augen zusammenzukneifen. Unmittelbar vor der Wand war ein Abdruck im Staub zu erkennen, der ein ausgeprägtes Profil hatte und sich deutlich in Ballen und Ferse teilte. Eine typische Turnschuhspur, und so groß, dass sie mit aller Wahrscheinlichkeit zu einem Mann gehörte. Auch die Schrittlänge sprach für einen rennenden Mann. Auf der Treppe hatte er wie Harjunpää mehrere Stufen auf einmal genommen. Instinktiv berührte Harjunpää mit dem Ellbogen seitlich den Brustkorb: Den Revolver hatte er dabei.

In der obersten Etage ging die Treppe weiter zur Dachbodenebene, und falls der Mann, den er verfolgte, nicht hier wohnte, saß er dort in der Falle. Harjunpää stützte sich an der Wand ab und reckte den Hals, sah und hörte aber nichts. Sicherheitshalber sagte er deutlich hörbar: »He, Kollege. Komm runter. Hier ist die Polizei.«

Niemand antwortete. Nur seine eigenen Worte hallten von Wänden und Decke wider.

Auf der linken Seite der Dachbodenebene befand sich die einzige Tür, eine dicke Brandschutztür mit Metalloberfläche, aber so alt wie das ganze Haus. Harjunpää sah schon aus zwei Metern Entfernung Aufbruchspuren am Falz, aber die waren eindeutig ebenfalls alt und stammten zweifellos aus der Zeit, als die Junkies noch glaubten, auf Dachböden mehr als alte Mäntel und Galoschen zu finden.

Er ergriff die Klinke und rüttelte daran. Die Tür bewegte sich fast um einen Zentimeter. Er zog den kaum fingerdicken Stift mit der eingebauten Lampe aus der Brusttasche und leuchtete in den Türspalt: Die Falle des Schlosses war deutlich zu erkennen. Er kramte sein Multifunktionswerkzeug heraus, das wirklich vielseitig verwendbar und so in keinem Geschäft erhältlich war, denn Pajarinen von der Technik hatte Säge, Schere und sonstiges überflüssiges Zeug entfernt und an deren Stelle einen ganz schmalen Spanner und zwei Dietrichhaken mit unterschiedlichem Kopf eingesetzt.

Intuitiv wählte Harjunpää den einfacheren Haken, denn die Falle war gut genug zu sehen, schob ihn in den Spalt und hinter die Falle, drehte ein wenig, drückte die Klinke, und die Tür ging auf. Sofort schlug ihm der Geruch von seit Jahrzehnten angehäuftem Staub und in der Sommerhitze glühendem Blechdach entgegen. Er duckte sich ein wenig, öffnete die Tür ganz, tastete an der Backsteinwand entlang, fand den Schalter und drehte ihn, worauf einige fahle Lampen an der Decke angingen. Es war ihm nicht eigentlich bewusst, aber er schob die Jacke so weit zurück, dass er die Hand auf den aufgerauten Gummigriff der Waffe legen konnte. Diese Berührung sorgte immer für etwas Herzklopfen, manchmal hatte sie jedoch auch etwas Beruhigendes, vermittelte das Gefühl, nicht vollkommen allein und wehrlos zu sein.

Vor sich hatte er den typischen Dachboden eines alten Stadthauses: dunkle Deckenbalken, Dielenboden und an den

Seiten die Verschläge der Hausbewohner, voller Gerümpel. Es ging ein kaum wahrnehmbarer Luftzug. Allerdings seltsamerweise vom Treppenhaus her. Harjunpää kam nicht einmal dazu, sich zu überlegen, warum, als er schon begriff, dass es im hinteren Teil des Dachbodens heller war als bei der Tür. Ein Dachfenster, fiel ihm als Erstes ein, dann erinnerte er sich aber an die Tauben und daran, dass sie jäh hin und her geflogen waren, als trauten sie sich nicht mehr, auf ihrem alten Platz zu landen.

Im selben Moment war er auch schon wieder in Bewegung, im Laufschritt, obwohl die Eile inzwischen wahrscheinlich sinnlos war. Ganz hinten stieß er auf eine grob gezimmerte Leiter, und erblickte über dieser eine offene Dachluke. Man sah den leuchtend blauen Himmel und einen weißen Streifen, den ein Flugzeug hinterlassen hatte.

»Pekka, he«, sagte er ins Handy. »Er ist auf meiner Seite über den Speicher aufs Dach.«

»Dann kann er kein totaler Schwachkopf sein.«

»Auf deiner Seite muss es auch eine Dachluke geben. Guck mal, ob man da was sieht. Aber geh nicht aufs Dach!«

»Sorry, aber ich komme gar nicht erst auf den Dachboden. Die Tür ist so verschlossen, wie es nur geht.«

»Nimm den Dietrich.«

»Ich hab keine Sachen bei mir, weil wir ja nur eine Besprechung auf dem Markt hatten.«

»Dann geh runter in den Hof und behalte die Feuerleitern im Auge. Ich guck mal, was ich von hier aus sehe.«

»Okay. Aber fang nicht selbst an, rumzuturnen.«

»Nein, nein.«

Harjunpää legte die Hände auf die Leiter. Das Holz war rau, eines, von dem man garantiert Splitter in die Haut bekam. Als er den Fuß auf die unterste Sprosse stellte, merkte er, dass unter der Leiter etwas Schwarzes lag. Auf den ersten Blick sah es aus wie eine tote Ratte. Aber es war eine Gürteltasche aus Leder, und der Mann, hinter dem sie her waren, hatte so eine getragen.

Er stieg wieder hinunter, ging um die Leiter herum, hob die Tasche vorsichtig auf, um keine Fingerabdrücke zu zerstören, und trat in den Lichtkegel, der durch die Dachluke fiel. Die Tasche war ausgesprochen leicht. Er öffnete umständlich den Reißverschluss. Kein Portemonnaie, natürlich nicht, bei dem Glück, das er hatte, aber Haus- und Autoschlüssel. Außerdem eine halb leere Zigarettenschachtel und ein gelbes Feuerzeug, und dazu ein doppelt gefaltetes braunes Kuvert. Er zog es fast nur mit den Fingernägeln heraus, und obwohl er alleine war, entfuhr ihm ein kurzes: »Aha!«

In dem Kuvert steckten drei kleine Minigrip-Beutel, und in jedem davon war mit Mühe etwas Weißes zu erkennen, ein sehr feines Pulver. Harjunpää war kein Drogenexperte, aber aller Wahrscheinlichkeit nach enthielten sie Kokain. Er schob das Kuvert in die Tasche zurück und ließ den Riemen durch die Finger laufen. Die Schnalle war vorhanden und geschlossen, aber an einem Ende war der Riemen an der Naht gerissen.

Er legte die Tasche auf den Boden zurück und stieg erneut die Leiter hinauf, und daran, wie sich seine Jacke zwischen den Sprossen und an den abstehenden Spänen verfing, konnte er erraten, was passiert war. Der Mann hatte die Gürteltasche vorm Bauch getragen, sodass er sie ständig im Blick hatte, und beim Hinaufhasten zur Dachluke war die Tasche hängen geblieben und abgerissen. Offenbar hatte der Kerl in seiner Not das Malheur gar nicht bemerkt, denn sonst hätte er einen so wertvollen Inhalt sicher nicht liegen lassen.

Harjunpää schob Kopf und Schultern aus der Luke, vorsichtig zwar, doch ohne auf mögliche Gefahren zu achten. Die Abdeckung der Luke lag auf dem Dach, mit einer stabilen, aufgrund des Alters schon rostigen Kette fixiert. Das schwarze Dachblech strahlte eine solche Hitze aus, dass die Luft darüber flimmerte. Harjunpää hatte nicht damit gerechnet, so weit oben zu sein, auch wenn er wusste, dass das Ende der Luotsikatu auf einer ziemlich hohen Anhöhe lag. Unmittelbar vor ihm schimmerte das Meer, es glitzerte wie ein Diamantteppich. Die Insel Tervasaari war zu sehen und der Holzkai, und von so weit oben betrachtet glichen die Boote winzigen Streichholzschachteln. Links glänzten die goldenen Zwiebeln der Uspenksi-Kathedrale.

Harjunpää war ehrlich froh darüber, nicht aufs Dach steigen zu müssen. In Helsinki wurden relativ viele Sprungsuizide begangen, und es hatte mehrere Jahre gedauert, bis er erkannt hatte, dass sich durch die Ermittlungen in diesen Fällen unmerklich Höhenangst in ihm entwickelt hatte. In gewisser Weise war das nur natürlich.

Wenn er an den Ort eines Sprungs kam, sah und begutachtete er als Erstes den blutigen Knochenschutt, der beim Aufprall des Gefallenen entstanden war, und suchte anschließend die Absprungstelle. Womöglich war ein Balkongeländer beteiligt, indem es den Hinterkopf des vorbeisausenden Menschen gestreift hatte. Und falls der Springende vom Dach gekommen war, musste dort bis zur Dachrinne nach Spuren gesucht werden, denn irgendwo konnte ein Portemonnaie mit Abschiedsbrief liegen.

Ein diffuses Geräusch – am ehesten vielleicht wie das Wimmern eines Hundewelpen – veranlasste Harjunpää, sich in die andere Richtung zu drehen. Und er erschrak. So heftig, dass sich fast sein Griff vom Rand der Luke gelöst hätte.

Etwa vier Meter von ihm entfernt war ein Mann auf allen vieren erstarrt. Vollkommen regungslos. Der Mann trug ein blaues Hemd, braune Cargohosen und weiße Turnschuhe. Das Gesicht hatte er Harjunpää zugewandt – und dieser hatte nie zuvor einen solchen Gesichtsausdruck gesehen. Wangen und Mundwinkel waren wie aus einer schlaffen Masse und doch gleichzeitig versteift. Die Augen starrten über Harjunpää hinweg, ohne etwas zu sehen. Er atmete so schwer, dass die Bewegung seines Brustkorbs deutlich zu erkennen war.

»He, Kollege«, brachte Harjunpää schließlich heraus. »Komm her, dann gehen wir.«

Der Kopf des Mannes bewegte sich, ganz leicht nur, aber dann etwas mehr, und am Ende sah er Harjunpää in die Augen. Obwohl der Abstand so groß war, dass man es nicht mit Sicherheit erkennen konnte, schien der Mann nicht unter Drogen zu stehen, sondern nur vor Entsetzen außer sich zu sein.

»Kommissar Timo Harjunpää. Wer sind Sie?«

Der Mann schüttelte kaum merklich den Kopf, und auch wenn seine geballten Fäuste fest aufs Dach gestützt waren, zitterten sie, und um sie herum hatten sich feuchte Flecken gebildet.

»Nun kommen Sie schon. Es ist angenehmer, sich auf dem Dachboden zu unterhalten.«

»Nein. Ich kann nicht.«

»Und warum nicht? Schließlich sind Sie ja auch hochgekommen.«

»Es hat mich erst hier überkommen.«

»Haben Sie eine Krankheit?«

»Wenn ich mich bewege, falle ich.«

»Nicht, wenn Sie auf allen vieren kommen. Immer ein paar Zentimeter.«

»Nein. Können… können Sie mich holen kommen?«

Harjunpää seufzte und rieb sich den Nacken. Der Mann litt unter Akrophobie. Piipponen hatte mal vom Fahrer eines Betonlasters erzählt, der monatelang Beton zum Gießen des Fernsehturms gefahren und nach Beendigung der Arbeit darum gebeten hatte, gucken zu dürfen, wie die Welt von da oben aussah. Man hatte ihm seinen Wunsch erfüllt, aber nachdem der Mann nur einmal kurz durch das Gerüstgitter auf den Boden geschaut hatte, war er auf der Stelle zusammengesackt. Er hatte sich am Bein des Vorarbeiters festgeklammert, und man hatte ihn nicht mehr zum Aufstehen gebracht, sondern musste ihn zum Aufzug schleifen.

Harjunpää maß mit dem Blick den Abstand, ergriff den Lukenrand mit beiden Händen und zog sich hinauf. Er hatte das Gefühl, den Mann mit fünf oder sechs Schritten erreichen zu können. Kriechen wollte er nicht, denn dann wäre seine gerade erst gekaufte graue Sommerhose hin gewesen. Aber was, wenn er bei dem Mann war? Dieser täuschte ihn allem Anschein nach nicht, aber die Möglichkeit existierte zweifellos. Auf jeden Fall würde sich der Knabe an ihn klammern, und dann könnten sie beide das Gleichgewicht verlieren. Er sah förmlich vor sich, wie sie mit verworrenen Armen und Beinen auf die Dachkante zurollten.

Er setzte den Fuß eine Sprosse tiefer ab und griff nach dem Handy.

»Hörst du mich, Pekka?«

»Ja. Aber sprich lauter. Der Wind rauscht so.«

»Hast du das Funkgerät mit?«

»Ja.«

»Ruf die Feuerwehr. Eine normale Einheit genügt. Keine Hebebühne. Aber Sicherheitsgeschirr.«

»Steckst du schlimm in der Klemme?«

»Ich nicht. Aber der Mann mit der Gürteltasche. Er sitzt ein bisschen zu gut fest.«

15

Die G-Saite

Sie lagen schon eine ganze Weile auf dem Bett, ganz dicht beieinander, und dachten an all das, worüber sie gesprochen hatten. Ihre Worte und die Nähe hatten Neeas Wohnung in einen geborgenen Rückzugsort verwandelt. Orvo hatte das starke Gefühl, nie zuvor so glücklich gewesen zu sein und bis zum Ende seines Lebens so glücklich zu bleiben, wenn er jeden Tag so etwas kosten durfte.

Sie hatten die ganze Zeit die Kleider anbehalten – nur Orvo fehlte das Hemd, denn Neea wollte seine Haut streicheln. Die Schultern und die Schlüsselbeine, die Brust und den Bauch; sie wollte erkunden, was das für ein Mann war, und Orvo hatte nichts dagegen. Ihre Berührungen waren so zart und angenehm wie Regentropfen, die über die Brust rannen, oder als läge man auf einer Wiese und der Wind wehte einem Glockenblumen und Timotheegras gegen die Haut.

»Ich glaube, mein Vater wäre einverstanden«, sagte Neea schließlich. »Er könnte sogar zufrieden sein. Wenn er nur erst darüber nachdenken darf.«

»Und Koko?«

»Ich weiß nicht. Aber bei meinem Vater habe ich schon oft

gemerkt, dass er traurig ist, weil ich allein bin. Würdest du mir die Hand auf die Stirn legen?«

»Kopfweh?« Orvo drehte sich auf die Seite und ließ die Finger leicht über Neeas weißen Schwanenhals gleiten, bis zum Kinn und dann über Lippen und Nase hinauf zur Stirn.

»Nein. Es tut nur so gut. Koko wird auf jeden Fall Theater machen. Aber wenn sie merkt, dass sie mehr Zeit für ihren eigenen Mumpitz gewinnt, wird sie garantiert zufrieden sein. Ach, wie das wärmt!«

Orvo hielt die Hand auf der Stelle und spürte selbst die Wärme. Die Guppys leuchteten im Aquarium wie ein einziger wallender Seidenschleier. Sehr schnell hatte er verstanden, dass Neea sie so gern mochte, weil sie sich so schnell vermehrten; und dahinter steckte wieder ihr eigener Traum, der ihr wohl kaum bewusst war. Im Hintergrund lief eine von ihren Klassik-Samplern, gerade jetzt Mårtensons »Nocturne«, das Neea oft die Augen schließen und lächeln ließ. Bachs »Air« ließ sie beide verstummen und regungslos werden. Bin Huang spielte das Stück auf der G-Saite, wobei sie den Anfang des Themas so sehr dehnte, dass es im Inneren eines jeden Zuhörers geradezu etwas durchstieß, und der Pianist begleitete sie wirklich nur, beflügelte den langen Strich zum gemächlichen Flug.

»Am meisten habe ich bei Koko Angst, dass sie ein Auge auf dich wirft.«

»Oho«, lachte Orvo auf und sagte dann etwas, was auch der Wahrheit entsprach: »Solche übertrieben zurechtgemachten Frauen sind einfach nicht mein Geschmack. Oder solche, die immer versuchen, kleine Mädchen zu bleiben. Obwohl sie schon bald Omas werden.«

»Meine Sorgen sind also unnötig.«

»Aber ja.« Orvo küsste Neea auf die Lippen, und obwohl er es nur spielerisch meinte, wurde daraus ein echter Kuss, einer, in dem zwei Menschen einander suchen und sich gleichzeitig sagen: Ich bin hier, so, wie ich bin. Sie hörten erst auf, als sich der »Schwan« von Saint-Saëns schwimmend in Bewegung setzte.

»Neben der Massage könnte ich als Aushilfe in der Klinik arbeiten«, sagte Orvo, als das Stück zu Ende war. »Hier gibt es viele Krankenhäuser, und da werden immer Springer gebraucht.«

»Das wäre… und dann würdest du… mit den Kundinnen aufhören?«

»Selbstverständlich. Dummerchen.« Er gab Neea einen Kuss auf die Nasenspitze. Es verwunderte ihn noch immer, wie einfach und natürlich alles war, als wären sie sich schon lange so nahe. Dabei war bis zu Neeas Heulanfall doch immer etwas Förmliches, Zurückhaltendes zwischen ihnen gewesen. Neben allen anderen Gefühlen empfand er Neea gegenüber eine solche Zärtlichkeit, wie sie nie jemand oder etwas in ihm geweckt hatte, und das lag nicht bloß an ihrer Behinderung, sondern an Neea als ganzer Person.

»Ganz unproblematisch wird es aber auch bei meiner Mutter und meinem Opa nicht werden.«

»Wegen der Pflege des Opas?«

»Sie haben beide eine gute Rente. Meine Mutter zwar Frührente, aber immerhin war sie bei der Zollbehörde. In leitender Position. Sie könnten eine Pflegerin einstellen, wenn sie nur wollten.«

»Man muss sie einfach mit der Tatsache konfrontieren, dass du gehst.«

»Ich hab dir ja von meiner Mutter erzählt. Aber nicht die

ganze Wahrheit. Sie erpresst mich, offen gesagt, mit Selbstmord. Und in gewisser Weise – oder, na ja, ganz und gar in der Hinsicht, dass ich kein eigenes Leben haben darf.«

»Mit Selbstmord drohen ist die schäbigste Form der Erpressung. Dem gegenüber ist der andere völlig machtlos.«

Nun setzte Merikantos »Valse lente« ein. Sie hörten bis zum Schluss zu.

»Das Gleiche hat sie auch mit meiner Schwester gemacht. Aber Merja ist keine, die sich etwas gefallen lässt. Sie hat zu ihr gesagt, dann musst du deine Beerdigung aber vorher selbst organisieren, ich werde mich nämlich nicht drum kümmern.«

»Klasse. Ich glaube, ich würde sie mögen.«

»Schon.«

»Wieso bloß ›schon‹?«

»Wir haben ein ziemlich distanziertes Verhältnis. Sie ist von zu Hause weg, sobald sie ihren ersten Lohn als Supermarktkassiererin bekommen hat. Und sie hat mir nie etwas von meinem Vater erzählt, als ich sie danach gefragt habe. Dabei ist sie älter als ich und kann sich noch an ihn erinnern.«

»Macht es dir zu schaffen, dass du nicht viel über deinen Vater weißt?«

»Nicht direkt. Weil dieser Mensch für mich nie existiert hat. Der Admiral, also Opa, ist immer der Mann im Haus gewesen.«

»Woran ist er eigentlich gestorben?«

»Es war irgendein Unfall. Auf dem Meer. Aus dem, was Opa und Mama sagen, geht das nicht so genau hervor.«

Wieder kam etwas sehr Schönes aus den Lautsprechern, aber Orvo kannte es nicht und mochte nicht danach fragen.

Er legte die Hand unter Neeas linke Brust, sodass er spürte, wie ihr Herz schlug. Er schloss die Augen. Und bei jedem Herzschlag Neeas entstand eine neue Welt, wie zuvor, noch intensiver sogar. Und er war nicht sicher, ob es wirklich möglich war, mit der Hand so auch den Rhythmus des eigenen Herzschlags zu fühlen. Aber er fühlte ihn, und er pulsierte erstaunlich taktgleich mit Neeas.

»Was hältst du von meinem Vorschlag?«, fragte Neea wie im Halbschlaf. »Ich meine, was Koko betrifft?«

»Ich kann daran einfach nicht recht glauben.«

»Aber ich. Und es kann ja nicht schaden. Du zeigst ihr bei der Gelegenheit einfach deinen Führerschein. Dann sieht sie, dass es nichts zu verheimlichen gibt.«

»Und sie kann mit meinen richtigen Angaben immerhin bei der Aufsichtsbehörde und beim Masseursverband nachfragen. Ich bin bei beiden registriert. Und es gibt keine negativen Einträge.«

»Darauf will ich ja gerade hinaus. Und wenn sich dann auch noch ihr Tennisarm bessert, wird sie selig sein.«

»Das muss man sehen. Aber… aber es wäre insofern gut, als dass es ein Anfang wäre und sich alles entwickeln könnte.«

Neea gab einen tiefen Kehllaut von sich und drückte ihm das Gesicht so fest an den Hals, dass es fast wehtat.

»Ob sie wohl jetzt zu Hause ist?«

»Kann sein.« Neea sah auf die Uhr. »Kann sogar sehr gut sein!«

»Dann räumen wir hier ein bisschen auf. Und ich zieh mir das Hemd an. Ruf sie gleich an.«

»Ach, mein Liebling«, begeisterte sich Neea, hob aber plötzlich die Hand. »Zuerst hören wir uns das an. Ich hab dabei immer das Gefühl, als könnte ich gehen. Und dann ist es wie in dem Traum, in dem ich fliege.«

Aus den Lautsprechern strömten die ersten Anschläge des Klaviers vom Anfang des »Air«, und mit ihnen setzten die tastenden Töne von Bin Huangs Violine ein und schwollen im Nu zu einem herrlich vollen Strich an.

16

DNA

Harjunpää gefiel die Situation nicht – und den Gesichtern und Kommentaren nach zu schließen, gefiel sie auch sonst keinem. Nur der mit den Augenwinkeln grinsende Pekka schien allem etwas Amüsantes abgewinnen zu können. Die Situation war wirr und unübersichtlich, oder wenn man es ganz ehrlich betrachtete: chaotisch. Es war zwar völlig normal, dass es in der Anfangsphase einer Mordermittlung mitunter drunter und drüber ging, weil alle ein bisschen was wussten, aber niemand den Gesamtzusammenhang kannte. Diesmal schien sich diese Phase aber zu sehr in die Länge zu ziehen. Es lagen zwei Delikte vor – oder vielleicht auch drei, sofern der Fall in Espoo in die Kette gehörte –, und das Chaotische bekam den Ermittlungen gar nicht, denn bei all dem vielen Hin und Her konnte leicht etwas Wesentliches übersehen oder etwas Zweitrangiges zu hoch bewertet werden. Dadurch konnten einem bei aller guten Absicht Fehler unterlaufen, die später nicht mehr auszubügeln waren.

Die Telefone klingelten ununterbrochen, entweder auf dem Tisch oder bei diesem oder jenem in der Tasche, und jedes Mal geriet die Lagebesprechung ins Stocken, oder jemand klinkte sich aus. Alle naselang kam die Sekretärin herein und brachte eine Nachricht, oder ein Kommissar aus einer anderen Abteilung tauchte auf, um mitzuteilen, dass keine Verstärkung zu haben wäre, weil es schlicht und einfach keine Leute gab.

Harjunpää und Onerva tauschten einen langen Blick: Obwohl er noch jung war und über wenig Erfahrung verfügte, war Laiho ein guter Ermittlungsleiter, denn er kannte die Gesetze und ihre Tücken gut, blieb nicht bei unwichtigen Dingen hängen und traf seine Entscheidungen relativ schnell. Außerdem war er sogar im Stande, das Verhältnis zu seinen Mitarbeitern zu pflegen, weshalb in der Abteilung insgesamt gute Stimmung herrschte. Angesichts der Personalsituation wäre es jetzt allerdings höchste Zeit, auf den Tisch zu hauen, dass es krachte.

»Okay«, hob er immerhin die Stimme. »Den Lageraum kriegen wir auf die Schnelle nicht, den hat die Abteilung von Hentunen.«

»Die machen dort doch nichts anderes, als Pfeile werfen.«

»Aber wir müssen zusehen, dass wir das Material der Fälle kompakt zusammenhalten, als ein Komplex. Harjunpää bleibt am Fall Viola dran. Und Onerva übernimmt den Fall in der Pakkamestarinkatu – wie war da noch der Name?«

»Maija-Kaarina Korhonen. Ist aber allgemein als Malla bekannt. Ein Spitzname aus der Kindheit.«

»Darüber liegt bereits ein Bericht vor, aber vielleicht kannst du uns mündlich einen allgemeinen Eindruck von der Konstellation geben, Onerva.«

Onerva hielt ihr uraltes, schwarz eingebundenes Notizbuch auf dem Schoß, das früher alle bekommen hatten, die bei der Kriminalpolizei anfingen. Sie schlug es auf, warf aber kaum einen Blick hinein, denn sie war eine so gewiefte Ermittlerin, dass sie alles bereits gegliedert im Kopf hatte und vom Fleck weg hätte in den Gerichtssaal marschieren können, um als Zeugin auszusagen.

»Wir haben hier gleich am Anfang Übereinstimmungen mit dem Fall Viola. Angestellte, Single, um die fünfzig. Ordentliche Zweizimmerwohnung in teurer Gegend.«

»Aber hier ist Weißwein getrunken worden, kein Latte«, fiel ihr Piipponen ins Wort.

»Und eines der beiden Gläser, das des Täters natürlich, war so zersplittert, dass es nichts hergab. Es wurde eindeutig mit Absicht an die Wand geworfen.«

»Nach Mallas Kleidung zu schließen – sie lag in Unterwäsche neben dem aufgeschlagenen Bett – war Feierstimmung angesagt und Sex im Sinn gewesen.«

»Hübsche Spitze übrigens. Und nicht zu viel.«

»Es sieht aber so aus, als wären sie nicht zur Sache gekommen. Und der Fall weicht auch insofern vom Fall Viola ab, als die Frau auch äußerlich schwer misshandelt worden ist. Da wurde richtig brutal zugeschlagen. Aber nicht mit einem Gegenstand. Der Täter hat sich garantiert eine blutige Faust geholt.«

»Der BH wurde vorne aufgerissen. Ich dachte, bei dem Kerl ist aus irgendeinem Grund plötzlich die Sicherung rausgesprungen. Und es gibt eine Zeugin. Die sagt aber nichts: Eine Puppe hat nämlich von der Couch aus zugeschaut.«

Laiho stand auf und ging in dem knapp bemessenen Raum hin und her, erstarrte dann auf der Stelle und umklammerte mit einer Hand das Kinn, als Onerva hinzufügte:

»Auch ihr hat man das Handy weggenommen. Ich habe es ausprobiert: Es ist nicht eingeschaltet. Aber falls es eingeschaltet wäre, würde ich wetten, dass wir es in Katajanokka finden würden.«

»In Katajanokka, ja«, sagte Laiho und drehte sich um: »Harjunpää. Können wir den Mann mit der Gürteltasche mit absoluter Sicherheit ausschließen?«

»Na, ja, insofern man überhaupt jemanden ausschließen kann. Er ist ein Junkie, dealt aber auch.«

»Und die Vergewaltigung?«

»So eine hat stattgefunden. Aber die Zeugin hat ehrlich zugegeben, dass sie sich in dem Mann geirrt hatte. Bei der Gegenüberstellung erkannte sie ihn gar nicht mehr. Und auch nicht in der Akte.«

»Es gibt bei ihm auch keine Gewalt in der Vergangenheit«, fügte Pekka hinzu. »Bloß die für Junkies typischen Diebstähle und Autoaufbrüche und den ein oder anderen Betrug. Nichts, was mit Sex zu tun hätte.«

»Der hat einfach unser Auto erkannt«, sagte Harjunpää. »Ich kapiere bloß nicht, wie ihm das gelingen konnte.«

Laiho ging wieder hin und her, als könnte er dadurch Strom für seine Gedanken erzeugen.

»Du hast aber den Drogenfall nicht an uns gezogen, oder? Wir haben mit den beiden Frauen schon mehr als genug zu tun.«

»Pöyhönen vom Drogendezernat hat das übernommen. Dort scheinen sie den Jungen sowieso gut zu kennen. Ich habe Pöyhönen so weit über den Fall Viola informiert, dass er nebenbei ausbaldowern kann, ob sich im Bereich Katajanokka Hinweise für uns finden lassen.«

»Der Mann hatte vielleicht Angst!«, ereiferte sich Pekka, dass seine Stimme fast ins Lachen geriet. »Der war steif wie ein Brett. Die Feuerwehrmänner hätten ihn fast nicht durch die Dachluke gebracht. Aber als er dann auf festem Boden stand, fiel er in sich zusammen wie ein gebrauchter Pariser.«

»Heißt Jan-Erik Hyytiänen. Also das gerade erwähnte Verhütungsmittel.«

Teija, die Sekretärin, kam herein, gab Laiho ein Blatt Papier, und dieser las es zweimal mit gerunzelter Stirn, sagte den anderen aber nichts, sondern räusperte sich nur.

»Ich weiß, dass ich euch das nicht zu sagen brauche«, fing er an. »Trotzdem. Jeder hält über diese Fälle die Schnauze. Die enthalten nämlich gewisse Elemente, wenn die an die Öffentlichkeit dringen, dann bin ich von morgens bis abends nur noch damit beschäftigt, mich mit Presseleuten herumzuschlagen. Das kann schon bald mit der mordenden Krankenschwester konkurrieren.«

»Irgendwo sickert immer was durch«, warf Piipponen mit Unschuldsgesicht ein. »Schon allein, weil im Anfangsstadium so viele Streifenwagen aufkreuzen. Und dann die Technik und die Leute vom Bestattungsinstitut.«

»Das Bestattungsinstitut hat noch nie irgendwas verraten«, sagte Harjunpää. »Und die Technik, soweit ich weiß, ebenfalls nicht. Meistens kommt das Zwitschern aus dem eigenen Nest.«

»Wie sieht es mit dem Internet aus, Pekka?«, fragte Onerva schnell dazwischen, mit Absicht, denn sie kannte Piipponens Schwächen und Verlockungen ebenso gut wie Harjunpää und wusste, dass die Frage, wo Informationen durchsickerten, die einzige war, weswegen es zwischen den beiden Krach geben konnte.

»Wann hätte ich denn surfen sollen?«, meinte Pekka. »Am Abend zu Hause war ich zwei Stunden drin. Und ihr könnt euch ja vorstellen, dass meine Frau nicht in Begeisterung ausgebrochen ist, als sie gesehen hat, auf welchen Seiten.«

»War bestimmt nicht das erste Mal.«

»Frauen sind da in Unmenge zu haben. Aber männliche Anbieter kannst du lange suchen. Und die sind dann von einem Kaliber, dass Frauen wie Viola und Malla sich nicht dazu herabgelassen hätten. Annoncen in dem Stil: ›Großer, unersättlicher Schwanz wartet auf dich‹. Oder dann etwas in der Art: ›Passt mein Teil in voller Größe rein in deine enge Möse‹.«

»Die müssen trotzdem durchgesiebt werden«, stellte Laiho fest. »Pick dir diejenigen heraus, die man am ehesten ernst nehmen kann. Und falls es schwierig wird, muss Onerva bei denen anrufen.«

»Warum nicht gleich probeliegen«, entfuhr es Piipponen. »Ich könnte mich als Leibwächter im Kleiderschrank verstecken.«

»Vorher schaust du mal in ein paar Kiosken vorbei«, sprach Laiho weiter. »Blätterst ein bisschen in Sexheftchen. Aber nicht auf der Suche nach Sachen, die dich zum Lächeln bringen, sondern um zu schauen, ob die noch Kontaktanzeigen bringen.«

»Die sind heutzutage alle in Folie eingeschweißt. Die kann man nicht mehr durchblättern«, fing Piipponen an zu erklären, kapierte aber sogleich, was er da eigentlich tat, und schon tauchten kleine rote Flecken auf seinen Wangen auf. Das leichte Klopfen eines Schraubenziehers gegen die Tür rettete ihn.

Hagqvist von der Technik stand in seinem ewigen, ausgebleichten Laborkittel auf der Schwelle und hielt einen Computerausdruck in der Hand, ganz am Rand, als achtete er aus lauter Gewohnheit darauf, nirgendwo unnötige Fingerabdrücke zu hinterlassen. Mit dem Minischraubenzieher in der anderen Hand schlug er leicht gegen das Blatt Papier. Im Raum waren so viele Leute versammelt, dass es ihn verwirrte, er wusste nicht, an wen er das Wort richten sollte.

»Oder was sagst du, Hagge?«, redete Piipponen ihn seinerseits an, froh, das Thema wechseln zu können. »Einen Platz können wir dir nicht anbieten, weil es keine Stühle mehr gibt, aber erzähl uns deine Sorgen. Oder deine frohe Botschaft.«

»DNA-Treffer«, sagte Hagge deutlich und ohne Umschweife. »In der Wohnung Välskärinkatu.«

Einen Moment lang sagte keiner etwas; es war, als wäre ein Gas in den Raum geströmt, das alle lähmte. Dann aber hörte man schnelle Atemzüge und erlösende Seufzer, jemand stöhnte, und die Stuhlbeine schabten auf dem Fußboden hin und her.

»Wer?«

»Von wo? Und wie?«

»Jemand mit Gewalt-Vorstrafe?«

Hagge gab das Blatt Papier an die nächste ausgestreckte Hand weiter, ließ den Schraubenzieher ein paar Salti in der Luft schlagen und fing ihn wieder auf, lehnte sich an den Türrahmen und teilte mit: »Es ist ein gewisser Orvo Antton Sipponen. Krankenpfleger. Vor zwei Jahren hat er in Valkeakoski getankt, ohne zu bezahlen.«

»Wo liegt das denn?«

»In der Provinz Häme.«

»Sie haben ihn registriert?«

»Selbstverständlich. Diebstahl ist auch ein Delikt. Ich muss schon sagen… In der Provinz nehmen sie's halt genau, und wir können deswegen zwei Morde aufklären, dass es nur so staubt.«

»Moment mal«, sagte Hagge energisch, und alle verstummten. »Die DNA stammt von einem Haar, das mit der Wurzel ausgerissen wurde. Das Haar wiederum hing an einem Kamm im Bad. Mit anderen Worten: Hier wird euch nicht automatisch der Täter präsentiert. Aber ihr wisst wenigstens, bei wem ihr anfangen könnt.«

Eine Tastatur klapperte, weil jemand im Computer nach weiterem Material zu Orvo Sipponen suchte, und dann ratterte auch schon der Drucker und spuckte Blätter aus, die sofort geschnappt und gelesen wurden. Jemand plante bereits, wie man den Mann am besten festnahm, ein anderer sprach von Hausdurchsuchung und davon, dass diese sich auch auf den Arbeitsplatz und auf ein eventuell vorhandenes Auto erstrecken müsse. Wieder ein anderer überlegte, mit welchem Fall man bei der Vernehmung anfangen sollte.

Harjunpää kippte den Stuhl nach hinten, dass er den Kopf an die Wand lehnen konnte, und spürte Erleichterung. Es war immer das gleiche Gefühl, wenn ein Gewaltdelikt den Wendepunkt erreichte, an dem es jemanden gab, nach dem man suchen konnte. Natürlich war noch nichts vollkommen sicher. Es geschahen immer wieder unerwartete Wendungen, es ergaben sich überraschende Erklärungen für manche Dinge, es wurde Mist gebaut, es wurde etwas übersehen – vor allem aber: Die Arbeit war noch nicht zu Ende, sondern fing jetzt erst richtig an.

»Er wohnt übrigens in Katajanokka«, sagte Hagge. »Hattet ihr in der Gegend nicht sowieso irgendwelche Interessen?«

17

Ein Verbrechen, das nicht verjährt

»Du solltest anfangen, längere Tage zu machen«, meinte Hannes zwischen zwei Patienten zu Orvo. Er schien es ernst zu meinen, aber bei ihm konnte man nie sicher sein, er war fähig, ohne eine Miene zu verziehen, den größten Blödsinn von sich zu geben. Orvo mochte nicht glauben, dass Hannes ihm die wenigen Male übel nahm, die er es sich erlaubte, mitten am Tag Kundinnen seines eigenen Nebenerwerbs zu behandeln, denn das war immer abgesprochen gewesen, und zum Ausgleich hatte er einige von Hannes' Patienten massiert.

»Aber jetzt sind wir schon weit im Juni. Die Patienten werden weniger. Und machen wir im Juli nicht wieder ganz zu?«

»Du solltest das als Lob verstehen und nicht als Kritik«, milderte Hannes ab, und nun grinste er auch schon. Er war über fünfzig, ein ziemlich kleiner Mann, der aussah wie ein Ringer – er hatte auch ein paar Pokale im Schrank stehen –, vor allem aber war er der Besitzer des Ladens und der Chef. Und er war ein cleverer Kerl. Er hatte im Ärztezentrum drei Räume gemietet (er hatte da einen Kumpel in der Verwaltung), und seine Praxis war fast jeden Tag bis auf die letzte Stunde ausgebucht.

Insgesamt arbeiteten vier Leute dort. Hannes und Orvo massierten, Saana arbeitete als Physiotherapeutin und ein gewisser Jyrki Kivelä als Chiropraktiker. Wenn eine Behandlung nicht wirkte, wurde dem jeweiligen Patienten geraten, es bei einem Kollegen zu versuchen, und so hatten sie schon eine Menge blockierter Wirbel und eingeklemmter Nerven kuriert. Außerdem folgte Hannes einem unumstößlichen Prinzip, das für alle galt: Schlug eine Behandlung nicht an, sagte man es dem Patienten offen. Niemand wurde einfach abkassiert, sondern zu einem der Ärzte, die unter demselben Dach tätig waren, geschickt. Im Gegenzug wurden sie von vielen Ärzten empfohlen, und der Laden lief. Die Praxis war im alten Postgebäude in der Innenstadt untergebracht, weshalb es für viele Leute leicht war, etwa in der Mittagspause zur Massage zu kommen.

»Könntest du das ein bisschen genauer erklären?«, bat Orvo, denn er hoffte inständig, wenigstens an diesem Tag nicht länger bleiben zu müssen, da er verabredet war – nicht nur mit Neea, sondern auch mit ihrem Vater und mit Koko.

»Du hast doch den alten Herrn massiert, den Saana nicht in Ordnung bringen konnte.«

»Stimmt. Und es lief gut.«

»Und im Winter die beiden von Jyrki. Für mich bist du auch bei ein paar Patienten eingesprungen.«

»Aber das ist doch alles ganz okay gewesen.«

»Eben«, lachte Hannes, und in seinen Augen blitzte etwas auf, vielleicht Begeisterung, und wenn sich Orvo nicht sehr täuschte, womöglich auch so etwas wie Bewunderung.

»Meine Patienten wollen jetzt, dass du mit ihnen weitermachst und nicht ich. Und der Alte von Saana hat sich gerade einen Termin bei dir geben lassen.«

»Aber… wir haben doch die gleiche Ausbildung, du und ich. Und du hast viel mehr Erfahrung.«

»Trotzdem behaupten sie, du wärst besser. Es wirke schneller. Die Patientin mit der Osteoporose sagt sogar, in deinen Berührungen wäre so was wie ein Zauber.«

»Komisch«, lachte Orvo erstaunt. »Wir benutzen ja sogar dieselbe Creme.«

»Du hypnotisierst sie, weißt du«, lachte Hannes nun ebenfalls und stieß ihm die Faust gegen die Brust. Dann ging er auch schon wieder, denn sein Patient hatte gerade die Praxis betreten.

Seltsam irritiert ging Orvo in sein Zimmer beziehungsweise in den Behandlungsraum, der ihm zur Verfügung stand, und besah seine Hände, als würde er jetzt erst merken, dass er überhaupt welche hatte. Es waren die gleichen Hände wie zuvor, die gleichen wie bei anderen Menschen, nur vielleicht etwas sensibler, aber das hatte mit seinem Beruf zu tun.

Er wusch sich die Hände noch einmal, gründlich, und trocknete sie mit dem Papierhandtuch ebenso gründlich ab, auch zwischen den Fingern. In zwanzig Minuten käme seine letzte Patientin für diesen Tag, eine sympathische junge Frau, die wegen ihrer falschen Haltung bei der Arbeit immer wieder Nackenschmerzen hatte. Plötzlich wünschte er sich, sie möge anrufen und den Termin absagen.

Er öffnete den Vorhang einen Spaltbreit, um einen Augenblick den Verkehr auf der Mannerheimintie zu betrachten, die uralte Leuchtreklame am Kino Rex, die Straßenbahnen und die Jungen, die mit ihren Skateboards Kunststücke machten, und wie immer befiel ihn dabei ein zwiespältiges Gefühl. Er war glücklich, von dem Betrieb da draußen getrennt zu sein, und er war zugleich froh, bald wieder Teil ebendieses Betriebs zu werden.

Er konnte sich nicht beherrschen und griff nach seinem Handy. Tagsüber rief er Neea eigentlich nicht gern an, denn sie wollte sich in Ruhe auf ihre Übersetzungen konzentrieren. Sie hatte gesagt, jede Unterbrechung reiße sie aus der Welt des Buches heraus, in das sie sich zuvor hineinsuggeriert hatte. Am mühsamsten sei es, gedanklich von einer Sprache in die andere zu wechseln, wenn beide Fremdsprachen waren.

»Neea«, meldete sie sich wie immer, und am Telefon klang ihre Stimme wie ein helles Blasinstrument. Orvo bekam einen Kloß im Hals, er schloss die Augen und stellte sich vor, wie es roch, wenn er sein Gesicht in Neeas Haaren vergrub.

»Meine Liebe«, sagte er leise, denn zu seiner Überraschung konnte er nicht mehr sagen, und er wusste auch nicht mehr, was er fragen wollte. Wenn er nicht einfach angerufen hatte, um ihre Stimme zu hören.

»Und du bist meine. Ich schicke dir einen Kuss. Hast du noch viele? Oder kannst du schon früher kommen?«

»In einer Viertelstunde ein verhärteter Trapezmuskel. Aber danach nichts mehr. Und ich werde auch nicht nach Hause gehen. Ich komme direkt zu dir, falls es dir recht ist.«

»Natürlich ist es mir recht. Ich kann jederzeit aufhören. In einer Hinsicht ist das Übersetzen nämlich leicht: Man hat immer einen fertigen Text, zu dem man zurückkehren kann. Würde man selber schreiben, müsste man jedes Mal alles aus dem Hut zaubern. Aber weißt du, was?«

Orvo wischte über das Telefon – er schwitzte am Ohr! – und nahm es in die andere Hand.

»Was denn? Du klingst so, als wäre es was Besonderes.«

»Es hat mit Koko zu tun.«

»Okay«, sagte Orvo gedehnt. »Ihr Arm tut wahrscheinlich mehr weh als zuvor, und sie wird mich wegen illegaler medizinischer Tätigkeit verklagen.«

Neea lachte, aber anders als sonst, so als würde in ihrer Kehle ein gelbes Blümchen hüpfen.

»Ihr Arm ist geheilt!«

»Äh… wie bitte?«

»Ihr Ellbogen tut nicht mehr weh.«

»Ein Tennisarm ist etwas, bei dem Massage eigentlich gar nicht hilft. Kann natürlich sein, dass in ihrem Fall der Tennisarm die ganze Zeit zwischen den Ohren gesessen hat.«

»Wie auch immer, jedenfalls ist sie hin und weg. Sie hält dich für eine Sensation. Und das erzählt sie überall herum.«

»Das hat mir gerade noch gefehlt«, sagte Orvo leise und biss sich auf die Lippe.

»In Finnland gibt es nur eine Person, die durch Handauflegen heilt, eine Marja-Leena soundso. Koko hatte über sie mal was gelesen. Bei der herrscht ein derartiger Andrang, dass sie nur an einem Tag im Jahr neue Termine vergibt.«

»Ich bin ganz zufrieden damit, dass Hannes für mich die Termine macht.«

»Und die zweite, weltweit bekannte Person, ist ein brasilianischer Klempner. Im Internet gibt es ein Video über ihn. Ein Schrank von einem Mann. Kippe im Mundwinkel und die Hände schwarz vor Schmierfett. Aber der kleine Junge, der sich das Bein verletzt hat, hört auf zu weinen, sobald der Mann ihn berührt.«

»Neea, Liebes…«

»Ja, ja. Ich weiß, dass du darüber nicht reden willst. Aber ich muss es tun, weil ich Koko noch nie so ausgeflippt gesehen habe. Du kannst dir darüber Gedanken machen, wenn du so weit bist.«

Es klopfte an der Tür, und Hannes steckte den Kopf herein. Es schien dringend zu sein. Orvo konnte ihm nur kurz zunicken.

»Sie kommen heute Abend?«, fragte er Neea. »Dann erzählen wir es ihnen.«

»Na klar. Aber sie ahnen noch nichts. Ich hab ihnen bloß gesagt, es gäbe was Wichtiges zu besprechen.«

»Hoffentlich verbieten sie dir nicht den Umgang mit einem Mann, der aus dem Nichts aufgetaucht ist.«

»Quatsch. Natürlich nicht. Aber ich weiß schon, wie wir die Wohnung hier ein bisschen neu einrichten können, damit Platz für uns beide ist.«

»Jetzt machst du selber Quatsch.«

»Nein. Mein Stuhl nimmt so viel Platz weg, weißt du. Und du hast doch nicht von ungefähr dieses Bild an die Wand gehängt?«

»Das ist unser Bild. Ich will nicht, dass alle Welt es sieht. Aber jetzt muss ich aufhören. Hannes guckt schon zur Tür rein. Küsschen!«

»Küsschen, mein Schatz.«

Orvo holte tief Luft und ließ sie lang und laut entweichen. Koko machte aus ihm also eine Sensation! Er wusste nicht, was er davon halten sollte. Es schien nichts mit ihm zu tun zu haben, sondern mit einem anderen. Andererseits fiel ihm ein, wie er bei Ulla am Ohr einen Akupunkturpunkt gefunden hatte, oder es jedenfalls geglaubt hatte, und wie er Liisa immer nur mit der Hand befriedigte, das genügte ihr. Widerwillig erinnerte er sich auch daran, wie seine Mutter immer wollte, dass er die Hände um sie hielt.

Er trat vor den schmalen Spind, öffnete die Tür und zog das zusammengefaltete Blatt Papier aus der Innentasche seiner Jacke. Er faltete es langsam auseinander, nur mit den Fingerspitzen, als wollte er verhindern, Flecken auf dem Blatt zu hinterlassen, und dann legte er den Kopf schief und lächelte übers ganze Gesicht, sobald er das Bild betrachtete. Es war eine Skizze, die Neea mit wenigen Strichen hingeworfen hatte. Sie zeigte einen Mann, der eine Frau im Rollstuhl schob, und die Frau schob ihrerseits einen Kinderwagen. Darunter stand in Neeas luftiger Schrift: »Unsere Karawane?«

Es klopfte erneut an der Tür, diesmal besonders energisch, und noch bevor Orvo einen Ton von sich geben konnte, wurde sie aufgestoßen. Hannes sah ihm nicht in die Augen, sondern starrte zu Boden und sagte seltsam hölzern: »Hier sind gleich zwei Kunden für dich.«

»Zwei?«

»Genau«, sagte der Ältere der beiden, die sich an Hannes vorbeischoben. »Kriminalpolizei. Kommissar Piipponen und Polizeimeister Pekka Goljanoff.«

»Was… wer…«, stotterte Orvo. Als Erstes kam ihm in den Sinn, dass die Polizisten kamen, um ihm persönlich einen Todesfall mitzuteilen, und dann, dass der Admiral ausgerastet sein musste und mit seiner SIG herumgeballert hatte. »Ist etwas mit meiner Mutter?«

»Ihrer Mutter und Ihrem Großvater fehlt nichts«, sagte der ältere der beiden Männer und zeigte seine Plastikkarte. Es war wohl die Dienstmarke, jedenfalls hatte sie ein Foto und das Wappen mit dem Löwen und den gekreuzten Schwertern. »Wir kommen gerade aus Katajanokka, bei Ihnen zu Hause ist alles in Ordnung.«

Der jüngere, fröhlich wirkende Polizist war hinter Orvo getreten und tastete ihn so rasch ab, dass er es erst merkte, als der linke Oberschenkel an der Reihe war.

»Was soll das?«, fragte er und war plötzlich von einer solchen Angst erfüllt, wie er es noch nie erlebt hatte. Die Angst war fast wie ein Schmerz zu spüren, und nun fing er auch an zu frieren. »Was hat das zu bedeuten?«

»Das hat zu bedeuten, dass Sie verhaftet sind. Sie stehen unter dem Verdacht, ein Verbrechen begangen zu haben.«

»Was für ein Verbrechen? Ich bin kein…«

»Na, na. Sie wissen sehr gut, worum es geht. Und auf dem Präsidium wird Ihnen unser Ermittlungsleiter, Kriminalkommissar Laiho, alles ganz detailliert erklären.«

»Aber was denn für ein Verbrechen?«

»Eines, das nicht verjährt.«

18

Warten

Neea saß an der Straßenecke im Rollstuhl und dachte an ihr Bett: Das musste nicht ausgetauscht werden, denn es war ein Senior-Modell, deutlich breiter als ein normales. Und was speziell für sie am wichtigsten war: Man konnte das Kopfteil hochstellen, sodass sie gut lesen und Musik hören konnte. Wenn man es mit dem Kopfende zum Fenster hindrehte und es nicht mehr direkt an der Wand stand, konnte Orvo sich frei bewegen, und sie kam leicht in den Rollstuhl und auf die Toilette, ohne ihn zu wecken. Die Gefahr, dass sie sich hin und her wälzte und den anderen dadurch störte, bestand ja nicht. Sie musste lächeln, als sie daran dachte.

Ein Blick auf die Uhr verriet, dass es schon Viertel nach war. Orvo hatte noch immer keine SMS geschickt. Er würde es aber tun, da war sich Neea sicher. Es war die unangenehmste Zeit des Nachmittags, die Straßen und Hauswände strahlten die aufgesogene Wärme aus, und bis der Wind vom Meer sich bemerkbar machte, dauerte es noch. Der Berufsverkehr füllte die Luft mit Abgasen, sodass man es schon gar nicht mehr roch, denn sie waren überall und hüllten alles ein. Irgendwo im Stadtzentrum heulten Feuerwehrautos, und ein Hubschrauber ratterte dicht über die Dächer hinweg.

Mit dem Kleiderschrank würde es keine Probleme geben, dachte Neea, denn sie besaß nicht besonders viele Kleider, höchstens mit Blusen und Kapuzenpullis war sie ein bisschen überreichlich ausgestattet. Sie konnte sich selbst auch kaum im Spiegel betrachten und sehen, wie ihr etwas stand. Das Wichtigste war, dass sie die Kleidungsstücke mühelos anbekam, und darum trug sie hauptsächlich kurze Röcke. Hosen waren unpraktisch, denn es war mühsam, sie über Körperteile zu streifen, deren Existenz man nicht einmal spürte. Sie konnte ihre Blusen und Unterwäsche in den linken Schrank räumen, dann hätte Orvo den rechten für sich. Außerdem konnte er die oberen Fächer benutzen, und es hinderte sie auch nichts daran, einen zusätzlichen Schrank anzuschaffen, ins Wohnzimmer würde er spielend hineinpassen oder in den Durchgang zwischen Wohn- und Schlafzimmer.

Eine junge Frau trippelte auf der Tehtaankatu vorbei, vielleicht genau in Neeas Alter. Ihre Absätze klapperten hübsch auf dem Asphalt, in der Art, die in Gedanken versunkene Männer dazu brachte, aufzublicken, aber auch so, dass es in Neea den sehnlichen Wunsch weckte, zu hören, wie sie an ihren Füßen klingen würden. Sie hatte nie welche gehabt, denn sie war zu jung gewesen, als Dainty durchging und sie aus dem Sattel fiel, und danach hatte sie keine mehr gebraucht.

Neea drehte den Stuhl ein kleines Stück. Auf der anderen Straßenseite lud die Straßenbahn ihre Fahrgäste aus und fuhr weiter, aber die vertraute Gestalt mit dem schwingenden Schritt war nicht ausgestiegen. Natürlich konnte die Innenstadt verstopft sein – immerhin hatte man die Sirenen der Feuerwehr gehört –, oder aber Orvos Mutter hatte angerufen und verlangt, dass er nach Hause kam. Bei der Kirche des Heiligen Henrik zwitscherten die Spatzen, aber Neea hörte nicht zu, sondern rollte langsam auf die Raatimiehenkatu zu. Sie merkte, dass sie daran dachte, noch nie richtig beim Gynäkologen gewesen zu sein, denn es war ihr unnötig erschienen, wie etwas, das für sie einfach nicht vorgesehen war. Ihr Zyklus funktionierte wie bei anderen Frauen, aber konnte sie schwanger werden? Sie – ein regungsloser Kloß, der immer nur saß? Falls ja, müsste die Geburt per Kaiserschnitt vor sich gehen, denn zum Pressen wäre sie nicht fähig.

Mit zwei energischen Bewegungen drehte sie ihren Rollstuhl um hundertachtzig Grad, aber Orvo kam noch immer nicht die Tehtaankatu entlang. Sie warf einen Blick auf ihr Handy, das sie sich um den Hals gehängt hatte, es war eingeschaltet und funktionierte. Sie zweifelte nicht direkt daran, dass Orvo kommen würde, aber sie fing nun doch an, sich Gedanken zu machen. Sie hatte solche Sehnsucht und war deshalb voller Ungeduld, außerdem hätte sie gern noch einmal mit ihm über alles gesprochen, bevor sie sich mit ihrem Vater und Koko trafen.

Koko würde ihnen keine Steine mehr in den Weg legen, da war sich Neea sicher, aber es konnte problematisch werden, sie und ihre Freundinnen von Orvo fernzuhalten. Was ihren Vater betraf, hatte sie überhaupt keine Bedenken. Dessen Gefühlsleben war zwar nicht gerade Spitzenklasse, aber er war ein durch und durch intelligenter, genau abwägender Mensch. Sonst hätte er in der Finanzwelt nicht so viel Erfolg gehabt. Und vielleicht liebte er sie ja wirklich, auch wenn er es nur zum Ausdruck brachte, indem er dafür sorgte, dass ihre Leben so problemlos wie nur möglich vonstattengingen.

Neea drehte einen kleinen Kreis und schaute in beide Richtungen. Viele Leute waren unterwegs, alle hatten es eilig, aber Orvo war noch immer nicht zu sehen. Auf dem Bürgersteig gegenüber ging ein altes Ehepaar, untergehakt, und die Frau trug einen Hut mit schmaler Krempe, es konnte sich durchaus um das Paar handeln, dem Orvo neulich geholfen hatte. Neea verstand nicht so recht, warum er seine Fähigkeiten so herunterspielte. Sie fand, er müsste froh sein, mit einer so seltenen Gabe gesegnet zu sein. Und nach dem, was sie von Koko gehört und selbst im Internet gesehen hatte, kam es dem Heiler selbst nicht so vor, etwas Besonderes zu tun.

Zwei betrunkene Nichtsnutze kamen torkelnd die Raatimiehenkatu herauf, vielleicht noch keine Penner, aber nicht mehr weit davon entfernt. Der eine trug eine zerschlissene Jeansjacke, aber kein Hemd darunter, der andere schleppte eine Plastiktüte, deren Klirren den Inhalt verriet. Neea drehte ihren Stuhl und bog ganz um die Ecke in die Tehtaankatu. An sich hatte sie keine Angst vor Obdachlosen, denn die hatten irgendwie mehr Verständnis für jemanden, der im Rollstuhl saß, manchmal halfen sie einem sogar. Vermutlich fühlten sie sich selbst auf gewisse Art behindert. Aber sie machte einen Bogen um Leute, die betrunken oder auf Drogen waren, denn vor denen fühlte sie sich schutzlos, und in ihrer näheren Umgebung zeigte sich auch niemand in angetrunkenem Zustand.

Natürlich blieben die Kerle prompt an der Ecke stehen. Neea sah sie nicht, aber dem Gegröle nach stritten sie sich darüber, wer für die eingekauften Getränke mehr bezahlt hatte und wem daher ein Extraschluck zustand. Dann hörte man es Plätschern, weil auf die Straße uriniert wurde. Oder gegen die Hauswand. Auf jeden Fall so, dass Neea nachher aufpassen musste, nicht durch die Pfütze zu fahren, damit es nicht bis nach Hause stank.

»Was wartet denn da für ein süßes Mädchen auf uns?«, freute sich einer der beiden, als sie um die Ecke bogen. »Holst du uns mit dem Porsche ab?«

Der andere war noch damit beschäftigt, seine Hose zu schließen, aber daraus wurde nichts, sein Penis hing heraus wie eine vergammelte Wurst. Neea wandte abrupt den Blick ab.

»Was bist du denn so unfreundlich, Mädchen? Wo zwei Prachtkerle wie wir zu dir kommen?«

»Vielleicht braucht sie ein bisschen Schwung?«, fragte der mit dem offenen Hosenstall den anderen. »Was meinst du?«

»Verpisst euch!«, rief Neea so böse wie möglich, und wenn sie wollte, konnte sie wirklich gemein klingen. Sie versuchte, ihren Stuhl in Bewegung zu setzen, denn sie wollte weg, aber es gelang ihr nicht. Einer der Kerle stellte einen Fuß aufs Vorderrad, und der andere hielt eines der Greifräder fest. Die Männer stanken, nach altem Alkohol und frischem Suff und Ekel erregend schmutzigen Klamotten, als hätten sie sich seit Wochen nicht gewaschen.

»Lasst mich los!«, rief Neea, denn der mit der Jeansjacke hatte nun die Griffe des Rollstuhls gepackt. In einem Schwung schob er Neea um die Ecke in die Raatimiehenkatu.

»Hilfe!«, schrie sie voller ungläubigem Entsetzen. Es war ein ähnliches Entsetzen wie damals, als der Arzt sie aufgefordert hatte, die Beine zu bewegen, und nichts passiert war. Ein zweites Mal konnte sie nicht schreien, denn eine raue, stinkende Hand wurde ihr auf Mund und Gesicht gedrückt.

»Du brauchst gar nicht um Hilfe rufen. Du hast doch gesagt, wir sollen uns verpissen.«

»Das haben wir gerade getan. Jetzt zeigen wir dir, was wir sonst noch können. Und im Park da drüben gibt es eine Stelle, die ist dafür wie geschaffen.«

19

Der Kamm

Harjunpää blickte auf seine Schuhe und empfand einen flüchtigen Ärger: Er hatte sie erst im April gekauft, und schon jetzt löste sich am linken eine Naht. Vielleicht kam es daher, dass er gezwungen gewesen war, sich an einer sehr ungewöhnlichen Stelle kriechend vorwärtszubewegen.

Eigentlich richtete er seine Aufmerksamkeit jedoch auf den Masseur Orvo Sipponen – wie beiläufig, hätte ein Beobachter meinen können, aber in Wahrheit registrierte er jede Regung des Mannes. Speziell die ganz kleinen und unbeabsichtigten. Er sah auch sein Mienenspiel, das, was in den Augen des Mannes passierte, auch wenn ihr Blick zumeist gleichmäßig ruhig blieb. Womöglich ließen ihn die gebogenen Augenbrauen irrtümlich verwirrt erscheinen. Die in der Zelle verbrachte Nacht schien keine sonderliche Wirkung zu zeigen, er war lediglich etwas geschockt, wie es jeder andere auch gewesen wäre.

»Okay«, fing Onerva an und kam erneut auf ein Thema zu sprechen, das sie schon mehrmals durchgekaut hatten, und Harjunpää hatte einfach keine Lust mehr, zuzuhören. Er besaß den wohlüberlegten Vorteil, das Fenster im Rücken zu haben, sodass er alles gewissermaßen aus dem Schatten auf seinem Gesicht heraus beobachten konnte. Er musste nicht einmal das Verhör führen. Onerva erledigte das von ihrem Platz am Computer aus, und als offizielle Zeugin der Vernehmung fungierte Pirjo von der Sitte.

Am Tag zuvor hatten sie sich lange und gründlich Gedanken über die Taktik gemacht, und obwohl die Opfer Frauen waren und man insofern hätte glauben können, es wäre für den Täter leichter, darüber mit einem männlichen Polizisten zu sprechen, hatten sie sich für Onerva entschieden. Sie verfügte über eine Menge Erfahrung in der Ermittlung bei Sexualdelikten, insofern wusste sie genau, in welche Richtung die Dinge jeweils gelenkt werden mussten. Außerdem konnte sie, wenn nötig, ihren weiblichen Charme spielen lassen – allerdings auch schnell wieder auf taff umschalten.

Als Alternative zu Onerva hatten sie Piipponen gewählt, der mit seinen Kaufmannsfähigkeiten gut mit unterschiedlichen Leuten klarkam. Oft passierte es sogar, dass einer, der verhört wurde, Piipponen fast als Kumpel erlebte, und einem Kumpel gegenüber war es leichter, etwas zu erzählen oder gar ein Geständnis abzulegen, als gegenüber einem mürrischen Beamten im grauen Anzug. Bei der Festnahme hatte Piipponen offenbar lauthals etwas Unnötiges von sich gegeben, sich danach jedoch bewusst von Orvo Sipponen ferngehalten.

»Aber Sie verstehen doch, dass so eine DNA nicht von selbst in eine fremde Wohnung fliegt«, sagte Onerva ein weiteres Mal, denn alles Drumherumgerede und Aufwärmen war bereits erledigt. »Und da gibt es auch nichts zu verheimlichen: Wir haben sie von einem Kamm, den wir im Bad fanden. Von einem sehr guten Haar mit ordentlicher Wurzel.«

»Aber ich bin überhaupt noch nie in der Välskärinkatu

gewesen«, sagte Orvo Sipponen, und das veranlasste Harjunpää dazu, mit Blick auf Onerva die Augen etwas zusammenzukneifen. An der Stelle log der Mann oder verschwieg zumindest etwas. Im Lauf der Jahre lernte man das minimale Schwanken, das sich mit dem Lügen verband, zu erkennen, und Harjunpää war ja zur Stelle, um den Verdächtigen zu »lesen«.

Aufgrund seines mystischen Polizeiinstinkts war er inzwischen bereits ziemlich sicher, den Mörder, den sie suchten, vor sich zu haben. Er hätte das in keiner Weise begründen können, aber auch Feuerwehrleute entwickelten im Hinblick auf ihre Arbeit einen vergleichbaren Instinkt: Da konnte einer ohne ersichtlichen Grund der ganzen Truppe das Kommando geben, das Brandobjekt sofort zu verlassen, und kaum war das geschehen, brach der Fußboden ein oder das ganze Gebäude fiel in sich zusammen. Aber im aktuellen Fall gab es noch zu viele offene Fragen und zu viele unüberprüfte Aspekte, und entgegen dem allgemeinen Vorurteil suchte die Polizei nicht mit Gewalt nach dem Schuldigen. Alles beruhte strikt auf Fakten.

Auf Onervas Bildschirm tauchte anscheinend eine E-Mail auf, sie las sie rasch und sagte darauf knapp: »Die Vernehmung wird unterbrochen und zu einem späteren Zeitpunkt fortgesetzt. Pirjo, wärst du so nett und würdest Herrn Sipponen wieder in seine Zelle bringen?«

»Na?« Harjunpää hob die Augenbrauen, sobald die anderen beiden draußen waren, aber noch bevor Onerva antworten konnte, stürmten bereits Piipponen und Pekka herein.

»Scheiße«, teilte Piipponen mit. »Kann sein, dass das hier nichts wird.«

»Seine Mutter und sein Großvater schwören, er wäre zur

Tatzeit im Fall Viola daheim gewesen. Hat angeblich renoviert. Und tatsächlich gibt es dort jede Menge frisch gestrichene Wände.«

»Es sind zwar Angehörige, aber der Großvater ist einer von der Sorte, dem man glaubt, was er sagt.«

»Die Mutter kann sich an den betreffenden Freitagabend erinnern, weil da der Alte gebadet werden sollte. Und weil es in einen solchen Tumult ausartete, dass sie fast die Polizei gerufen hätte.«

»Der Alte hatte übrigens eine Pistole im Bett liegen, ein ziemliches Ding. Ich konnte es nicht überprüfen, aber die ist wahrscheinlich deaktiviert.«

Harjunpää stand auf und streckte sich. Onerva seufzte. An der Wand war plötzlich eine Spinne mit langen Beinen aufgetaucht.

»Und was ist mit Malla aus der Pakkamestarinkatu?«

»Da würde der Gerichtsmediziner die Tatzeit eher am späten Nachmittag als am Abend sehen.«

»Der Besitzer der Praxis sagt, Orvo hätte um die Zeit gearbeitet. Hat sogar noch einen Patienten des Chefs behandelt.«

»Und das stimmt mit der Buchhaltung überein.«

»Außerdem gibt es dort eine gewisse Saana Suominen. Physiotherapeutin oder so was. Und die hat auch bestätigt, dass unser Orvo bis spät am Abend geschuftet hat.«

Es wurde still. Sie sahen einander etwas verstohlen an, und das taten sie nur, wenn bei allen der gleiche Gedanke im Kopf pulsierte: »Daneben gelangt.«

»Was ist hier eigentlich faul? Zum ersten Mal finden wir bei so einem Ding DNA, und dann passt alles andere nicht dazu.«

Keiner antwortete. Vermutlich waren alle gleichermaßen

perplex. Schließlich sagte Onerva zögernd: »Ich bin sogar schon auf die Idee gekommen, ob dieser Orvo eine Art Gigolo sein könnte. Denn obwohl er als Verdächtiger verhaftet worden ist, benimmt er sich Pirjo und mir gegenüber vollkommen… na ja. Er schaut auch immer so schön.«

»Das ist Wunschdenken von dir«, stellte Piipponen fest. »Solche Typen gibt es in Helsinki nicht.«

»Dem einen Zeitungsartikel nach immerhin ein paar wenige.«

»Sein Freund hat ihm übrigens das Geld gebracht«, sagte Pekka. »Ich hab's ihm gegeben. Schließlich soll er wenigstens seinen Kaffee kriegen.«

»Hast du ihn gecheckt?«

»Nein, hab ich nicht.« Pekkas Grinsen verschwand für einen Moment. »Aber das Geld schon. Es war echt, keine Botschaften drauf oder so.«

»Hat sie den Kamm vielleicht auf der Straße gefunden«, überlegte Piipponen.

»Frauen heben keine Kämme von der Straße auf und nehmen sie mit nach Hause«, kommentierte Onerva. »Jedenfalls keine Frauen, die so gut betucht sind.«

Ein Handy klingelte, und da jeder von ihnen zwei hatte, an Tagen, an denen sie für die Fallannahme zuständig waren, sogar drei, griff jeder in seine Tasche. Es war Harjunpääs Diensthandy.

»Harjunpää.«

»Hagqvist von der Technik.«

»Grüß dich. Was Neues und Erfreuliches?«

»Na ja.«

»Komm rüber. Hier ist die ganze Bande versammelt, und wir haben ein kleines Problem.«

»Komm du lieber«, sagte Hagqvist und klang dabei noch schüchterner als sonst, wenn nicht gar verlegen. »Ich stehe auf eurem Stockwerk vorm Aufzug.«

»Ich komme«, sagte Harjunpää, und die anderen sahen ihn fragend an.

Schon vom Ende des Gangs aus erkannte Harjunpää den uralten Kittel, der schon so manchen Waschgang hinter sich hatte. Hagqvist selbst blickte strikt zu Boden und schaute nicht einmal kurz auf den näher kommenden Harjunpää, obwohl er mit Sicherheit dessen Schritte hörte. Und ausnahmsweise drehte er seinen Schraubenzieher nicht zwischen den Fingern hin und her, sondern hielt ihn in der Faust fest umklammert.

»Probleme?«

»Schon«, erwiderte Hagge und räusperte sich dann heftig.

»Du weißt ja, wie ernst ich... das alles nehme. Aber jetzt, äh...«

Er trat von einem Bein aufs andere und warf einen raschen Blick auf Harjunpää.

»Also die DNA von dem Kamm.«

»Sag bloß nicht, die stammt aus einem anderen Fall.«

»Na, nicht ganz. Aber äh... Ich hatte geschrieben, sie stamme von der Spiegelablage.«

»Ja.«

»Aber dann hab ich die Fotos noch einmal durchgesehen. Auf der Ablage war kein Kamm. Der Kamm war in einem Schrank, in dem lauter altes Zeug lag.«

»Das heißt... das heißt, der Kamm kann dort wer weiß wie lange gelegen haben und hat unter Umständen gar nichts mit dem Fall zu tun?«

»Genau«, sagte Hagge, wobei ihm fast die Stimme versagte, schaffte es jedoch hinzuzufügen: »Errare humanum est.«

»Hauptsache, du hast es noch gemerkt. Der Kerl hat solide Alibis für beide Tatzeiten. Und mit dem zweiten Fall verbindet ihn überhaupt nichts. Du brauchst deswegen jetzt keine schlaflosen Nächte zu verbringen.«

Als Harjunpää zurückkehrte, schauten ihn alle neugierig an. Auch Laiho war inzwischen hinzugekommen und sah mit gerunzelter Stirn irgendwelche Papiere durch. Jemand hatte das Fenster geöffnet, weshalb es stark nach Sommer roch.

»Der Kamm stammt gar nicht von der Spiegelablage, sondern aus einem Gerümpelschrank. Das heißt, er kann schon seit der Kreidezeit dort gelegen haben.«

»Hat Hagge einen Fehler gemacht?«

»Wie ist das möglich?«

»Aber Orvo ist irgendwann in der Wohnung gewesen«, sagte Onerva fast hitzig. »Und außerdem hat er vorhin an einer Stelle komisch geguckt. Das ist uns beiden aufgefallen. Und von mir aus dürft ihr mich ab morgen Jussi nennen, wenn ich die entsprechende Information nicht heute noch auftreibe.«

20

Zähneputzen

Orvo war so gründlich durcheinander, dass ihm sein ganzes Inneres vorkam wie ein Reisighaufen, aus dem in alle Richtungen Äste herausstanden. Er war nicht einmal auf die Idee gekommen, in eine andere Straßenbahn umzusteigen, sondern war vom Zentrum aus direkt zu Neea gefahren. Er wollte so schnell wie möglich zu ihr, aus irgendeinem Grund erschien es ihm besonders wichtig, dass es schnell ging. Nach Katajanokka wäre er auf keinen Fall gegangen, dort erwarteten ihn seine Mutter und der Admiral garantiert voller Wut. Die Polizei hatte ihnen erzählt, er stehe wegen schwerwiegender Verbrechen unter Verdacht, und das war etwas, das der Admiral nie verdauen würde, auch wenn sich Orvo eigentlich nichts hatte zuschulden kommen lassen.

Sobald er aus der Zelle herausgekommen war, hatte er als Erstes Neea angerufen – beziehungsweise er hatte es versucht, denn ihr Handy war ausgeschaltet, und das Band hatte bloß immer wieder verkündet, »dies ist der Anschluss…«, blablabla. Dann hatte er ihr eine SMS geschickt, dann noch eine, aber es war keine Antwort gekommen. Jedenfalls noch nicht. Immer wieder sah er auf sein Handy. Es verursachte ihm quälenden Schmerz, zu denken, sie könne nichts mehr mit ihm zu tun haben wollen, weil er nicht gekommen war, ohne Bescheid zu sagen. Und das ausgerechnet dann, als sie sich mit ihrem Vater und mit Koko treffen wollten, um ihnen zu sagen, was sie gemeinsam beschlossen hatten.

Dieser Gedanke war der schlimmste von allen, es war, als würde einem ein Bein abgerissen oder die Hand abgehackt werden. In den unendlich langen Nachtstunden in der Zelle hatte er mit diamantener Klarheit verstanden, wie sehr er Neea liebte, und dass er nichts anderes wollte, als mit ihr zusammenzuleben und all seine Scheißjobs aufzugeben.

Überhaupt war es schockierend und demütigend gewesen, verhaftet und in die widerlich stinkende Zelle gesteckt zu werden, und auch noch unter dem Verdacht, ein Mörder zu sein. Die Tatsache, dass er um seine Unschuld wusste, hatte es keinen Deut leichter gemacht. Die Polizisten waren an sich nicht gemein gewesen, aber die eine Polizistin hatte ihn hart rangenommen. Er musste gestehen, dass er zum Vögeln in der Välskärinkatu gewesen war, aber schon vor langer Zeit, im April war das gewesen. Sie hatte ihn auch dazu gebracht, die Handschellen zuzugeben, allerdings hatte er behauptet, sie hätten der Frau gehört.

Nur an einer Stelle war es ihm gelungen, die Polizistin auszutricksen. Er hatte gesagt, sie hätten sich in einem Restaurant kennengelernt, er hatte sogar den Namen genannt und behauptet, es sei nur ein One-Night-Stand gewesen, weil er überhaupt nicht auf Fesseln stand. Über das Thema Bezahlung hatte er kein Wort verloren, obwohl die Polizistin ziemlich direkt den Verdacht geäußert hatte, er sei ein Gigolo. Wie hatte sie das erraten können?

Er lief bereits die Kasarmikatu hinauf und wich den entgegenkommenden Leuten aus, obwohl er sie nicht einmal sah. So routiniert er als Läufer auch sein mochte, diesmal kam er nur seltsam zäh voran und irgendwie mit Schlagseite, wie ein krängendes Schiff. Wieder sah er auf die Uhr – um diese Zeit konnte Neea eigentlich nur zu Hause sein. Falls Koko sie nicht zu einer Behandlung gebracht hatte. Er betete geradezu, dass sie es nicht getan hatte.

Orvos Herz pochte so laut, dass er es in den Ohren hämmern hörte, und der Schweiß kroch ihm wie Schlangen über den Rücken. Je näher er seinem Ziel kam, umso eiliger hatte er es. Jeder Schritt musste schneller sein als der vorige, und in seinem Kopf sagte ein kleines Männchen immerfort: »Neea wird es verstehen, Neea wird es verstehen.«

Als er an den Besuch in der Gerichtsmedizin dachte, schwoll die Scham zu einem scharfkantigen Klumpen in seiner Brust an. Es war auch noch eine Ärztin gewesen, die ihn da von allen Seiten in Augenschein genommen und sogar seine Schamhaare gekämmt hatte, mit einem Kamm, der Watte auf den Zinken hatte, wohl damit man auf dem weißen Hintergrund unterschiedlich gefärbte Schamhaare erkennen konnte. Wofür sie die brauchten, begriff er allerdings nicht.

Keuchend erreichte er die Tehtaankatu und sah noch einmal aufs Handy. Keine SMS. Erst als Reifen quietschten und gehupt wurde, kapierte er, dass er fast von einem Auto überfahren worden wäre. Er erhöhte aber nur das Tempo, es war jetzt nicht mehr weit. Er würde Neea ehrlich erzählen, welcher Grausamkeiten man ihn verdächtigt hatte. Und er würde erzählen, dass er mit der einen tatsächlich geschlafen hatte. Neea würde es ganz sicher verstehen, denn sie hatte ja die ganze Zeit gewusst, was für Hausbesuche er machte.

Ob Hannes ihn feuern würde? Sie hatten auch in der Praxis eine Hausdurchsuchung vorgenommen, zumindest in seinem Spind, aber womöglich hatten sie die ganze Firma auf den Kopf gestellt. Würde er es überhaupt wagen, sich dort noch einmal blicken zu lassen? Sie hatten gesagt, sie hätten auch sein Auto und sein Zimmer daheim durchsucht, und er konnte sich vorstellen, was für einen Aufstand der Admiral deswegen gemacht hatte.

Noch ein Häuserblock, dann nach links, und er erreichte bereits die Pietarinkatu. Schreckliche Vorstellung, dass jemand eine Frau umgebracht hatte, mit der er, Orvo, im Bett gewesen war, womöglich in genau demselben Bett. Wie war sie eigentlich getötet worden? Die Polizisten hatten ihn genau gefragt, wie der Geschlechtsverkehr mit der Frau vonstattengegangen war, und ob er dabei neben seinem Penis auch andere Dinge benutzt hatte. Sie waren auch auf der Frage herumgeritten, ob er mehr als ein Handy besaß – nein, er hatte nur eins. Hatte man dem Opfer das Handy gestohlen? Das Einzige, womit er bei der ganzen Scheiße zufrieden sein konnte, war die Tatsache, dass die Sprache nicht auf Kurre und dessen Box gekommen war. Da hätten sie sich gefreut, wenn sie dort eine Durchsuchung vorgenommen, Kurres Handykollektion gefunden und dann ihre Schlussfolgerungen gezogen hätten.

Er bog in die Hofeinfahrt ein und blickte auf die Rampe, auf der Neea immer ihre Kunststücke vollführte. Sie sah irgendwie verlassen aus ohne Neea in ihrem Rollstuhl. Im Hof schaute er nach oben, sah aber Koko nicht am Fenster und rannte weiter in den hinteren Hof bis an Neeas Tür.

Er klingelte, so wie er es immer tat, klopfte gleich danach an und lauschte, aber drinnen war es absolut still. Er klingelte erneut und klopfte energisch, drückte das Ohr an die Tür – und jetzt! Man hörte das weiche Geräusch, das man immer hörte, wenn das Vorderrad von Neeas Rollstuhl gegen das Tischbein stieß.

»Ich bin's!«, rief er, den Mund fast direkt am Türfalz. »Neea, sei so lieb und mach auf!«

Mit gekrümmtem Hals lauschte er. Und ja – ja, er hörte deutlich gedämpfte Geräusche, als rollte Neea auf die Tür zu. Und er hörte ein leises metallisches Klicken. Es war nicht zu verwechseln, es entstand, wenn Neeas Ring den Greifring traf.

»Wer ist da?«, fragte Neea, aber nicht mit ihrer schönen Holzflötenstimme, sondern keuchend und gequält.

»Ich, Orvo. Du kannst aufmachen. Neea?«

Sie antwortete nicht. Vielleicht war sie wirklich so gekränkt, dass sie beschlossen hatte, ihn zu verlassen. Aber sie kam näher, eindeutig, und es klang, als würde sie nach dem Riegel greifen. Aber sie zögerte noch.

»Neea, Liebes, mach auf. Ich bin's, Orvo.«

Schließlich schloss sie auf, und Orvo zog an der Türklinke, jedoch so leicht, dass Neea nicht erschrak.

»Neea?«, sagte er erstaunt, denn sie starrte ihn mit den Augen einer Fremden an. Sie hatte eine Zahnbürste im Mund, und es schäumte gewaltig, der Schaum lief ihr über Wangen und Kinn und Brust. Ihr Oberkörper war nackt, auf den Brüsten und dem Oberkörper rote Abschürfungen, als wären sie mit Schleifpapier abgerieben worden. »Was ist mit dir?«

Neea nahm die Zahnbürste aus dem Mund und holte Luft, bekam aber Zahnpasta in den Hals, worauf sie hustete und spuckte. Sie hatte ein blaues Auge, eine Wange war geschwollen, und ihr schönes Haar zerzaust wie nach einem heftigen Sturm. Als sie wieder Luft bekam, fing sie an zu weinen, aber ganz anders als damals, als sie wegen Koko gekränkt gewesen war. Jetzt war ihr Weinen lang und voller Schmerz, wie der Schrei eines gequälten Tieres.

Orvo zog die Tür hinter sich zu und beugte sich vor, um Neea die Arme um die Schultern zu legen. Zuerst zuckte sie zusammen und wich im Rollstuhl zurück, aber dann gab sie nach und drückte sich weinend an ihn. Sie fühlte sich unwahrscheinlich zart und zerbrechlich an, sie war bloß ein Schmetterling in seinen Armen, aber es war tröstlich, den vertrauten Duft einzuatmen, auch wenn sich unverkennbar Angstschweiß darunter mischte.

Orvo schob den Rollstuhl rückwärts ins Zimmer und liebkoste erneut Neeas glühende Schultern und den schmalen Nacken. Ihr Schmerz glich elektrischem Strom, der auf ihn übergriff, und er erschauerte vor Mitleid und Zärtlichkeit für sie. Er hätte tatsächlich alles getan, um ihre Not zu beenden. Sonderbarerweise war ihm bereits klar, dass sie nicht bloß aus Enttäuschung weinte, sondern weil ihr etwas wirklich Schlimmes widerfahren war. Vielleicht war ihr Vater gestorben.

»Neea, Liebes?«, fragte er, legte ihr die Hand unters Kinn und hob sanft ihren Kopf an, sodass er ihr schmales Gesicht sah. »Sag es mir. Wenn es das ist, dass ich gestern nicht gekommen bin, dann bitte ich wahnsinnig um Entschuldigung. Ich konnte nichts dafür. Und es ist auch nicht so, dass ich nicht will, worüber wir gesprochen haben.«

Neea weinte nur weiter, schluchzte ein ums andere Mal auf, es gab kein Anzeichen von Beruhigung.

»Mein kleiner Liebling. Alles wird sich finden«, flüsterte Orvo und sagte immer wieder Neeas Namen. Er küsste ihre abstehenden Haare und streichelte ihre Arme und ergriff schließlich beide Handgelenke. Ihre Hände zitterten vollkommen haltlos, aber er ließ nicht los, und schließlich hörte das Zittern auf. Auch ihr Weinen legte sich nun allmählich, bis es nur noch ein Keuchen war.

Orvo ließ Zeit verstreichen. Er hielt Neea an den Handgelenken fest, nannte sie beim Namen und flüsterte alle möglichen schönen Worte. Auch er verlor das Zeitgefühl: Ihm schien, als wären sie schon eine Ewigkeit so, aber es war auch in Wirklichkeit lange, vielleicht annähernd eine halbe Stunde. Endlich schluchzte Neea nur noch vereinzelt, und schließlich blickte sie auf und sagte: »Zwei Männer. Gestern…«

Er trieb sie nicht zur Eile an. Aber da eine Minute nach der anderen verging, sagte er:

»Ja. Gestern also.«

»Als ich an der Ecke auf dich wartete. Solche besoffenen Kerle.«

»Ja?«

»Haben zuerst gedroht. Und mich dann mit Gewalt weggeschoben. Haben mir den Mund zugehalten«, berichtete Neea starr und vermied es, Orvo anzuschauen, als schämte sie sich. Er zwang sie zu nichts, wartete nur ab. Das Ticken der Wanduhr war unnatürlich laut zu hören.

»Und, und… Sie haben mich in den Park geschoben, in das große Gebüsch.«

Allmählich bekam Orvo eine diffuse Ahnung von dem, was kommen würde, er spürte, wie sein Gesicht anfing zu glühen, und wie sein Atem immer schleppender ging. Irgendwo zeigte bereits die Wut ihr Gesicht.

»Haben angefangen zu grapschen. An der Brust und – da. Und.«

»Haben sie… haben sie…?«, fragte er heiser, brachte aber die Frage nicht zu Ende, sondern biss die Zähne aufeinander. Auch wenn seine Stimme rau war, so klang sie in seinen Ohren so metallisch, als wären die Wände der Wohnung plötzlich aus Eisen. Und die Wut zeigte sich nun nicht nur kurz, sondern war ganz und gar da, mit einer blutbefleckten, ledernen Schürze, und er wusste, wenn er die Kerle in die Finger bekäme, würde er sie töten. Selbst wenn er dabei sterben müsste. Er würde sie töten.

»Sie haben die Hose nicht runterbekommen. Gelähmte sind nicht leicht auszuziehen. Aber… sie haben mich gezwungen… Haben ihn mir in den Mund gesteckt…«, sagte Neea erstickt und brach erneut in untröstliches Weinen aus.

»Verflucht«, sagte Orvo mit starren Lippen und machte schon Anstalten, aufzustehen und nach draußen zu stürzen, um die Kerle zu suchen, aber die Vernunft siegte sofort, und er blieb, wo er war, streichelte Neea mit einer Hand und ballte die andere zur Faust.

»Und wie der eine dann… da hab ich zugebissen. Ich dachte, die bringen mich um. Und ich hab einfach zugebissen.«

»Und?«

»Er fing an zu schreien. Wie ein kleines Mädchen. Und der andere hat gebrüllt. Und mit den Fäusten auf mich eingeschlagen.«

»Diese verdammten Schweine!«

»Der Stuhl ist umgekippt. Ich bin rausgefallen. Aber sie sind abgehauen. Haben Angst gehabt, dass Leute kommen. Weil sie selbst geschrien haben.«

»Würdest du sie erkennen?«

»Nein. Ich war so in Panik. Ich weiß nur noch, dass es betrunkene, stinkende Kerle waren.«

»Und du hast sie nie zuvor gesehen? Irgendwo in der Gegend.«

»Ich weiß nicht. Ich lag da und kam alleine nicht hoch. Aber ich rief die ganze Zeit um Hilfe. Und dann kamen Leute. Die haben mich in den Stuhl gesetzt und nach Hause gebracht.«

Orvo sagte nichts. Er konnte einfach nicht, er wusste nicht, was er zu diesem Albtraum hätte sagen sollen. Aber der Verstand des Mannes aus der eisernen Zelle funktionierte. Er wusste ungefähr, wo sich die Säufer dieses Stadtviertels herumtrieben, und er wusste, wie es weiterging. Er würde dem Admiral die SIG abnehmen – ihm aufs Maul hauen, falls er sich wehrte – und danach die Kerle einen nach dem anderen abklappern. Er würde ihnen die Pistole in den Mund stecken und ihnen abpressen, wer die beiden gewesen waren. In diesen Kreisen sprach sich alles herum. Womöglich gaben sie sogar mit ihrer Tat an, oder der eine jammerte über seinen schmerzenden Schwanz.

Es klingelte an der Tür, und sie erschraken beide. Sogleich wurde der Schlüssel ins Schloss gesteckt und die Tür aufgerissen. Zuerst kam Koko auf hohen Absätzen hereingestöckelt und hinter ihr Neeas Vater. Er war nicht so groß, wie Orvo ihn sich vorgestellt hatte, aber robust und selbstsicher, und auch wenn er statt eines Anzugs eine Art Windjacke trug, strahlte er Autorität aus. Man sah seinem Gesicht an, dass man ihm gehorchte, wenn er etwas sagte.

Er warf einen kurzen Blick auf Neea, reagierte auf ihren Zustand und ihre unvollständige Kleidung aber mit keiner Miene. Dann spießte er Orvo förmlich mit seinem Blick auf und sagte ruhig: »Erkki Sainio. Neeas Vater. Und Sie sind?«

»Orvo Sipponen. Krankenpfleger und Masseur.«

»Großer Gott, Neealein!«, lamentierte Koko bereits. »Wie

kannst du nur so dasitzen? Und warum ist deine Brust so aufgescheuert?«

»Ich habe mich gewaschen«, sagte Neea schwach. »Mit der Nagelbürste.«

»Wir sind über die Erfahrungen meiner Tochter im Bilde«, sagte Neeas Vater. »Gestern war ein Arzt hier, und er wird bei Bedarf wiederkommen. Außerdem wird nächste Woche eine Therapeutin hier sein. Und meine Frau und ich sind natürlich zu ihrer Unterstützung da. Wenn Sie Ihre Arbeit erledigt haben, sehe ich keinen weiteren Grund mehr für Ihre Anwesenheit.«

»Ich habe Neea nur getröstet. Als Freund«, sagte Orvo. Die Unfreundlichkeit des Mannes war für ihn unnötig und beleidigend, sodass alle Stimmen und Geräusche wieder einen eisernen Klang in seinen Ohren annahmen.

»Ich habe von dieser Freundschaft gehört«, sagte der Mann mit einer plötzlich wie verrosteten Stimme. »Doch jetzt ist nicht die Zeit, sie zu pflegen. Auf Wiedersehen.«

Orvo streichelte zum Abschied Neeas Arm, aber sie klammerte sich geradezu rasend mit beiden Händen an ihn.

»Du kommst doch morgen?«, fragte sie wie in Panik, und jetzt waren ihre Augen flehend und groß wie Lampions. »Ganz bestimmt? Ich kann alleine nicht… ich habe Angst, dass ich es nicht aushalte.«

»Ich komme, Neea«, sagte Orvo sanft, fügte aber mit ganz anderer, unerschütterlicher Stimme hinzu: »Und wenn ich durch die Wand kommen muss. Auf Wiedersehen.«

Orvo stieß die Tür auf. Sie kam ihm unnatürlich schwer vor, als bestünde sie aus anderem Material als Holz. Er war schon draußen, als Koko ihn beim Nachnamen rief und dem Klappern ihrer Absätze nach hinter ihm her stöckelte. Orvo blieb stehen, aber Koko stieß ihn am Arm weiter, sodass sie von den beiden in der Wohnung nicht gesehen werden konnten.

»Orvo, mein Lieber«, gurrte sie, aber nicht direkt flirtend, sondern eher im Versuch, Vertraulichkeit herzustellen. »Deine Hand war wirklich eine Hilfe bei meinen Ellenbogenbeschwerden.«

»Gut.«

»Ich hab ein bisschen darüber nachgedacht. Ich bin ziemlich gut im Organisieren. Und – daraus ließe sich eventuell ein ziemlich einträgliches Geschäft machen. Eine eigene Praxis für dich. Ich beschaffe die Räume. Und ich habe Beziehungen zu wichtigen Leuten in fast allen Medien. Insofern könnte man auch die PR praktisch umsonst machen.«

Verdammt, dachte Orvo, sagte aber nichts, sondern drehte sich um und ging. Neea war da drin in so einem Zustand, und diese Frau dachte nur daran, wie sie Geld machen konnte.

Er eilte mit großen Schritten über den Hof und in die Einfahrt, die zur Straße führte, und deren Wände waren nun auch wie aus Eisen. Er dachte, wenn es einen Gott gab, dann hatte der bestimmt eine eiserne Zelle für alle Kokotten dieser Welt parat, und er würde nicht mit der Flinte schießen, sondern mit einer Kanone.

21

Die Entscheidung

Anders als Orvo auf dem Weg nach Hause befürchtet hatte, war dort gar nicht die Hölle los. Stattdessen wartete etwas auf ihn, was zweifellos schlimmer sein sollte als jede Schreierei, was er im Grunde aber als Erleichterung empfand: Sowohl seine Mutter als auch der Admiral taten so, als existierte er nicht. Sie redeten nicht mit ihm, schienen ihn nicht einmal zu sehen, und am Esstisch war nicht für ihn gedeckt.

Die größte Erleichterung bestand darin, dass er, da er ja nicht existierte, auch nicht mehr zum Pfleger des Admirals taugte. Seine Mutter hatte diese Aufgabe nun übernommen. Außerdem hatte sich der Zustand des Admirals auf wundersame Weise gebessert, er taperte bloß mit einem Stock durch die Wohnung und ging sogar aufs Klo. Orvo hatte also richtig vermutet: Das Elend des Alten war zum größten Teil nur dazu da gewesen, um Orvo zu schikanieren.

Orvo saß auf dem abgenutzten Schreibtischstuhl in seinem Zimmer und wiegte sich hin und her. Viele Alte und psychisch kranke Patienten taten das auch, das hatte er bei seiner Arbeit gesehen, aber es beunruhigte ihn nicht, denn er wusste, dass er bei Verstand war. Außerdem tat ihm die Bewegung irgendwie gut. Allerdings hielt er sie nicht lange aus, denn es durchlief ihn ein zu starker Strom, ein Kraftstrom, weshalb er alle paar Sekunden aufstehen und im Zimmer hin und her gehen musste. Und als er sah, dass niemand in der Küche war, ging er dorthin und schaute eine Weile aus dem Fenster. Dann kehrte er zu seinem Stuhl zurück, und das Schaukeln ging weiter.

Hauptsächlich dachte er an Neea. Eigentlich dachte er nicht an sie – er war schlicht und einfach von ihr erfüllt. Warum hatte gerade sie so etwas erleben müssen? Als wäre es nicht genug, gelähmt und bis zum Ende des Lebens an den Rollstuhl gefesselt zu sein! Und ausgerechnet jetzt, da endlich einmal etwas Gutes in ihr Leben gekommen war. Er dachte daran, was für einen sensiblen und schönen Charakter sie hatte, und fragte sich, ob sie jemals wieder so werden würde, wie sie war. Es war, als wäre eine seltene, antike Porzellanvase zerschlagen worden.

Danach kochte in ihm jedes Mal der Hass hoch, und dann presste er die Kiefer aufeinander und ballte die Fäuste und wollte die Tür zum hintersten Raum seiner Seele öffnen. Er spürte, dass er dafür nicht viel Kraft aufbringen musste, denn die Tür war bereits offen. Es ging etwas Unheimliches, Beängstigendes von ihr aus, vielleicht wegen der Vorahnung – oder der Gewissheit –, dass er nicht mehr herauskäme, wenn er einmal hineingegangen wäre. Dennoch öffnete er sie einen Spaltbreit, denn neben aller Angst war er auch auf seltsame Weise fasziniert von dem, was sich hinter der Tür verbarg.

Als er nach Hause gekommen war, hatte er gleich im Keller nachgesehen: Die Schrotflinte war genau dort, wo sie sein sollte, versteckt hinter seinen alten Eishockeyschlägern und

Skiern und sonstigem Gerümpel. Nachdem er sie unter dem Bett des Admirals hervorgeholt hatte, hatte er den Staub abgewischt, und jetzt glänzte sie noch immer wunderbar blauschwarz, die Läufe öffneten sich geschmeidig, und der Auslösemechanismus gab ein scharfes Klicken von sich, wenn man den Abzug drückte.

Die vorhandenen Patronen reichten für einen kleinen Krieg. Falls er die Angaben auf den Verpackungen richtig deutete, waren auch besonders grobe Schrotkugeln dabei. Früher wurden die mal als Wolfsschrot bezeichnet, und er hatte keinen Zweifel daran, dass sie, wenn sie aus der Nähe auf einen Menschen abgefeuert wurden, ein fußballgroßes Loch hinterließen.

Er hatte die Waffe an ihren Platz zurückgestellt, allerdings so, dass sie schneller erreichbar war als zuvor. Ihm war gleich klar gewesen, dass er damit nicht auf die Straße gehen konnte, um nach den Dreckskerlen zu jagen. Dafür war sie zu groß; noch bevor er die Katajanokka-Brücke erreicht hätte, wäre ihm die Polizei auf den Fersen. Aber die Waffe in der Hand zu halten, hatte ihm eine merkwürdige Sicherheit eingeflößt, das Bewusstsein, nicht vollkommen zahnlos zu sein, ganz gleich, was auch geschah.

Was die Pistole des Admirals betraf, so schienen seine Chancen gering zu sein. Der Alte hatte sich nämlich einen Gürtel aus seiner Offizierszeit umgeschnallt und trug die SIG die ganze Zeit in einem Halfter mit sich herum. Das war erschreckend, aber so hatte er es auch früher schon oft gemacht, manchmal hatte er auch seinen Ehrensäbel durch die Gegend getragen oder wochenlang die Uniformmütze aufgehabt.

Diesmal gefiel das Orvo ganz und gar nicht, denn es beraubte ihn seiner Möglichkeiten – wenn er nicht versuchte, an die Waffe heranzukommen, während der Alte schlief. Allerdings konnte sie dann unter der Matratze stecken. Die Tatsache, dass der Admiral die Pistole am Leib trug, machte ihn auch wegen der veränderten Situation nervös, wegen des demonstrativen Schweigens. Die Stille hatte etwas Bedrohliches, und Orvo schien, als wäre der Admiral nur deshalb so beharrlich in Bewegung, um ihn im Auge zu behalten. Um ihn zu belauern. Der Alte war unberechenbar und übergeschnappt genug, dass man gut daran tat, auf der Hut zu sein. Schließlich hatte er schon einmal in die Wand geschossen.

Jedes Mal, wenn sein schlimmster Hass auf die Dreckskerle abflaute, begriff Orvo, dass er niemanden umbringen würde. Er wollte es nicht, und er wäre auch gar nicht fähig dazu. Aber als Mittel, um jemandem Angst einzujagen, wäre die SIG unschlagbar: Den Lauf in den Mund und dann ein paar Fragen. Aber gut, der Abend lag ja noch vor ihm. Wenn er aufmerksam war, bot sich ihm eventuell die Gelegenheit, dem Admiral etwas stärkere Medikamente unterzujubeln. Die wurden nämlich immer in einem kleinen Becher in der Küche bereitgestellt.

Der Gedanke an die Medikamente ließ ihn zusammenzucken. Flink sprang er vom Stuhl auf, öffnete die Tür des alten, verspiegelten Kleiderschranks, stellte sich auf die Zehenspitzen und griff hinter die Wollpullover im obersten Fach. Sie war noch da. Die Polizei hatte sie bei der Hausdurchsuchung also nicht entdeckt. Es war eine uralte, mit Leder bezogene Geldkassette, und sie enthielt das Einzige, das er je in seinem Leben gestohlen hatte: zwei Injektionsspritzen und drei Ampullen Insulin. Wie wäre es, dem schlafenden Admiral eine Dosis zu spritzen? Er schlief so fest, dass er garantiert nichts merkte.

Wieder ging er von einer Wand zur anderen, unruhig wie ein Raubtier im Käfig. Er dachte jetzt wieder an Neea und hatte dabei das Gefühl, eine offene Wunde am Leib zu haben. Als er sich die verfluchten Vergewaltiger vorstellte, öffneten und schlossen sich seine Fäuste eine Zeit lang, aber dann wurde sein Gang langsamer, Schritt für Schritt, und schließlich stand er beinahe verblüfft da.

Bis jetzt hatte er seine eigene Hurerei tatsächlich nur als Business betrachtet, bei dem er mit tollen Frauen schlafen durfte, um sich etwas dazuzuverdienen. Aber die andere und unbestreitbare Seite bestand darin, dass diese Frauen eigentlich ihn missbrauchten. Was irgendwelche Männer mit den Mädchen, die aus Estland nach Finnland geschleift worden waren, machten, das machten diese Frauen mit ihm, wurde Orvo klar. Das war ihm nie zuvor in den Sinn gekommen.

Der Gedanke irritierte ihn. Er schlich zu seinem Bett und setzte sich zur Abwechslung auf den Rand. Zum ersten Mal empfand er Verachtung für seine Kundinnen. Einen Moment später hatte sich das Gefühl bereits in eine Art Gereiztheit verwandelt, und schließlich bestand es aus purem Zorn. Sie kauften ihm Genuss und Befriedigung für eine Stunde ab, und danach war er nichts mehr für sie. Außer bei Ulla der James, der den Kaffee auf dem Balkon servieren durfte.

Miteinander zu schlafen war aber das Schönste, was zwischen zwei Menschen geschehen konnte, denn jeder machte dem anderen dabei ein Geschenk. Jemand hatte gesagt, dieses Geschenk sei letztlich die Liebe – und die Chance, die Fruchtbarkeit in Wirklichkeit zu verwandeln, in ein Kind, das neue, wundersame Leben. Allerdings hatte das längst seine Bedeutung verloren, und das Stillen des sexuellen Hungers war zur

Hauptsache geworden. Seine Kundinnen kauften das Geschenk wie ein Einwegprodukt.

»Diese verdammten Schlampen«, flüsterte er leise und dachte weiter über das Thema nach, es gärte und rumorte in ihm. Ganz langsam kristallisierte es sich heraus: Würde er Neeas Vergewaltiger nicht finden, könnte er stattdessen einer von ihren weiblichen Pendants, nämlich genau einer dieser Schlampen, die ihn missbrauchten, eine Lehre erteilen. Mit einem Mal stand ihm das so klar vor Augen, als hätte er es auf Papier gezeichnet.

Er schnappte sein Handy vom Tisch, schlich zur Tür und spähte in beide Richtungen des Gangs. Der Admiral mit seinem Pistolenhalfter war nicht zu sehen, er schien mit Orvos Mutter im Wohnzimmer fernzusehen. Hin und wieder tauschten die beiden einen Kommentar aus.

Orvo setzte sich wieder aufs Bett und wählte Kurres Nummer. Schon nach dem zweiten Klingeln wurde abgenommen: »Kurt.«

»Hier ist H.«

»Der Käfigvogel?«, spottete Kurre. »Bist du aus dem Knast raus?«

»Ja. Das Ganze war ein Missverständnis. Aber danke, dass du mir das Geld gebracht hast. Obwohl ich es dann doch nicht gebraucht habe. Sie hatten aber angedeutet, es könnte dauern.«

»Was war denn ihr Verdacht?«

»Mord. Oder sogar zwei. An Frauen.«

»Herrschaftzeiten«, meinte Kurre verblüfft oder nachdenklich langsam. »Wie sind sie da auf dich gekommen?«

»Die eine war die Frau mit den Handschellen aus der Välskärinkatu. Ich war irgendwann im Frühjahr bei ihr, und davon ist DNA von mir hängen geblieben. An einem Kamm. Ich kann mich sogar daran erinnern, nach dem Duschen den Kamm der Frau benutzt zu haben.«

Kurre schwieg lange, schnalzte nur ab und zu mit der Zunge, wie er es tat, wenn er etwas nervös war.

»Über unsere Connections hast du aber nichts gesagt?«, fragte er schließlich.

»Natürlich nicht. Sie sind gar nicht auf die Idee gekommen, danach zu fragen.«

»Sehr gut. Am Ende hätte ich auch noch Schwierigkeiten gekriegt.«

»Aber ich wollte noch über was anderes mit dir reden.«

»Na?«

»Du hast doch gesagt, du hättest einen Sadomaso-Job anzubieten. Gilt das noch?«

»Sieh an«, lachte Kurre. »Das kommt mir wie gerufen. Die Domina hat morgen einen freien Tag, und ich hab ihr für den Nachmittag ein bisschen Spaß versprochen.«

»Lass mich das machen.«

»Mm.« Kurre überlegte eine Weile, dann lachte er erneut auf: »Jo, jo. Ich muss nur nachfragen, ob es ihr recht ist, dass ein junger Hengst, der gerade im Gefängniszölibat gewesen ist, zu ihr kommt. Ich ruf dich zurück, sobald ich sie erreicht hab.«

»Okay. Ich warte.«

Die Hand mit dem Telefon zitterte in Orvos Schoß, einen Moment lang erschreckte ihn das Vorhaben derart, dass ein Schauer durch seinen ganzen Körper lief, aber bald schon kam ihm seine Entscheidung so richtig vor, dass er die Zähne zusammenbiss. Wenn eine dieser Schlampen heftigen Sex wollte – dann sollte sie bekommen, was sie verdiente. Auch in Neeas Namen.

22

Der einsame Hund

»Ich bin die ganze Scheiße so leid«, sagte Harjunpää, vielleicht mehr zu sich selbst als zu Elisa, und die Tatsache, dass er in den eigenen vier Wänden Kraftausdrücke verwendete, verriet, dass er wirklich meinte, was er sagte.

»Weil sich die Fälle nicht klären?«

»Das kommt noch hinzu. Aber was ich meine, ist, dass wir nicht genug Ermittler haben. Die alten gehen, und es kommen keine neuen. Der eine macht ein Sabbatjahr, der nächste ist in Elternzeit.«

»So geht das doch schon lange«, sagte Elisa irgendwie tonlos. Vielleicht hatte sie das Thema zu oft gehört. Eine Bachstelze tauchte auf, so spät noch, und wippte am Rand des Grabens mit dem Schwanz. Futter gab es für sie in Hülle und Fülle, denn es wimmelte geradezu vor Insekten in der Luft. Es saßen auch welche auf Harjunpääs Armen, aber er scheuchte sie nicht weg.

»Ich sage ja gar nicht, dass die Polizei nicht hoch genug geachtet wird. Das ist einfach die Gleichgültigkeit der Staatsgewalt gegenüber den Bürgern.«

»Wie das mit dem erhöhten Rentenalter der Feuerwehrleute.«

»Das noch mehr. Als ich bei denen auf dem Übungsparcours war, bin ich fast in die Knie gegangen, sobald ich die Flasche auf dem Rücken hatte. Und in dem Qualm hat man nichts gesehen. Es war höllisch heiß, zwischendurch musste man sich auf allen vieren vorwärtsbewegen. Und im ersten Stock bin ich prompt umgekippt, sodass sie mich über den Notausgang rausholen mussten. Wie soll ein Sechzigjähriger das schaffen?«

Einen Kilometer vom Haus entfernt rumpelte ein Güterzug durch die Felder.

Harjunpää konnte sich nicht entspannen, und er traute sich nicht, etwas zu trinken. Er war verpflichtet, jederzeit erreichbar zu sein, darum konnte er nachts nicht einmal das Handy ausschalten. Und auch wenn ihn die Fälle seit Jahren schon nicht mehr nervös machten, ganz gleich, wie es um sie stand, so spürte er jetzt doch Anspannung. Am ehesten, weil er befürchtete, es könnten noch mehr Frauen ermordet in ihrem Bett aufgefunden werden.

Hätte vor zehn Jahren der Verdacht bestanden, ein und derselbe Mörder hätte zwei Mal zugeschlagen – oder gar drei Mal, wenn man den Fall in Espoo mitzählte, dann wäre die ganz große Mühle in Gang gesetzt worden, man hätte von überallher Kollegen herangezogen und die Ermittlungen ordentlich organisiert. Aber heutzutage wurde nur noch mit viel Blabla über »Umstrukturierungsmaßnahmen in der Polizeiorganisation« nachgedacht. Vielleicht war Laiho als Chef doch zu lasch. Oder er saß in zu vielen Ausschüssen und Komitees, weshalb er nicht in der Lage war, sich richtig in die Leitung der Ermittlungen hineinzuknien. Jedenfalls sah Harjunpää das so.

»Ich bin der Meinung, dass der Glaube bei den Naturvölkern am stärksten und realsten gewesen ist«, sagte Elisa nach einer langen Pause. Ihre Gedanken bewegten sich offensichtlich ganz woanders – und das war eigentlich sehr gut.

»Aber die Europäer haben sie ausgerottet«, stellte Harjunpää fest. »Auf allen Kontinenten.«

»Genau. Und gleich kommst du wieder aufs Thema EU«, sagte Elisa mit leichtem Kichern. Das tat Harjunpää gut, denn seit ihrem Herzstillstand war sie viel ernster und vielleicht auch ein bisschen langsam. »Aber reg dich so spät am Abend nicht zu sehr auf.«

»Nein. Aber komisch ist es irgendwie schon. Fett ist tödlich, Zigaretten sind tödlich, und jetzt ist auch noch der Alkohol Krebs erregend. Wann merken die eigentlich, dass Millionen von Menschen sterben, weil ihr Wasser verschmutzt ist? Und das kommt nicht allein von den Fabriken. Ich habe schon in der Schule irgendwo gelesen, dass die Wasserspülung bei der Toilette eine der zerstörerischsten Erfindungen der Menschheit ist.«

»Darüber kam auch was im Fernsehen.«

»Vielleicht fällt der EU eine Lösung ein, zum Beispiel dass sie das Essen verbietet.«

»Wie wär's, wenn du ein Bierchen trinkst?«, seufzte Elisa. »Und dann schlafen kommst.«

»Ja. Gute Nacht, Schatz.«

Elisa stand auf und schloss die Terrassentür hinter sich, damit keine Mücken hereinkamen. Harjunpää blieb noch eine Weile sitzen und schaute auf seine Zehen. Ein grün glänzender Käfer krabbelte über sie hinweg. Irgendwo kläffte ein einsamer Hund.

23

Die Rache

Schweißüberströmt wälzte sich Orvo von der Frau und keuchte schwer, tief aus dem Bauch heraus, denn er hatte richtig schuften müssen, bis er sie zum Orgasmus gebracht hatte. Und das, obwohl er sie zuvor sehr gründlich mit der Hand angewärmt hatte. Er war froh, eine »kleine Blaue« genommen zu haben, denn aus eigener Kraft hätte er diese Leistung wohl kaum gebracht.

Es hatte ihn fraglos auch gestört, dass ihm immer wieder Neea in den Sinn gekommen war, dass er sich gefragt hatte, wie es ihr ging, und dann hatte er wieder an die ekelerregenden Dreckskerle denken müssen und an deren noch ekelhaftere Tat.

Er starrte an die Decke, sah aber in den Augenwinkeln rechts und links die beiden Frauen liegen. Die, mit der er gevögelt hatte, war eine üppige Rothaarige. Sie hieß Päivi, war sehr gepflegt und an Hals und Handgelenken mit teurem Schmuck behängt. Jetzt trug sie auch Handschellen – das hatte sie selbst verlangt, es waren ihre eigenen –, und währenddessen hatte sie die Hände abwechselnd über dem Kopf aufs Kissen geworfen und ihm in den Nacken gedrückt, und zwar so kräftig, dass er zwischenzeitlich befürchtet hatte, zu ersticken.

Die andere Frau wiederum, die, die links im Bett lag, hatte keinen Geschlechtsverkehr gewollt. Sie hatte nur zuschauen und ihm ab und zu einen Streich mit der Gerte auf die Oberschenkel versetzen wollen. Sie hatte ihn auch ein bisschen begrapscht, es sich aber ansonsten selbst mit der Hand besorgt.

Sie war eigentlich eine hübsche Frau, mit wohlproportioniertem Körper und neugierigen Augen im angenehm lebhaften Gesicht. Es wäre sicherlich schön gewesen, unter normalen Umständen und zu zweit mit ihr zu schlafen, aber sie hatte wohl ihre eigene dunkle Geschichte, weshalb sie keinen Mann in sich haben wollte. Auch nackt machte sie einen eleganten Eindruck: das Haar wie frisch frisiert, an den gepflegten Händen schöne, verlängerte Nägel. Bestimmt hatte sie auch irgendeinen wichtigen Posten.

Alle waren leicht betrunken. Auch Orvo hatte eine Ausnahme gemacht und sich in der Plauderphase zu ein paar Gläsern Wein überreden lassen, denn die Frauen hatten immer wieder gesagt, ihre Spielchen machten im nüchternen Zustand keinen Spaß. Schließlich hatte Kurre von Anfang an das Motto ausgegeben, dass die Wünsche der Kundschaft Vorrang hatten.

Er war auch ein bisschen enttäuscht. Der Sadomasochismus der beiden Frauen war tatsächlich nur Spielerei gewesen, ein paar Klapse und ein bisschen Fesseln mit Lederriemen, so wie Kurre es vorhergesagt hatte, und Orvo hatte noch keine von beiden so richtig rannehmen können, auch wenn die Lust dazu ständig in ihm gärte. Ihm selbst verschafften diese Spielereien keinerlei Genuss – er fand sie eher komisch, sie verdarben die Stimmung, die dazu gehörte, wenn man miteinander schlief, schon allein weil eine dritte Person zusah.

»Und jetzt mit der Peitsche auf den Po«, sagte die rothaarige Päivi, wälzte sich auf den Bauch und drückte den Rücken durch, damit sich ihre Pobacken hoben. Endlich, dachte Orvo, schwang ein Bein auf den Boden und nahm eine stabile Position ein. Die attraktivere der beiden Frauen – sie hieß Piia oder nannte sich so – reichte ihm die Peitsche. Dabei fiel Orvo auf, dass die Frau einen imposanten Ehering trug. Er nahm die Peitsche fest in die Hand und biss die Zähne zusammen. Die Pobacken der Rothaarigen waren prall genug, um sie nicht verfehlen zu können.

Die Peitsche sauste durch die Luft, und als sie traf, entstand ein seltsames Geräusch, eine Mischung aus Klatschen und Ritzen. Päivis ganzer Leib erzitterte, und sie stöhnte. Orvo aber empfand nichts von dem, was er erwartet hatte. Er konnte sich absolut nicht mehr vorstellen, sich hier an den Dreckskerlen, die sich an Neea vergangen hatten, zu rächen. Er sah einfach nur den Hintern einer Frau vor sich und kam sich wie ein Clown vor, wenn er ihn mit der Peitsche bearbeitete.

Piia hatte ihm unbemerkt die Hand zwischen die Beine geschoben und knetete seine Hoden, so fest, als hätte sie keine Ahnung, wie empfindlich sie waren. Oder aber sie wollte ihm wehtun.

»Noch mehr Schläge für das böse Mädchen«, stammelte Päivi, und Orvo wollte es erst nicht glauben, so heftig, wie er zugeschlagen hatte. Dann aber hob er die Peitsche und legte los, mehrmals hintereinander, und jeder Schlag hinterließ einen roten Streifen auf ihrem Po. Trotzdem bekam er noch immer keinerlei Rachegefühl zu fassen; alles wirkte am ehesten wie ein billiger Scherz.

»Mehr«, wimmerte Päivi, und Orvo packte noch immer nicht das Entsetzen; das machte der Wein. Irgendwo in ihm leuchtete jedoch bereits ein Warnlämpchen auf und signalisierte, dass die Frauen womöglich erst in Fahrt kamen, und dass sie es vielleicht wirklich genossen, Schmerz zu empfinden und Schmerz zu bereiten.

»Drück nicht so fest«, zischte er über die Schulter hinweg Piia zu. Sie lockerte den Griff, packte seinen Penis und fing an, ihn wieder funktionstüchtig zu machen. Er wusste nicht, ob es ihr gelingen würde, denn er hatte es Päivi schon zweimal besorgt. Er hätte Kurre um die Orgasmus-Stopp-Salbe bitten sollen, aber das war ihm nicht in den Sinn gekommen, denn er war davon ausgegangen, dass er die beiden Weiber in die Mangel nehmen würde, und es überraschte ihn, dass es nun umgekehrt ging. Er war sich bereits vollkommen darüber im Klaren, dass dies sein letzter SM-Job war.

Piia ließ von ihm ab und ging zum Couchtisch, wo sie ziemlich unbekümmert Wein in sich hineinlaufen ließ. Zwar hielt sie das Glas zierlich und, wie es sich gehörte, am Stiel, aber Orvo gefiel das trotzdem nicht, denn betrunkene Frauen konnten im Bett sehr unangenehm werden. Päivi hatte sich inzwischen auf die Seite gedreht, er sah, dass sie sich ordentlich auf die Lippe gebissen hatte. Mitten auf der Unterlippe war deutlich ein Blutstropfen zu erkennen. Mit dem Schlüssel befreite sie sich von den Handschellen. Es waren die gleichen, wie die Polizei sie hatte, nur mit einer ordentlichen Kette.

Ihr Gesicht sah aus wie nach einem anstrengenden Lauf, und in ihren Augen schien eine Spur schrecklicher Brutalität zu glimmen. Sie setzte sich auf. Ihre Brüste glichen halb leeren Basketbällen.

»Du scheinst ein richtiger Meister zu sein«, sagte sie und

sah ihm in die Augen, und jetzt war ihr Blick ganz normal. Wenn diese Frau etwas Schönes an sich hatte, dann war es ihre Stimme. Sie wäre eine hervorragende Radiosprecherin gewesen. Vielleicht arbeitete sie direkt mit Kunden, denn sie wählte die Worte sorgfältig und sprach sie deutlich aus.

»Ich glaube, ich bin ein ziemlicher Anfänger.«

»Bescheidenheit ist eine Zier«, sagte Päivi und stand auf. »Kurre hat dich nicht von ungefähr empfohlen.«

»Komm her, mein Junge«, rief Piia. Sie hatte die ganze Zeit nicht viel gesagt, und erst jetzt merkte Orvo, dass bei ihr ein fremder Akzent mitschwang. Es war kein estnischer und auch kein schwedischer. Beim Ausziehen war ihm allerdings aufgefallen, dass sie außergewöhnliche Kleider von hoher Qualität trug. Päivi schnappte seinen Arm und führte ihn zu Piia. Auch Päivis Parfum stammte nicht aus dem Billigsortiment.

Piia hielt ihm ein randvolles Weinglas hin, obwohl Orvo nichts mehr trinken wollte. Er mochte es einfach nicht, betrunken zu sein, und wollte nicht nach Wein riechen, wenn er zu Neea ging; andererseits: Die Wünsche der Kundinnen hatten Vorrang.

»Trink es mit einem Zug aus«, sagte Piia mit Samtstimme, ergriff sein Handgelenk und führte das Glas an seine Lippen. »Du bist gut und du kannst was. Wir aber auch.«

»Ich wollte eigentlich nichts mehr…«

»Ich werde dir etwas ganz Neues beibringen. Und dafür ist es nötig, dass du ein bisschen beschwipst bist. Du wirst bestimmt selten dafür bezahlt, dass du Wein trinken darfst.«

»Okay«, stimmte Orvo zu. Wäre er nicht schon leicht angeheitert gewesen, hätte er wahrscheinlich auf das innere Warnlicht reagiert, das inzwischen grell flackerte.

»Und jetzt setzt du dich neben Piia«, sage Päivi, und Orvo

merkte, dass Piia auf dem Fußboden saß und sich mit dem Rücken an den Heizkörper lehnte. Er ließ sich von Päivi zu ihr führen, auch wenn er keine Ahnung hatte, was kommen würde. Andererseits musste er unwillkürlich daran denken, dass sein Honorar dreimal so hoch war wie bei einem normalen Job.

»Jetzt die Hände hierhin«, sagte Päivi und tätschelte seinen Hinterkopf. »Du hast übrigens niedlich weiche Haare. So. Genau so.«

»Moment mal«, sagte Orvo, als er spürte, wie sich die Handschellen um seine Handgelenke schlossen – und mehr noch: Sie waren um die Halterung des Heizkörpers geschlungen. Er wollte die Hände nach vorne reißen, aber es war zu spät. Er saß am Heizkörper fest.

»Vielleicht machst du sie wenigstens vom Heizkörper los«, schlug er vor, aber Päivi lächelte nur. Ihr Lächeln war geschult und fast so schön wie ihre Stimme. Piia wiederum stand auf, trat ein Stück zurück und fing an zu kichern, wie es im betrunkenen Zustand manchmal passierte, sodass es schwer war, damit aufzuhören.

»Jetzt mach mal keinen Stress, mein Schatz«, sagte Päivi zu Orvo. »Das gehört zum Programm. Und du wirst nicht ewig da sitzen.«

Mit schaukelnden Pobacken ging sie in die Küche, und man hörte, wie sie eine Schublade öffnete und darin nach etwas suchte. Piia hingegen zog Slip und BH an, mit gezierten Bewegungen, als wäre sie es gewohnt, beim Anziehen bewundert zu werden. Alles deutete darauf hin, dass der Spaß für sie vorbei war. Für einen kurzen Moment glaubte Orvo, in ihrem Gesichtsausdruck triumphierende Schadenfreude zu erkennen – und vielleicht auch etwas Verächtliches.

»Weh, jetzt geht es klipp und klapp, mit der Scher' die Daumen ab«, sang Päivi vor sich hin, als sie zurückkam, und Orvo erschrak so sehr, wie ein Mensch nur erschrecken kann. Päivi hielt eine Schere mit gelbem Griff in der Hand, die sie unheilvoll in der Luft auf und zu schnappen ließ. Sie ging vor Orvo in die Hocke, und Orvo riss mit aller Gewalt an den Handschellen, aber sie hielten.

»Was soll ich damit denn jetzt abschneiden«, sagte Päivi und legte die Hand mit der Schere auf seinen Penis. Im Nu war Orvo von Übelkeit erregendem Grauen erfüllt, denn schlagartig ging ihm auf, dass die Frauen echte Sadistinnen waren. Er versuchte, sich aus Päivis Griff zu winden und seine empfindlichste Stelle irgendwie zu schützen, aber daraus wurde nichts. Ihm floss der Schweiß herab und brannte in den Augen.

»Jetzt wirst du wohl deinen Beruf verlieren«, sagte Päivi mit ihrer schönen Stimme, aber in ihren Augen lag pure Grausamkeit.

»Verdammt noch mal, nein! Du bringst mich um!«

»Du bist eine ziemlich jämmerliche Hure«, sagte Piia so sachlich, als lehnte sie im Zuge einer Geschäftsverhandlung ein Angebot ab. »Eine jämmerliche und erbärmliche Hure bist du. Und sonst gar nichts.«

Orvo zitterte am ganzen Körper, sein Mund war so trocken, dass er kein Wort herausbrachte.

»Na, vielleicht tu ich's doch nicht«, sagte Päivi und genoss sichtlich das Entsetzen, das sie geweckt hatte. Sie holte die andere Hand hinter dem Rücken hervor, darin hielt sie eine Rolle silbernes Isolierband. Sie schnitt ein zwanzig Zentimeter langes Stück ab – und in dem Moment begriff Orvo, dass sie ihm den Mund zukleben wollte, damit er nicht um Hilfe schreien konnte. Er versuchte es, aber es kam nur ein heiseres Piepsen. Er warf den Kopf nach rechts und links, doch Piia kam und hielt ihn an den Ohren fest, worauf Päivi ihm das Klebeband auf den Mund klatschte, sodass es bis auf beide Wangen reichte.

Er brachte nur noch schwache Laute heraus, und das Atmen durch die Nase war mühsam. Piia hatte sich inzwischen ganz angezogen, und als Päivi ins Bad ging, lachte sie wieder, als wüsste sie schon, was nun kommen würde. Es war ein lautes Lachen, und steigerte Orvos Entsetzen noch mehr. Plötzlich dachte er an Neea und daran, was für eine Schutzlosigkeit und was für ein Grauen sie empfunden haben musste, als sie in den Klauen der Dreckskerle gewesen war. Sobald die Frauen ihn freiließen, würde er zu Neea rennen und sie trösten.

Päivi machte sich, den Geräuschen nach zu schließen, an einem Schrank zu schaffen und kam gleich wieder zurück. Jetzt hatte sie eine große Flasche Kölnisch Wasser in der einen und einen großen Wattebausch in der anderen Hand.

»Das hier nennt man Päivis feurige Behandlung«, sagte sie und fing nun auch an zu lachen. Sie lachten zusammen, und obschon sie vornehme und sogar hoch qualifizierte Menschen waren, klangen ihre Stimmen in Orvos Ohren wie das dreckige Gelächter von betrunkenen Frauen, die nachts in den Park pinkelten.

Päivi schraubte die Flasche auf, und der starke, herbe Geruch von Kölnisch Wasser entströmte. Die Frau befeuchtete die Watte so gründlich, dass es auf ihre Füße tropfte, und ging dann auf Orvo zu.

»Guck mal hier, Wichtelmännchen«, sang sie, als sie ihr Lachen abgestellt hatte, und Orvo versuchte vergeblich, seinen Unterleib in Sicherheit zu bringen. Päivi stieß seinen Penis zur Seite, packte seine Hoden – und großer Gott! Sie wischte mit der getränkten Watte darüber!

Es brannte wie Feuer. Oder noch schlimmer. Instinktiv versuchte er zu schreien, doch es kam nur ein gedämpftes Wimmern heraus, und er wand sich und strampelte mit den Beinen, zerrte mit den Händen – aber das fürchterliche Brennen wollte nicht aufhören. Ihm lief Schleim aus den Nasenlöchern, aus den Augen flossen Tränen, und durch die Tränen hindurch sah er verschwommen Päivis Bewegungen und begriff, dass auch sie sich anzog.

Dann nahm er durch den Tränenschleier wahr, wie beide Frauen auf ihn zukamen, und er bekam Gänsehaut am ganzen Leib. Piia ging in die Hocke, sodass sich ihr Gesicht unmittelbar vor seinem Gesicht befand, und damit sie sein Entsetzen und seinen Schmerz aus nächster Nähe sehen konnte.

»Du bist eine erbärmliche Hure«, sagte sie ruhig, aber eiskalt. Sie meinte, was sie sagte. »Bloß eine Hure.«

»Und außerdem noch schwul«, fügte Päivi hinzu. »Und jetzt bist du nur noch ein Schlappschwanz. Du darfst hier warten. Falls wir dich doch noch für was gebrauchen können.«

»Ciao, ciao«, sagte Piia und stand auf. Orvo konnte mit Mühe erkennen, dass sie beide in den Flur gingen und ihre Jacken von der Garderobe nahmen. Dann hörte er nur noch einen von allen Wänden widerhallenden Knall, als sie die Tür hinter sich zuschlugen.

24

Die Steinkugel

Neea versuchte noch einmal anzurufen, und jetzt war sie schon so verzweifelt, dass ihre zarten Finger zitterten. Orvo hatte sein Handy noch immer nicht eingeschaltet, es meldete sich dieselbe künstlich muntere Roboterstimme mit den gleichen Worten wie zuvor. Neea brach in Tränen aus. Und jetzt war ihr Weinen wieder anders: Es war das Wimmern eines kleinen Mädchens, die Not eines Vogeljungen, das seine Mutter verloren hatte.

Ihre Gedanken kreisten vor allem um zwei Dinge, sofern sich das so klar auseinanderhalten ließ. Erstens um das, was sie in der Zeitung gelesen hatte, nämlich dass in vielen Fällen Männer ihre Frau nach einer Vergewaltigung verließen, weil sie dadurch verdorben und beschmutzt war; und zweitens dachte sie, dass es besonders leicht war, sie zu verlassen, da sie nicht mal eine richtige, vollständige Frau war, sondern ein Krüppel, der zur Hälfte aus Rollstuhl bestand. Und Orvo kannte jede Menge gesunde, tolle Frauen.

Als ihr Weinen so weit nachließ, dass sie den Kopf heben konnte, tat sie wieder dasselbe wie vor ihren vergeblichen Anrufen: Mit heftigen Stößen aus den Handgelenken fuhr sie ziellos in der Wohnung umher und ließ die Füße dabei gegen Türrahmen und Möbelstücke prallen, wie um sie dafür zu züchtigen, dass sie so armselig und nutzlos waren. Normalerweise hütete sie sich davor, irgendwo anzustoßen, denn da sie ihre Beine die Hälfte ihres Lebens nicht benutzt hatte, hatte sich Osteoporose in die Knochen gefressen, weshalb sie leicht brachen.

Schließlich blieb sie stehen und versuchte erneut anzurufen – wieder nur die maschinelle Stimme, und wieder brach Neea in Tränen aus, kniff die Augen zusammen, drückte die geballten Fäuste an die Brust und wiegte ihren Oberkörper hin und her. Sie konnte sich vorstellen, wie gut es getan hätte, jetzt Orvo im Arm zu halten, seinen Kopf an ihre Brust zu drücken. Sie würde seine flaumigen Haare streicheln und das linke Ohr, das er mit den Haaren zu verbergen versuchte, da es nämlich leicht abstand, aber genau deswegen war es ja so rührend. Auch das Licht schien so schön durch.

Von da aus jagten ihre Gedanken weiter. Sie spürte nahezu, wie es wäre, das gemeinsame Kind auf dem Schoß zu halten, klein und weich und säuselnd, und wie es wäre, dem Säugling die Brust zu geben. Dann dürfte sie die Erfahrung machen, Mutter und ganz Frau zu sein wie alle anderen Frauen.

Mit ruckartigen Bewegungen rollte sie zur Schlafzimmertür und starrte mit vor Tränen blinden Augen vor sich hin. In ihr schwelte der vernichtende Gedanke, dass man ihr das Leben gestohlen hatte. Zuerst durch die Behinderung, und nun ein zweites Mal, indem ihr zuerst Hoffnung auf etwas Neues und Besseres gemacht und gleich darauf wieder geraubt worden war. Und sie spürte, dass es für sie auch keine Rückkehr mehr in das gleichmäßige, aber einsame Leben gab, das sie vor Orvos Erscheinen geführt hatte.

Ihr war außerdem noch eine andere Tatsache schmerzlich bewusst: Es bestand nicht die geringste Chance, dass ein anderer Mann in ihr Leben trat und sich in sie verliebte – in eine Behinderte. Orvos Liebe war echt, das hatte sie mehr als einmal gespürt, er trieb nicht bloß ein Spiel mit ihr. Wenn sie aber jetzt daran dachte, fragte sie sich, ob es trotzdem sein konnte, dass er sie wegen etwas verlassen hatte, für das sie nichts konnte. Gab es so etwas wie die Liebe überhaupt? Über die Sehnsucht nach ihr wurden Lieder und Bücher und Filme gemacht – womöglich gerade deswegen, weil es sie eigentlich nicht gab, sondern weil sie eine von Menschen geschaffene Illusion war?

Es kam ihr vor, als wäre sie auf jede denkbare Weise getötet worden. Und in diesem Moment fand sie keinen einzigen Grund mehr, weiter als menschliches Bruchstück vor sich hin zu vegetieren, zumal man ihr nun auch noch die Seele in Stücke geschlagen hatte.

Als die meisten Tränen aus den Augen gelaufen waren, merkte sie, dass sie auf die kleine Kommode starrte, die ihr als Nachttisch diente. Speziell auf die oberste Schublade. Darin befanden sich all ihre Medikamente. Es waren viele. Und es waren sehr starke darunter.

Im Nu rollte sie rückwärts in die Küche und blieb vor der abgesenkten Spüle stehen. Sie streckte die Hand aus, drückte auf einen Schalter an der Wand und hörte das leise Summen, das ertönte, wenn sich einer der Hängeschränke senkte. Sie machte ihn auf. Dort stand sie noch, ungeöffnet, natürlich, die Flasche Bananenlikör, die Koko ihr vor zwei Jahren mitgebracht hatte. Auch so eine Dummheit von Koko, denn sie hätte ja wissen müssen, dass Neea wegen ihrer Medikation keinen Alkohol trinken durfte, und auch deshalb nicht, weil sie im betrunkenen Zustand ihren Rollstuhl nicht beherrschte, geschweige denn, dass sie es alleine herausgeschafft hätte.

Sie nahm die Flasche und legte sie sich in den Schoß. Auf der Spüle stand ein Glas bereit, und das legte sie neben die Flasche. Dann rollte sie zu ihrem Schreibtisch, blickte kurz über ihn hinweg auf die blinkenden Guppys im Aquarium, und richtete den Blick dann auf die durchscheinende Marmorkugel. Die hatte sie als Kind von ihrer Mutter bekommen, sie war immer ein Symbol der Hoffnung für sie gewesen.

Sie nahm die Kugel in die Hand und umklammerte sie fest.

25

Ein Todesfall

Harjunpää hatte viele Nächte schlecht geschlafen, er hatte sich hin und her gewälzt, war immer wieder aufgewacht und in die Küche gegangen, wo er dann herumsaß. Auch wenn er zu Elisa gesagt hatte, er sei »die ganze verdammte Scheiße« leid, so war das doch nicht die ganze Wahrheit. Alle Reformen und Kommissionen dieser Welt waren eigentlich nur Ersatzobjekte – in Wahrheit belasteten ihn die ungeklärten Fälle: die Morde an Viola und Malla. Und das war auch kein Wunder, denn inzwischen war außergewöhnlich viel Zeit vergangen, und sie hatten noch immer keine anständige Spur, geschweige denn einen Verdächtigen.

Da er nun den Wagen durch den stockenden Verkehr nach Eira lenkte, überkam ihn das seltene Bedürfnis, an jemandem seinen Zorn auszulassen, mit jemandem zu streiten, aber neben ihm saß Pekka, und der war so durch und durch sympathisch, dass Harjunpää gar nicht erst auf die Idee gekommen wäre, ihn schief anzureden. Außerdem wusste er, wie es ausgehen würde: Der kluge Pekka bliebe einfach stumm, das Grinsen in seinen Augen würde lediglich intensiver werden, und nach einer Weile würde er schlichtweg anfangen, über etwas anderes zu reden, als wäre nichts gewesen, zum Beispiel darüber, dass man in Pohjanmaa bei der alljährlichen Zählung aus der Luft einen weißen Elch entdeckt habe.

»Die nächste links«, sagte Pekka. Er kannte sich in Helsinki überraschend gut aus, obwohl er irgendwo aus Ostfinnland stammte. »Oder doch nicht. Linksabbiegen verboten.«

»Das gilt nicht für Königssöhne«, brummte Harjunpää. Der Satz war legendär, seit der Fahrer eines Streifenwagens beschlossen hatte, auf der verkehrsreichen Hämeentie um hundertachtzig Grad zu wenden. Sein Partner hatte gesagt, es sei verboten, aber der Fahrer hatte nur gemeint: »Das gilt nicht für Königssöhne.« In dem Moment wurden sie von einer Straßenbahn gerammt, und die Feuerwehr hatte die Königssöhne aus dem Schrotthaufen herausschneiden müssen.

Jetzt kam keine Straßenbahn, und sie kamen sicher in die schmale Raatimiehenkatu.

»Dann gleich rechts.«

»Ich kapier das nicht. Wir sind die reinste Frauenleichenkommission geworden«, brummte Harjunpää weiter. »Die zwei vorigen hätten meiner Meinung nach gereicht.«

»Hurskainen von den Todesfällen ist in Urlaub, und sein Kollege Määttä hat einen Doppelfall. Und die Kollegen, die heute für die Fallannahme zuständig sind, mussten mit dem Boot raus und nach einem Ertrunkenen angeln. So ist das nun mal. Und angeblich sieht es bei der neuen Toten ja auch nicht nach einem Verbrechen aus.«

»Was hat die Streife denn gesagt?«

»Dass alles stark auf Selbstmord hindeutet. Der Notarzt war der gleichen Meinung. Mit Wiederbelebung haben sie es gar nicht erst versucht, weil sie schon starr war. Sie tippen auf den späten Abend.«

»Da steht der Streifenwagen«, stellte Harjunpää fest. »Und dort drüben der Krankenwagen. Es muss die erste Einfahrt hier sein.«

Er fuhr ohne Umstände auf den Bürgersteig und ließ den Wagen dort stehen – für Fußgänger blieb noch genügend Platz, außerdem würde es nicht lange dauern. Der nahe gelegene Brunnenpark verströmte seinen üppigen Duft, und etwas weiter weg krakeelten die Möwen. Pekka schnappte sich die Einsatztasche, und Harjunpää klappte die Sonnenblende mit dem Polizei-Zeichen herunter.

Schweigend betraten sie die Hofeinfahrt und glaubten, schon am Ziel zu sein, denn auf der Rampe, die offenbar in eine Tiefgarage führte, kauerte eine irgendwie zu gut angezogene, weinende Frau, die von zwei Sanitätern beruhigt wurde. Einer von ihnen machte eine Kopfbewegung in Richtung Hof, worauf Harjunpää und Pekka weitergingen. Einer der beiden Polizisten aus dem Streifenwagen empfing sie.

»Hallo.«

»Es geht in den Durchgang da drüben. Dort ist der Eingang.«

»Hinweise auf Angehörige?«

»Der Vater ist da. Er hat sie auch gefunden. Beziehungsweise seine Frau; die da vorne so heult. Die beiden haben immer angerufen, praktisch zur Kontrolle, weil sie behindert war. Und dann hat sie sich nicht gemeldet.«

»Inwiefern behindert? Geistig?«

»Nein. Gelähmt. Saß im Rollstuhl.«

In der Mitte des Durchgangs zum hinteren Hof befand sich eine einzige Tür, und die stand sperrangelweit offen. Der andere Polizist stand davor und unterhielt sich leise mit einem Mann im eleganten Anzug.

»Kommissar Harjunpää und Polizeimeister Gojanoff.«

»Erkki Sainio«, sagte der Mann und verneigte sich leicht. In seiner Erscheinung und seiner Stimme lag etwas, woraus man schließen konnte, dass er auf seinem Gebiet durchaus ein sehr bedeutender Mann sein konnte. Unter der kontrollierten Oberfläche steckte allerdings noch etwas anderes, man sah es vor allem an den Augen: tiefe, untröstliche Trauer. Und auch wenn Harjunpää sicherlich schon Tausenden Hinterbliebenen begegnet war, fiel ihm nicht sofort ein, wann er zuletzt im Blick eines Menschen einen so schweren Kummer gesehen hatte.

»Meine Tochter«, sagte Sainio. »Mein einziges Kind. Seit einem Reitunfall war sie an den Rollstuhl gefesselt. Aber sie war begabt. Ernährte sich selbst mit Übersetzungen und studierte. Ihre Magisterarbeit ist noch nicht fertig.«

»Wenn Sie so freundlich wären und noch einen Moment hier warten«, sagte Harjunpää. »Ich sehe nach ihr und werde dann ein paar Fragen an Sie stellen.«

»Harjunpää, he«, sagte der Polizist und gab ihm den Bericht des Notarztes und die Krankenversicherungskarte. »Einen Abschiedsbrief haben wir nicht gefunden.«

»Danke«, sagte Harjunpää und warf einen Blick auf die Karte. Neea Sainio war als Name angegeben.

Harjunpää ging hinein, gefolgt von Pekka. In der Wohnung herrschte ein angenehmer Duft, ein bisschen wie im Wald. Die Tote war so frisch, dass sie noch nichts ausströmte. Harjunpää blieb stehen und ließ langsam den Blick schweifen. Der Gesamteindruck war sauber und ordentlich. Die Möbel schienen Sonderanfertigungen für Behinderte zu sein. An der Wand tickte eine Uhr.

Das einzig Alarmierende war das Aquarium. Dessen vordere Scheibe war oben gebrochen, als wäre ein Stück herausgeschnitten worden, und es wirkte wie ein Wunder, dass die Scheibe unter dem Wasserdruck nicht ganz zerborsten war. Allerdings war das Wasser auf den Fußboden gelaufen, vielleicht zwei Eimervoll, und es lagen herausgerissene Pflanzen und zig tote, kleine bunte Fische herum.

»Guppys«, flüsterte Pekka. »Und sieh mal, die Kugel im Aquarium.«

Harjunpää ging vorsichtig näher heran, wobei er es vermied, auf die Fische zu treten. Im Aquarium lag tatsächlich ein Gegenstand, der nicht hineingehörte: eine vielleicht faustgroße, weiß schimmernde Steinkugel. Es war nicht schwer zu kombinieren, dass sie ursprünglich auf dem Schreibtisch gelegen hatte, wo noch ein Ring aus dem gleichen Stein zu sehen war. Vielleicht hatte die junge Frau in ihrem Schmerz oder ihrer Verzweiflung die Kugel kurz vor ihrem Tod gegen das Aquarium geschleudert.

Sie gingen ins Schlafzimmer. Neben dem Bett stand ein graziler, leichter Rollstuhl mit verblüffend schönen, goldgelben Greifreifen. Die Tote lag mit dem Rücken auf dem Bett, offenbar in Tageskleidung. Die Shorts waren kurz und weiß, das T-Shirt ebenso rein leuchtend. Der Körper war der einer sehr schönen jungen Frau mit langem, zartem Hals, und auch wenn Tote im Allgemeinen keinen Gesichtsausdruck haben, so wirkte das Gesicht dieser Neea ganz entspannt, als wäre sie einfach nur eingeschlafen. Da alles Blut aus dem Gesicht gewichen war, schimmerte es fast engelhaft weiß. Die unfassbar dunklen Haare bildeten dazu einen kräftigen Rahmen.

»Die Ärmste«, meinte Pekka, er hauchte es fast nur, und auch wenn es nur zwei Worte waren, kamen sie Harjunpää vor wie das schönste Gebet, das er je an einem Totenbett gehört hatte.

»Rede doch mal mit ihrem Vater«, sagte er beinahe genauso leise. »Frag ihn nach der Steinkugel. Und vor allem nach dem Hämatom am Augenwinkel. Das ist zwar nicht mehr ganz frisch, aber irgendetwas muss ihr in letzter Zeit zugestoßen sein.«

»Schon passiert.«

»Mach dir ein Bild von den Hintergründen. Und frag ihn, ob wir uns ihren Computer anschauen dürfen, falls wir reinkommen.«

Harjunpää führte die normalen Routinemaßnahmen durch: tastete nach der Starre, wo sie bereits eingesetzt hatte und wie stark, drückte mit dem Daumen auf die Flecken und stellte fest, dass sie noch gut heller wurden. Er blickte auf den Rücken der Toten und tastete schließlich den ganzen Schädel ab, doch die herrlichen Haare verbargen keinerlei Verletzung.

Auf dem Nachttisch stand ein Glas, das noch einen Rest Flüssigkeit enthielt, offenbar Bananenlikör aus der Flasche daneben, und in dem Flüssigkeitsrest war ein weißer Bodensatz zu erkennen. Harjunpää zählte insgesamt zwölf ausgedrückte Medikamentenstreifen, alles ziemlich harter Stoff: Panacod, Imovane, Sirdalud, Insomin. Mit ihrer Hilfe war die junge Frau mit dem Engelsgesicht entschwebt, weg von ihren Sorgen. Harjunpää strich ihr eine Haarsträhne aus der Stirn und ließ seine Hand einen Moment liegen.

»Schlaf gut, Kleine«, flüsterte er. »Und flieg weit nach oben.«

Die Streife war bereits weg, sie hatte ihren Part erledigt, Pekka hielt sein Notizbuch in der Hand und unterhielt sich mit Neea

Sainios Vater. Falls Harjunpää es richtig verstand, erzählte der Vater gerade etwas von einer Misshandlung, die vor ein paar Tagen stattgefunden hatte. Jemand kam vom vorderen Hof in den Durchgang, und Harjunpää zog die Tür so weit zu, dass man nicht in die Wohnung sehen konnte. In dem halb dunklen Durchgang erkannte er den Ankömmling nicht sofort, aber als der Mann näher herankam, waren sämtliche Polizeiinstinkte schlagartig hellwach. Es war der Mann, den sie verhaftet hatten, Orvo Sipponen, Krankenpfleger und Masseur. Sofort produzierte Harjunpääs Verstand unterschiedliche Annahmen, Berechnungen und Kombinationen, doch zumindest auf Anhieb kam er zu keinem Schluss und war einfach nur verblüfft.

»Guten Tag«, sagte Orvo Sipponen mit matter Stimme und offenbar hauptsächlich zu Neeas Vater hin. Zwar erkannte er Harjunpää eindeutig, zuckte deswegen aber kein bisschen zusammen. Neeas Vater wirkte irritiert und zögerte sichtlich, aber dann ging er auf Orvo zu und legte ihm kameradschaftlich die schwere Hand auf die Schulter.

»Neea ist tot«, sagte er leise und senkte den Kopf. Harjunpää erkannte deutlich, wie dem Vater Tränen in die Augen traten, und wie sie kurz darauf dunkle Flecken auf dem Asphalt bildeten.

Orvo sagte nichts. Sein Gesichtsausdruck aber verriet tiefste Erschütterung. Dann fingen seine Lippen an zu zittern, als kämpften sie gegen das Weinen an, aber vergebens: Auch ihm liefen die Tränen über die Wangen. Der Mann hatte, bereits als er kam, ausgesehen, als hätte er nicht geschlafen, aber dafür umso mehr gelitten. Bei dieser schrecklichen Nachricht nun geriet er ins Schwanken, sodass Neeas Vater ihn stützen musste.

»Neea ist meine Freundin«, brachte Orvo zwischen dem Schluchzen heraus, diesmal an Harjunpää gerichtet. »Und wir wollten…«

»Darüber können wir später reden, Orvo«, sagte Neeas Vater. »Darüber reden wir später.«

26

Die Erkenntnis

Trauer und Schuld gingen in erstaunlicher Weise Hand in Hand, sie gehörten eng zusammen, sie waren wie eine bleischwere Geschwulst, die Orvos Seele und Körper erfüllte.

Er irrte durch die Innenstadt, ohne recht zu wissen, wo er war oder wohin er ging, er war bloß ein Teil des endlosen Menschenstroms, stieß immer wieder mit jemandem zusammen, weil er auf den Asphalt starrte. Der Autolärm war der gleiche wie immer, aber zeitweise hörte er ihn nicht, und dann musste er stehen bleiben und sich umsehen. Wenn er den Verkehr sah, hörte er auch wieder den Lärm.

Am schwersten und unfassbarsten lastete auf ihm das Bewusstsein, dass Neea nicht mehr da war. Dass die fröhliche junge Frau mit den schönen Haaren und dem schmalen Hals tot war, dass es seine erste und wahrscheinlich einzige Liebe nicht mehr gab.

Dem Gedankenbogen folgten stets Schuldgefühle. Es war, als drehten sich in seinem Inneren dicke Mühlsteine, solche, wie sie auf dem Land im Nachbarhof lagen, und zwischen diesen Steinen wurden seine Seele und sein Geist zermalmt.

Die Schuld keimte in dem Gefühl, dass im Grunde er es

war, der Neea, seine Liebste, umgebracht hatte. Und wenn er sie auch nicht direkt getötet hatte, dann hatte er ihren Tod doch verursacht. Denn hätte er sich beherrscht und jene Weiber nicht züchtigen wollen, oder durch sie die Dreckskerle, die Neea Böses getan hatten, hätte er es rechtzeitig zu ihr geschafft, und sie wäre noch am Leben. Er war sicher, sie habe geglaubt, er würde sie wegen der Vergewaltigung verlassen. Auf jeden Fall war er zwei Tage nicht gekommen, obwohl er es versprochen hatte, dabei war es um das Wichtigste in ihrem Leben gegangen: um ihre gemeinsame Zukunft.

Wieder hatte er feuchte Augen, er musste stehen bleiben und so tun, als betrachte er ein Schaufenster. Dort stand eine Schaufensterpuppe mit einem Schläger in der Hand, vielleicht ein Golfschläger, er hatte nicht die Kraft, sich damit zu beschäftigen. Aber je länger er hinstarrte, umso mehr erinnerte ihn das Ding an ein Gewehr.

Wie ein Schlafwandler hob er langsam den Arm – und ja: Er käme an den Abzug heran, wenn er sich den Lauf in den Mund steckte.

Mit schweren Schritten setzte er sich wieder in Bewegung. Die Rothaarige, Päivi, war erst am Vormittag sichtlich verkatert nach Hause gekommen. Sie hatte sich zweifellos geschämt, wenn sie nicht gar entsetzt war über das, was sie ihm mit Piia angetan hatte, denn sie hatte so gut wie kein Wort gesagt und ihm kein einziges Mal in die Augen gesehen. Sie hatte ihm bloß das Klebeband vom Mund gerissen, die Handschellen geöffnet, ihm befohlen, sich anzuziehen und das Maul zu halten. Dann hatte sie ihm ein ziemliches Bündel Scheine in die Hand gedrückt. Und auch wenn er aufgrund seiner Verfassung keinerlei Schadenfreude empfinden konnte, so hatte das Miststück doch auch seinen Teil abbekommen. Sie musste putzen, denn er hatte sich nicht die ganze Nacht beherrschen können, schon gar nicht in der Panik, in der er sich befunden hatte.

Die zweite Möglichkeit bestand darin, dass er in der Nacht zur äußersten Spitze von Katajanokka ging und sich dort ins Meer gleiten ließ. Er hatte einmal etwas über den Tod durch Ertrinken gelesen, und das Entscheidende war, dass es schmerzlos und schnell vor sich ging.

Orvo wusste schlicht und einfach nicht, wo er hinsollte, er dachte auch eigentlich gar nicht darüber nach, denn er hatte nur das Bild vor Augen, wie die Männer vom Bestattungsinstitut Neea abgeholt hatten. Auf einer Bahre, in eine Art Kunststofftuch gewickelt. Aber die eine Hand hatte herausgeragt, und die Männer waren kurz stehen geblieben, damit er die Hand für einen Augenblick halten konnte.

So hatte er sich von Neea verabschiedet. Und wie er nun begriff: nicht nur von seiner Liebsten, sondern zugleich von dem einzigen Menschen, der *ihn* wirklich geliebt hatte. Wieder wurden seine Augen feucht, und er atmete zitternd.

Sein Mund wurde unangenehm trocken, als würde das Klebeband noch nachwirken. Er merkte, dass er sich in der Mannerheimintie befand, am Kaufhaus Sokos, wo es an der Ecke zum Bahnhof hin ein Café gab. Das steuerte er an, nahm ein großes Glas Orangensaft und suchte sich einen freien Tisch. Er trank die Hälfte des Glases in einem Zug aus, worauf er sich ein klein wenig besser fühlte.

Die Luft war von Stimmengewirr erfüllt, und auf Orvo wirkte es geradezu höhnisch, dass die Leute so heiter waren. Sie konnten ja nicht wissen, dass eine junge, an den Rollstuhl gefesselte Frau gestorben war. Seine Liebste. Und auch wenn er mit seinen Gedanken genug zu tun hatte, so hörte er zwangsläufig doch einzelne Gesprächsfetzen.

»… hätte sie sich das wenigstens eine Lehre sein lassen.«

»Darauf kannst du bei der lange warten.«

»Aber wenn sie dann wenigstens abgetrieben hätte.«

»Die wollte doch immer schon ein Kind. Bloß keinen Mann.«

Orvo schluckte mühsam. Er erstarrte vollkommen, auch innerlich. »*Aber wenn sie dann wenigstens abgetrieben hätte.*« Er hatte seit Jahren nicht mehr daran gedacht, es war wie weggewischt gewesen. »*Man hätte ihn abtreiben sollen!*«

Damals war er vielleicht fünfzehn gewesen und hatte eine Dummheit begangen, er konnte sich nicht einmal mehr erinnern, was für eine. Hatte er im Aufzug etwas an die Wand gekritzelt? Jedenfalls war der Hausverwalter zu ihnen gekommen und hatte herumgebrüllt, und Orvo hatte vom Admiral anschließend eine tüchtige Lektion erteilt bekommen. In der Nacht war er aufgewacht, weil seine Mutter und der Admiral sich stritten, und da hatte der Alte gerade gefaucht: »Man hätte ihn abtreiben sollen!«

Orvos Lippen fingen an zu zittern, und plötzlich wurde ihm ganz seltsam kalt. »Aber es ist doch unser Junge. Hättest du dein eigenes Kind einfach so wegmachen lassen?« Das hatte seine Mutter geschrien. Er war wieder eingeschlafen und hatte am nächsten Morgen nicht mehr an den Wortwechsel gedacht – und erst recht nicht daran, was er in Wirklichkeit bedeutete.

Jetzt dachte er daran. Jahre später. Und plötzlich zeigten sich Dutzende von Dingen aus der Vergangenheit in völlig neuem Licht. Warum die Verwandten nie Kontakt mit ihnen aufgenommen und sie nie zu Familienfeiern eingeladen hatten, nicht einmal zu Beerdigungen; sie hatten es aus Verachtung nicht getan. Nur als Kind war er manchmal mit seinen Cousins auf dem Land zusammen gewesen, und wenn es zu einem Streit gekommen war, hatten sie ihn beschimpft: »Opakind, Opakind!« Er hatte das damals nicht verstanden, es war für ihn so gewesen, als hätten sie ihn als Mamakind verspottet.

Und warum die Fotos des Mannes, der sein Vater genannt wurde, aus den Alben entfernt worden waren, ohne dass je ein Wort darüber verloren wurde. Dass er angeblich bei einem Unfall auf einem Schiff ins Wasser gefallen und ums Leben gekommen war. Gesprungen war er! Und auch dass seine Schwester immer so abweisend ihm gegenüber gewesen war, ihn geradezu gemieden hatte. Sie hatte es gewusst! Womöglich hatte sich der Admiral auch an ihr vergriffen, und sie war deshalb so außer sich von zu Hause weggegangen. Großer Gott!

Orvo sprang so abrupt auf, dass sein Saftglas umkippte. Er rannte zwischen den Tischen hindurch und die wenigen Stufen zur Toilette hinauf. Zum Glück war frei. Er riss die Tür auf und sprang vor den Spiegel. Sein eigener Gesichtsausdruck entsetzte ihn – er war schockiert und rasend vor Wut zugleich. Aber dann beruhigte er sich und sah genauer hin. Er hatte oft gedacht, dass er manchmal ein ähnliches Gesicht machte wie der Admiral, es aber für natürlich gehalten, denn ein Kind lernt alles, was zum Leben gehört, von den Erwachsenen. Jetzt begriff er, dass er den Jugendbildern des Admirals wie aus dem Gesicht geschnitten war.

Er hielt sich am Waschbecken fest und kämpfte gegen eine enorme Übelkeit an.

27

Die Ladung

Der Admiral, der Opa, Kapitänleutnant a. D. Otto Voldemar Nurminen, wusste zwar nicht genau woher, aber dass er nicht mehr lange zu leben hatte, dessen war er sich sicher. Es handelte sich nur noch um Wochen, wenn nicht um Tage. Vielleicht ahnte er es, weil ihm auch die einfachsten Verrichtungen innerhalb kürzester Zeit schwer geworden waren, noch schwerer als zuvor, und weil es mittlerweile lange stille Phasen gab, in denen er nichts dachte und eigentlich nicht einmal wahrnahm, dass er existierte. Oder es war einfach so, dass einem sterbenden Menschen eine Art von Erkenntnis vermittelt wurde, dass bald alles vorbei war.

Er saß auf dem Bettrand, die Füße immerhin auf dem Boden. Beim Essen zitterten seine Hände, immer häufiger bat er darum, das Essen aufs Zimmer zu bekommen, damit es die anderen nicht sahen. Aber wenn er seine Waffe berührte, die Pistole, die SIG des Kapitänleutnants, hörte das Zittern wie von selbst auf. Vielleicht kam es daher, dass sie ihm so stark die alten Zeiten in Erinnerung rief, als er voll im Saft stand und Männer kommandiert hatte, als das Leben noch ein echtes Leben war. Die Waffe verlieh ihm ein geradezu mystisches

Stärkegefühl, das Bewusstsein, Herr über Leben und Tod sein zu können, wenn er es nur wollte.

Mit routinierten Bewegungen entfernte er das Magazin aus der Pistole und schob mit dem Daumen eine Patrone nach der anderen aufs Bett; dort glänzten sie wie tödliche Vogeleier. Dann spannte er die Waffe, sodass auch der Magazinkasten sich geleert hätte, wenn etwas darin gewesen wäre. Doch es war nichts darin, das wusste er. Waffe und Magazin waren gut geölt, aber nicht zu sehr. Er legte die Pistole neben seinen Oberschenkel, griff nach dem Magazin und fing an, es erneut zu laden; routiniert rasteten die Patronen ein.

Der Abgang war für den Admiral eine so klare Angelegenheit, dass er sich so gut wie keine Gedanken darüber machte. Außerdem wollte er auch gar nicht mehr leben, denn sein derzeitiges Dasein war kein Leben mehr, sondern reines Dahinsiechen. Die Qual wurde durch seine Tochter mit ihrem Hühnergehirn noch gesteigert, durch dieses bedauernswerte Wesen, das über die Vergangenheit jammerte, und durch ihren gemeinsamen, noch unfähigeren und schändlichen Sohn Orvo.

Und noch etwas war dem Admiral so klar wie der eigene Abgang: Er würde nicht allein aus der Welt scheiden. Die beiden durften ihn begleiten. Zuerst der Junge. Dem würde er in den Bauch oder in die Brust schießen, damit er mitbekam, dass ihn der Tod ereilte, und dass man sich auf Kosten des Admirals keinen Scherz erlaubte. Dann die Tochter – und aufgrund der Sachzwänge er zum Schluss.

Er lud die Waffe durch. Das Geräusch, das dabei entstand, hatte er immer genossen, auch jetzt, vielleicht sogar noch mehr als sonst. Dann versteckte er die Waffe unter seinem Kissen.

28

Pekka

Pekka joggte nach Hause, und obwohl er nur noch wenige Kilometer vor sich hatte, war er noch immer nicht sonderlich außer Atem, so gut war er in Form. Er wirkte überhaupt für das Laufen wie geschaffen: Er war groß und schlank, fast dünn, und seine Extremitäten verfügten über ordentlich Reichweite, speziell die Beine. Er benutzte bevorzugt die Fußballen, weshalb er fast zu schweben schien.

Hauptsächlich dachte er Dinge, die mit zu Hause zu tun hatten, vor allem daran, dass sie sich wegen des neuen Kindes eine größere Wohnung suchen mussten, auch wenn das in Helsinki und Umgebung aussichtslos erschien. Die Mieten waren schwindelerregend, erst recht bei seinem Polizistengehalt, und an eine Eigentumswohnung wollte er sich und seine Familie nicht binden. Ihm war nämlich schon lange klar, dass er sich von den Polizisten in Helsinki zwar ordentlich ausbilden lassen und alles lernen wollte, was zu lernen war, dann aber wieder in die Gegend, aus der er kam, zurückkehren würde, vielleicht nach Pieksämäki oder Varkaus.

Da er noch neu im Gewaltdezernat war, ließ ihm die Arbeit jedoch keine Ruhe und verfolgte ihn manchmal sogar bis in die Träume. Auch jetzt musste er immer wieder an die zwei ermordeten Frauen denken, an Viola und Malla, und daran, dass es richtig klasse wäre, etwas herauszufinden, was die Fälle lösen würde. Aber obwohl er die Datenbanken intensiver durchforstet hatte, als die anderen auch nur ahnten, hatte er nichts gefunden. Absolut nichts. Nur Unmengen von Informationen, die niemand je gebrauchen würde.

Hin und wieder betrübte ihn auch die tote Frau vom Vormittag, das Mädchen mit dem Rollstuhl. Sie war wie ein Engel gewesen. Und auch wenn der Gedanke irgendwie verrückt schien, weil es sich um eine Tote handelte, so war im reglosen Gesicht der jungen Frau seiner Meinung nach eindeutig Lebenswille zu erkennen gewesen. Das war sehr merkwürdig. Vielleicht hatten die wunderbaren Haare den Eindruck erzeugt. Seltsam auch, dass sie ausgerechnet die Freundin des Masseurs gewesen war, dieses Orvo, den sie festgenommen hatten.

Pekka dachte zweihundert Meter lang an diesen Zufall und daran, ob es überhaupt Zufall war, als ihn ein ziemlich eigenartiges Gefühl überkam. Es war, als wäre in ihm ein zweiter Pekka erwacht, der alles verstand und wusste. Er kam an eine Baustelle und blieb so abrupt stehen, dass der Kies unter seinen Füßen knirschte.

»Verdammt«, stieß er aus, und dann wühlte er auch schon in den Taschen seiner Jacke, um sein Handy zu finden. Es steckte in der Innentasche, und er wählte per Kurzwahl Harjunpääs Nummer.

Der Täter war der Freund des Masseurs, der, der ihm das Geld ins Revier gebracht hatte! Besenstiel-Kurre! Ihm war sofort in den Sinn gekommen, dass ihm der Mann irgendwie bekannt vorkam. Er hatte ein Foto von ihm gesehen! In der

Polizeischule waren sie verschiedene Musterfälle durchgegangen, und in einem davon war dieser Kurre als Haupttäter aufgetaucht. Er war irgendwo Wachmann gewesen – Pekka wusste nicht mehr, wo – und hatte mit einem Kumpel zusammen einen somalischen Jungen vergewaltigt, mit einem abgebrochenen Besenstiel. Der Junge wäre fast gestorben, weil sein Darm gerissen war. Besenstiel-Kurre war es gewesen! Und die Methode passte genau zu der verwesten Frau, der die Gebärmutter geplatzt war!

»Melde dich, verdammt!«, ächzte Pekka, obwohl er so gut wie nie fluchte, brach aber schließlich ab und rief stattdessen Onerva an. Dort war besetzt. Piipponen war als dritter an der Reihe, aber noch bevor Pekka dessen Nummer wählen konnte, klingelte sein Handy. Er hoffte schon, es sei Harjunpää, aber auf dem Display erschien der Name seiner Frau.

»Ja«, sagte Pekka aufgeregt. »Jetzt ist es gerade ganz schlecht.«

»Hier auch. Die Fruchtblase ist geplatzt. Ich nehme ein Taxi. Aber ich kann Ninni nicht alleine lassen.«

Pekka biss sich bestürzt auf die Lippe, seine Gedanken rasten und kamen zu dem Schluss, dass ihm alle Leichen dieser Welt nun gleichgültig waren. Eigentlich hatte es mit Besenstiel-Kurre keine Eile, er konnte die Kollegen auch von zu Hause aus anrufen.

»Bring Ninni nach unten zu Lilli Koistinen. Sag ihr, ich bin in einer halben Stunde da.«

»Gut, mach ich.«

»Und nimm kein Taxi. Ruf einen Krankenwagen. Falls die Geburt unterwegs einsetzt.«

»Ja, ja. Ich muss jetzt aufhören.«

»Und mach's gut!«

Pekka rannte wieder los, jetzt noch schneller und leichter, fast wie eine Gazelle. Und nach hundert Metern hatte er sämtliche Besenstiel-Kurres und toten Frauen vergessen.

29

Die Heimkehr

Orvo trottete langsam und mit wackligen Beinen die Luotsikatu hinauf. Ihm war so schlecht, wie er es noch nie erlebt hatte. Sein eigenes Ich erregte seine Übelkeit. Ständig glaubte er, sich übergeben zu müssen, ihm war auch schwindlig, die Straße schwankte vor seinen Augen hin und her. Und pausenlos ging ihm die Tatsache durch den Kopf, dass er eine abartige, nicht erwünschte Missgeburt war, das Produkt eines Inzests, weil das Ungeheuer von Admiral seine eigene Tochter geschwängert hatte.

Er musste an der nächsten Ecke stehen bleiben und sich an einer Hauswand abstützen. Mit absoluter Sicherheit wusste er, dass die Wand aus Stein war, doch er hatte das starke Gefühl, sie wäre aus Eisen; er spürte sogar die kalte rostige Oberfläche. Er legte die Hand auf eine andere Stelle, aber das Gefühl änderte sich nicht, die Wand blieb aus Metall. Nun blickte er auf den Asphalt des Bürgersteigs: Auch der blinkte merkwürdig.

Orvo dachte an seine Mutter, und wieder erhob ein starker Ekel in ihm das Haupt. Sie hatte ihn sein ganzes Leben lang belogen. Und ihn gezwungen, ihrem Vergewaltiger zu dienen wie einem ehrwürdigen Herrn. Sie hatte ihm etwas vorgemacht, indem sie so getan hatte, als fürchtete sie sich vor ihrem Vater, aber wenn er es jetzt aus dem neuen Blickwinkel heraus betrachtete, begriff er, dass die beiden in Wahrheit ein gutes Verhältnis hatten, wie ein altes Paar. Er hatte sie mehrmals dabei überrascht, wie sie sich geradezu mit Wärme unterhielten, und gesehen, wie sie beinahe zärtlich zueinander waren. Und es wunderte ihn nun nicht mehr, dass seine Mutter immer von ihm verlangte, dass er eine SMS schickte, wenn er auf dem Heimweg war.

Orvo stürzte an den Rand des Bürgersteigs und erbrach sich so heftig, dass es in der Brust und im Hals wehtat. Aber es kam nichts mehr heraus, was ihm hätte Erleichterung verschaffen können. Er stützte sich an einem parkenden Auto ab und richtete sich mit Gewalt auf. Ihm war nicht eindeutig klar, wen er mehr hasste, den Admiral oder seine Mutter. Mit Grauen fragte er sich, was er auf Dauer eigentlich tun sollte. Er konnte sich einfach nicht mehr vorstellen, mit den beiden Perversen unter einem Dach zu wohnen. Ihm war schon der Gedanke gekommen, dass Neeas Vater ihn vielleicht als Mieter in Neeas Wohnung aufnehmen würde, aber bei genauerer Überlegung erschien ihm auch das unmöglich. Er könnte nicht an dem Ort leben, an dem es ihm so gut gegangen war, der außerdem so voller Erinnerungen an Neea und ihren Tod und an die fürchterliche Schuld war, die er deswegen empfand.

Eine Entscheidung musste er trotzdem treffen. Wenn nicht der Fall eintrat, dass er sich nicht beherrschen konnte und etwas Unwiderrufliches tat. Wenn er darüber genauer nachdachte, so schien ihm das durchaus möglich, auch wenn die Vorstellung eher zu dem Mann mit der Lederschürze passte als zu ihm.

Als Orvo schließlich vor der Haustür stand, kam sie ihm in der einsetzenden Sommerabenddämmerung ganz und gar fremd und abstoßend vor. Er starrte sie eine Weile an, wurde immer unschlüssiger, aber dann steckte er doch den Schlüssel ins Schloss und drehte ihn. Dabei überkam ihn das schauerliche Gefühl, tatsächlich die Tür zur eisernen Zelle zu öffnen. Blitzlichtartig sah er sogar vor sich, wie der Admiral ihm die Flinte in den Hintern steckte und abdrückte.

Keuchend stand er im Treppenhaus, der Schweiß lief ihm in Rinnsalen den Rücken hinab. Es dauerte, bis er begriff, woher das kam: Ekel und Verachtung hatten unmerklich ihre Gestalt verändert und waren jetzt nichts anderes mehr als blanker Hass. Doch kein übliches Hassgefühl, sondern ein grober Betonklotz, der sein ganzes Inneres einnahm, mit rauen Kanten und mit Eisenstücken, die in alle Richtungen abstanden.

Er biss die Zähne zusammen, ballte die Fäuste und ging weiter. Er betrat nicht den Fahrstuhl, auch nicht die Treppe nach oben, sondern die Kellertreppe. In einem der oberen Stockwerke ging eine Tür, und jemand machte sich träge auf den Weg nach unten, aber Orvo ließ sich davon nicht stören, sondern öffnete, ohne zu zögern, die Kellertür, schloss sie lautlos hinter sich und knipste das Licht an.

Es roch nach alten Backsteinwänden und nach dem unlackierten Holz der Verschläge. Außerdem schien irgendwo eine Flasche mit gärendem Beerenwein geplatzt zu sein. Orvo ging unverzüglich zu dem Abteil, das zu ihrer Wohnung gehörte, sperrte das alte Vorhängeschloss auf, und schon hatte er die Skier und Schläger vor sich, auch die Tüten aus dickem Papier, die alte Kleider des Admirals und der Mutter enthielten.

Das leichte Zittern seiner Hände – eigentlich seines ganzen Körpers – hörte so abrupt auf, als wäre ein Streichholz durchgebrochen, und er griff gezielt nach der Munitionspackung mit den schwersten Schrotkugeln. Sein Mund war ein wütend entschlossener Strich, als er die Schrotpatronen packte und in die Hosentasche stopfte, und anschließend einige zusätzlich in die Tasche seiner Jacke.

Sein Herz hämmerte. Er spürte es stärker als vielleicht je zuvor, aber er war nicht unsicher und er hatte auch keine Angst, sondern war zu seinem eigenen Erstaunen von fester Entschlossenheit erfüllt. Und trotz des Mannes aus der eisernen Zelle fühlte Orvo, dass er die beiden nicht um jeden Preis richten wollte, denn seine Hände waren die eines Heilers, nicht die eines Killers. Es war ihm jedoch zugleich vollkommen klar, dass er die beiden in die Enge treiben und zum Sprechen bringen würde.

Er warf die leere Packung auf den Boden, griff nach der Gewehrhülle und machte sie auf. Die Waffe fühlte sich kalt und gewaltig in den Händen an. Er ließ sie aufschnappen, nahm zwei Patronen aus der Tasche und schob eine in jeden Lauf. Als er das Gewehr zuklappte, sah er förmlich die Funken und den Rauch aus den Läufen kommen, wenn er abdrücken würde. Irgendwann in seiner Jugend hatte er damit probehalber schießen dürfen, allerdings hatte ihm der Admiral aus Boshaftigkeit keinerlei Ratschläge gegeben, weshalb ihm der Rückstoß einen schweren Schlag versetzt hatte. Inzwischen wusste er, dass er die Waffe fest gegen die Schulter drücken musste.

Fast unmerklich hatte seine Erregung so sehr zugenommen, dass er nicht mehr die Geduld aufbrachte, die Tür des Kellerabteils zu schließen, sondern sich, ohne sich umzudrehen, auf den Rückweg machte, die Schrotflinte fest im Griff. Im Treppenhaus lauschte er kurz, aber es war niemand unterwegs, und er eilte die Treppe hinauf; seine Beine verschlangen die Stufen nur so.

Erst da flammte es in seinem Inneren so richtig auf: Die ganze Schikane, die ewige Anscheißerei kamen gerade daher, dass er der Sohn des Admirals war, sein eigener Sohn, so schändlich geboren. Er war die größte Schande im Leben des Admirals, weshalb dieser sich an ihm mit den schlimmsten Gemeinheiten rächen wollte.

Keuchend erreichte Orvo die Etage, in der er wohnte. Wieder nahm er den Schlüssel zur Hand, horchte aber kurz, bevor er aufsperrte. Der Fernseher lief, man konnte nicht hören, was die beiden Scheusale redeten. Sie waren aber zu Hause, wo auch sonst. Rasch öffnete er die Tür, ohne sein Kommen irgendwie zu vertuschen, und auch wenn er den Geruch in der eigenen Wohnung normalerweise nie wahrnahm, so fiel er ihm jetzt umso stärker auf: Er war widerlich und erregte Übelkeit.

Im Zimmer des Admirals brannte Licht. Orvo hörte ihn husten und sich räuspern, und das Bett knarrte, als richtete sich der Alte auf, weil er die Wohnungstür auf- und zugehen gehört hatte. Orvo hob die Waffe, drückte sie gegen die Schulter, legte den Finger auf den Abzug und marschierte ins Zimmer des Admirals.

»Verdammte Scheiße«, entfuhr es ihm, denn der Admiral saß tatsächlich auf dem Bettrand, er hatte beide Arme zur Tür hin ausgestreckt und hielt die Pistole in den Händen. Kaum hatte Orvo das realisiert, drückte der Admiral auch schon ab. Das Geräusch, das dabei entstand, klang für Orvo nicht nach einem einzelnen Knall, sondern nach einer Front, die auf ihn zurollte, und gleichzeitig spürte er einen heftigen Schlag in der linken Hüftgegend und gleich darauf einen brennenden, bis ins Mark schneidenden Schmerz.

Orvo drückte beide Abzüge gleichzeitig.

Ein gewaltiger Donnerschlag ertönte, wie das Brüllen einer Riesenbestie, auch der Rückstoß war enorm, aber der dadurch ausgelöste Schmerz verblasste neben allem anderen. Orvo sah, dass er den Admiral getroffen hatte. Der Alte wurde wie ein nasser Lappen gegen die Wand geschleudert, doch dann wandte Orvo den Blick ab. Seine Mutter schrie wie wahnsinnig und kam bereits mit stampfenden Schritten angerannt. Schnell entfernte Orvo die Hülsen, steckte neue in die Läufe und richtete die Waffe auf das Ende des Gangs.

Seine Mutter blieb so abrupt stehen, als wäre sie gegen eine Glasscheibe gestoßen.

»Fahr zur Hölle, du verdammte Hure!«, schrie Orvo sie an, schoss aber nicht, weil er es einfach nicht konnte. Vielleicht weil sie nicht versuchte, ihn zu töten, wie es der General getan hatte. Stattdessen stürzte sie zur Wohnungstür hinaus, und erst da begriff Orvo, dass er nicht schwer getroffen worden sein konnte, da er trotz der Schmerzen fähig war, sich zu bewegen. Allerdings blutete er, jedoch nicht sonderlich stark, er merkte es vor allem an dem Warmen, Feuchten, das an seinem Bein herablief.

Er war außer sich, er war voller Entsetzen, als er die Treppe hinunterhumpelte. Erst ein Stockwerk tiefer schaffte er es, stehen zu bleiben, den Gürtel von der Hose zu reißen und die Schmerzstelle abzubinden, sodass die Blutung aufhörte. Außerdem zog er die Jacke aus und deckte damit das Gewehr ab.

»Zu Kurres Box!«, hallte es jetzt in seinem Innern ständig

wider, denn er wusste schlicht und einfach nicht, wo er sonst hätte hingehen sollen. Kaum war er auf der Straße, zog er das Handy aus der Tasche. Sosehr er auch aus der Fassung war oder vielleicht gerade deswegen, flammte es in ihm sofort wieder auf, als er das Handy sah.

Mehrmals hatten die Polizisten ihn unter Druck gesetzt und gefragt, ob er ein zweites Handy habe. Und an einer Stelle war der Polizistin herausgerutscht, eine der toten Frauen habe in einem Labor gearbeitet. Das Handy, von dem Kurre behauptet hatte, es sei das alte seines Sohnes, war voller Namen und Nummern von Arzneimittelfirmen gewesen.

»Verdammte Scheiße!«

30

Ein hässlicher Einsatz

Vor ihnen bretterte der weiße VW-Transporter mit den Kollegen des Gewaltdezernats, die für die Fallannahme zuständig waren. Das blaue Licht flackerte in alle Richtungen, und die Sirene heulte ohrenbetäubend.

Harjunpää fuhr, Onerva saß neben ihm. Nur sie beide hatten noch Überstunden gemacht, und als sie über Funk von der Schießerei in Katajanokka erfahren hatten, waren sie sofort mit den Leuten von der Schicht losgestürmt. Hinter ihnen wiederum flackerte und heulte ein schweres Löschfahrzeug der Feuerwehr, zeitweise kam es fast zu dicht an sie heran, aber Harjunpää wusste, dass die Fahrer dieser Autos alles andere als Anfänger waren. Auch auf dem Dach ihres Pkw blinkte ein Blaulicht, doch Onerva hatte das Martinshorn nicht eingeschaltet. Es war genug Geheul in der Luft.

Die Uspenski-Kathedrale huschte vorbei, bis in die Vyökatu war es nicht mehr weit.

Aus irgendeinem Grund setzte der Funk zwischenzeitlich aus, aber Teile der Durchsagen konnte man gut verstehen.

»… wahrscheinlich noch im Haus. Aber zieht den Blockadering trotzdem noch ein Stück auseinander.«

»… Mutter steht unter Schock. Und der Bursche mit der Flinte hat auch einiges abgekriegt. Im Flur sind derartige Spritzer, dass…«

»Scheint ein ziemliches Tohuwabohu zu sein«, sagte Onerva nachdenklich.

Die Kollegen von der Fallannahme bogen in die Satamkatu ein und fuhren gleich darauf die Luotsikatu hinauf, aber Harjunpää folgte ihnen nicht weiter, sondern fuhr geradeaus die Kruunuvuorenkatu entlang. Er dachte, dass er zum zweiten Mal innerhalb kurzer Zeit durch dieselbe Gegend fuhr, und dass das erste Mal vielleicht ein Omen gewesen war.

An der nächsten Querstraße blockierte ein Polizeifahrzeug mit Blaulicht die Durchfahrt, aber der Fahrer setzte ein Stück zurück, sobald er das Blaulicht auf dem Dach von Harjunpääs und Onervas Wagen sah. Sie rasten vorbei, das Löschfahrzeug weiterhin dicht auf den Fersen, und vor ihnen wurden die flammenden Lichter immer mehr. Auf den ersten Blick sah es aus, als wäre das ganze Präsidium versammelt, auch wenn einige Krankenwagen darunter waren. Die Situation stellte sich allerdings auch ungewöhnlich hässlich dar: Schießerei mitten in Helsinki, zwei Waffen, einer der Schützen tot. Der andere hielt sich irgendwo mit seinem Gewehr versteckt.

Schließlich erreichten sie die ultimative Sperre. Wieder blockierte ein Polizeifahrzeug die Straße, außerdem war ein blau-weißes Band zwischen den geparkten Autos gespannt. Einige Polizisten standen da, einer von ihnen schien der Einsatzleiter zu sein, und etwas weiter weg sah man Männer des SEK »Bär« in Stellung, ausgerüstet mit Helmen und Splitterschutzwesten, die Maschinenpistolen fest im Anschlag. An der Ecke Katajanokkakatu reckten ein paar Schaulustige die Hälse.

Harjunpää konnte den Wagen quer auf die Seite stellen, sodass das Löschfahrzeug notfalls vorbeigepasst hätte, doch vorerst begnügte es sich damit, hinter ihnen anzuhalten. Sie stiegen aus, zogen die Polizeiwesten über und gingen zu den Kollegen.

»'N Abend«, sagte Niiranen, der Einsatzleiter, und auch wenn er sonst ein ruhiger Mensch war, so wirkte er nun doch etwas nervös. »Ziemliche Scheiße. Weil wir nicht wissen, wo er steckt.«

»Wer ist der Tote?«

»Der Großvater des Schützen. Der Bauch ist angeblich ein einziges Loch. Die Mutter konnte fliehen, die ist da drüben im Krankenwagen.«

»Über Funk haben wir gehört, dass der andere auch getroffen worden ist.«

»So behauptet es die Mutter. Und die Blutspuren lassen es vermuten. Übernehmt ihr das?«

»Nein. Die Diensthabenden sind drüben auf der anderen Seite. Aber der Kerl ist in einem anderen Fall schon mal bei uns gewesen.«

»Dann geht ein bisschen weiter zurück. Weil wir nicht genau wissen, ob es gleich noch mal losgeht.«

»Okay. Aber Onerva hat einen guten Draht zu dem Kerl. Falls es zu einer Verhandlungssituation kommen sollte.«

Sie zogen sich zurück, bis hinter das große Löschfahrzeug. Einer der Feuerwehrmänner war ausgestiegen, um eine zu rauchen.

»Wieso hat es im Kopf von diesem Orvo ausgesetzt?«, fragte sich Onerva mit ehrlicher Verwunderung. »Obwohl er unter Verdacht stand, machte er einen klugen und direkt sympathischen Eindruck.«

»Trotz der vielen Jahre kennt man die Menschen noch immer nicht. Vielleicht hat ihn der Tod seiner Freundin aus der Bahn geworfen. Man konnte sehen, wie schwer ihn das getroffen hat.«

»... und die dritte Etage ist sauber«, kam es aus Onervas Funkgerät. Offenbar wurde das Haus systematisch durchkämmt, Wohnung für Wohnung, da Orvo möglicherweise in eine Nachbarwohnung eingedrungen war und jemanden als Geisel hielt.

»... aber im Keller brennt Licht. Und ein Abteil steht offen. Schrotpatronen. Eine Packung leer. Munition scheint er demnach genug zu haben.«

»Einsatzleitung hat verstanden. Wie sieht es mit dem Dachboden aus?«

»Wir haben gerade erst von einem Hausbewohner den Schlüssel gekriegt und gehen jetzt rein. Wir sagen gleich Bescheid.«

Vom Stadtzentrum her hörte man weitere Martinshörner näher kommen.

Onerva ging auf der Straße hin und her.

»Timo«, rief sie wenig später und deutete auf den Asphalt. »Was sagst du dazu?«

Harjunpää eilte zu ihr, zog den Stift mit der Lampe heraus und bückte sich.

»Ja, scheint Blut zu sein. Aber jemand ist draufgetreten, weshalb es so platt ist.«

Er achtete darauf, den Fleck nicht anzufassen, denn er trug keine Schutzhandschuhe, angelte jedoch aus der Innentasche seiner Jacke ein winziges Blechdöschen, entnahm ihm einen Kreidestummel und malte einen Kreis um den Fleck.

»Lass uns mal da vorne schauen«, sagte Onerva, und sie

gingen langsam, den Blick auf die Straße gerichtet, auf die Kruunuvuorenkatu zu.

»Da«, sagte Harjunpää nach zwanzig Metern.

»Das ist eindeutig Blut. Und weil man den Tropfen noch gut erkennen kann, kann es nicht von weit oben heruntergefallen sein. Der Kerl muss in diese Richtung weitergegangen sein.«

»Vielleicht ist es aus der Hose herausgelaufen.«

»Kann gut sein. Fragst du mal, ob auch eine Hundepatrouille unterwegs ist oder ob einer von den SEK-Leuten mit uns kommt.«

Onerva hob das Funkgerät, aber der Funkverkehr war wegen der gespannten Lage so dicht, dass sie lange warten musste, und als sie ihre Anfrage endlich loswurde, erhielt sie eine negative Antwort: Es war nur ein Hund vor Ort. Und der hatte gerade an einer Wohnung im Erdgeschoss angeschlagen. Das SEK war in Stellung. Jeden Moment konnte etwas passieren.

»Verstanden.«

»Aber schaut nach, wohin die Spuren führen. Und ruft Hilfe, falls es die Situation erfordert. Seid vorsichtig.«

»Ich glaube, wir wissen schon, wie man das macht«, sagte Onerva leicht säuerlich, aber sie begriffen beide, dass die Lage jetzt vielleicht kritisch wurde. Und auch wenn sie den Spuren folgten, durften sie nicht einfach so in die Höhle des Löwen eindringen.

»Gehen wir«, sagte Harjunpää, und sie gingen in Richtung Satamakatu weiter. Sie fanden immer mehr Blutspuren. An der Stelle, wo Eulen aus Stein die Hauswand zierten, blieb Harjunpää stehen und sah Onerva in die Augen; er hätte nichts zu sagen brauchen, denn sie hatte die gleiche Beobachtung gemacht wie er. Trotzdem stellte er fest: »Die Tropfen kommen in immer geringerem Abstand. Und sie sind größer als am Anfang.«

»Ich dachte auch schon, dass er immer stärker blutet.«

»Genau. Und wenn er sich irgendwo versteckt, kann es sein, dass er den Löffel abgibt. Bei Schusswunden weiß man nie. Die bluten mehr nach innen als nach außen.«

Sie beschleunigten die Schritte. Den Blutflecken war jetzt leicht zu folgen, da sie im Abstand von wenigen Metern kamen. Sie waren tatsächlich größer als zuvor und sichtlich Spuren eines langsamen Auftropfens, was darauf hindeutete, dass der Mann im unteren Körperbereich getroffen worden war, und zwar nicht an einer der Hauptschlagadern. Auch die Tatsache, dass er so weit gegangen war, deutete auf eine weniger schwere Verletzung hin.

»Sie führen in die Hofeinfahrt dort«, stellte Harjunpää fest, als sie sich bereits der Satamakatu näherten.

Aufgrund eines glücklichen Zufalls ging gerade die Tür im Einfahrtstor auf, und eine Frau mit einem kleinen braunen Hund kam heraus. Harjunpää machte zwei schnelle Schritte, und erwischte die Tür, bevor sie ins Schloss fiel. Die Frau schaute sie an und wollte etwas sagen, erkannte dann aber die Westen mit der Aufschrift »Polizei« und ging weiter.

Obwohl es in der Einfahrt fast völlig dunkel war, konnte man die Spuren deutlich erkennen. Sie führten von einer Wand zur anderen, als wäre der Mensch, der sie hinterlassen hatte, getorkelt, und kurz vorm Hinterhof verdichteten sie sich an der rechten Wand fast zu einer kleinen Lache. Vermutlich hatte er dort kurz angehalten.

»Es geht in die Richtung dort weiter«, flüsterte Harjunpää, als wüsste er, dass sie gleich am Ziel waren und allen

Grund hatten, sich nicht vorzeitig zu verraten. Eine Schrotflinte war eine Waffe, vor der man Respekt haben musste. Der Hinterhof war eine für alte Häuser typische Schlucht, auch wenn man versucht hatte, ihn durch hier und da aufgestellte Blumenkübel zu verschönern. Es gab mehrere verschiedene Türen, sie führten in wer weiß welche Kohlenkeller und Gemüsevorratskammern aus der Vergangenheit.

An den Spuren, denen sie folgten, konnte man sich jedoch nicht täuschen – sie führten unweigerlich auf eine Tür ganz hinten im Hof zu, und man sah schon von Weitem, dass die betreffende Tür mehrere Zentimeter weit offen stand. Durch den Spalt fiel ein gelber Lichtstreifen auf den Hof.

»Bleib hinter mir«, flüsterte Harjunpää Onerva zu. »Und halte das Funkgerät bereit, falls wir Hilfe brauchen.«

Er duckte sich intuitiv und lief los, wobei er den Türspalt ständig im Auge behielt, als rechnete er damit, dass jeden Moment der Lauf der Flinte herausgestreckt würde. Und auch wenn es nicht bewusst geschah, so schob seine rechte Hand doch die Jacke zur Seite und legte sich auf den mit Gummi ummantelten Griff des Revolvers. Er glaubte aus dem erleuchteten Raum einen erregten Wortwechsel zu hören.

»Vorsichtig, Timo«, flüsterte Onerva hinter ihm, und Harjunpää duckte sich noch mehr und verlangsamte das Tempo. Im Lauf der Jahre hatte er gelernt, dass Onerva bisweilen über eine geradezu übernatürliche Fähigkeit verfügte, Gefahr zu wittern. Er bedeutete ihr mit einer Handbewegung, dass er sie verstanden hatte. Dann hörte er bereits deutlich die Stimmen aus dem Raum hinter der offenen Tür. Am lautesten sprach ein sehr aufgebrachter Mann. Harjunpää konnte sich zwar nicht vollkommen sicher sein, aber die Stimmfärbung erinnerte ihn stark an jenen Orvo, den sie festgenommen hatten.

Er drückte sich fast unmittelbar neben der Tür an die Wand. Der Geruch von muffigem Schrott drang heraus. Nun sprach ein anderer Mann, eindeutig nervös.

»Dreh das Ding, verdammt noch mal, in eine andere Richtung!«

»Das werde ich garantiert nicht tun«, lautete die Antwort, und ja, sie kam von Orvo. »Und wenn du mir jetzt nicht alles erzählst, wirst du bald nie mehr irgendwas erzählen.«

»Pass auf, dass sie nicht losgeht, Mann. Also gut. Ja, ich war bei der Tussi.«

Harjunpää öffnete den Türspalt extrem vorsichtig mit den Fingerspitzen etwas mehr und sah haufenweise Elektronikschrott und dazwischen zwei Männer. Derjenige, der mit dem Rücken zu ihm stand, war unbestreitbar Orvo. Er hielt eine Waffe mit langem Lauf in der Hand, natürlich die Schrotflinte, und das Ende des Laufs berührte fast den Bauch des anderen Mannes. Harjunpää zog den Revolver. Seine Gedanken rasten vielleicht schneller als je zuvor, denn die Situation war äußerst bedrohlich. Egal, was er tat, Orvo würde zuerst abdrücken.

»Und was hast du bei ihr getan?«, wollte Orvo wissen.

»Ich hab sie halt gefickt«, antwortete der andere, und nun hörte man bereits eindeutig Angst heraus. »Auch mit dem Gummiknüppel. Die steht auf so was.«

»Dreh dich um und geh auf alle viere!«

»Nein. Was soll der Scheiß?«

»Tu, was ich dir sage!«

Harjunpää stieß sich mit der Hand von der Wand ab und eilte in geduckter Haltung zu Onerva.

»Wir brauchen das SEK«, flüsterte er. »Und einen Krankenwagen. Aber sag ihnen, sie sollen verdammt leise kommen. Und mach ihnen das Tor auf.«

»Wie ist die Lage?«, flüsterte Onerva, als sie sich bereits umdrehte.

»Er bedroht den anderen mit der Flinte. Es kann jeden Moment Tote geben.«

Kaum hatte Harjunpää das geflüstert, hörte man ein Stöhnen und einen kurzen Fluch aus der offenen Tür, Kampfgeräusche offenbar. Dann knallte es. Es klang wie eine Bombenexplosion, auch wenn es nichts anderes sein konnte als ein Schuss mit der Schrotflinte, aber der Raum war so klein und der Türspalt das einzige Ventil für das Geräusch. Anschließend ertönte ein langer, schmerzerfüllter Schrei.

Harjunpää war bereits an der Tür und riss sie auf, noch immer geduckt, den Revolver in der ausgestreckten Hand und den Daumen auf dem Bolzen bereit. Es roch nach verbranntem Schwarzpulver. Der Mann, den Harjunpää nicht kannte, lag halb auf einem Schrotthaufen und wischte sich fast hysterisch über die Brust, die voller Blutspritzer war. Offenbar war er nicht sonderlich schwer getroffen worden.

Um Orvo aber stand es schlimmer: Wie in Zeitlupe sank er auf die Knie und streckte dabei die Arme nach oben. Harjunpää brauchte einen kurzen Moment, um zu erfassen, was er sah: Orvos eine Hand fehlte völlig, und aus dem Stumpf spritzte das Blut stoßweise heraus.

»Sofort Hilfe!«, rief Harjunpää in den Hof. »Einen Notarzt!«

Er stürzte in den Raum, beförderte die Flinte, die auf dem Boden lag, mit einem Tritt unter den Tisch, riss sich den Gürtel von der Hose und versuchte, ihn Orvo um den zerfetzten und stark blutenden Stumpf zu schlingen.

»Keine Bewegung da hinten!«, rief Onerva von der Tür aus. Mit einem kurzen Blick sah Harjunpää, dass sie die Pistole auf den Mann richtete, der sich von dem Schrotthaufen aufrappelte. Dann konzentrierte er sich wieder auf Orvo und dessen fehlende Hand. Der Gürtel wirkte: Es kam weiterhin Blut, aber nicht mehr in so heftigen, vom Herzschlag getakteten Stößen. Der Mann war kurz davor, das Bewusstsein zu verlieren.

Dennoch jammerte er leise.

31

Die zweite Heimkehr

Harjunpää ging zu Fuß von der Bahnstation nach Hause, sein altersschwaches Fahrrad schob er. Wieder einmal – er hatte aufgehört zu zählen – waren beide Ventile gestohlen worden, und die leeren Reifen schlappten gummiartig auf dem Asphalt.

Er war so müde, dass es sich momentweise wie eine Krankheit anfühlte, oder wie ein Gewitterregen, der ihm in den Nacken prasselte. Aber er hatte nicht einmal mehr zwei Kilometer vor sich, und dieses Bewusstsein führte ihm aus irgendeinem geheimen Vorrat Kraft zu.

Er bekam Orvo einfach nicht aus dem Kopf. Immer wieder sah er ihn in der Blutlache liegen, und er sah die Hand, von der nach dem Gewehrschuss nichts mehr übrig gewesen war. Aus Erfahrung wusste er, dass verspritztes Blut immer mehr wirkte, als es mengenmäßig dann tatsächlich war. Auch Orvo hatte weniger als die kritische Menge vergossen. Beiläufig hatte der Notarzt zu verstehen gegeben, dass keine Lebensgefahr bestand.

Dennoch kam ihm das Bild immer wieder in den Sinn. Er war es gewohnt, Blut und Gedärme und Gehirnreste zu sehen, aber die stammten immer von Toten; Orvo jedoch war ein lebendiger Mensch, einer, mit dem Harjunpää kurz zuvor noch zu tun gehabt hatte. Und überdies Masseur, einer, der andere Menschen mit den Händen heilte. Immer wieder musste Harjunpää sich den Schweiß abwischen, der ihm von der Stirn in die Augen rann.

Langsam näherte er sich dem Supermarkt auf der Anhöhe, und dann hörte er Motorengeräusche. Es war kein gewöhnlicher Automotor, sondern ein dumpfes Brummen, das von mehreren Motoren ausging, deren Umdrehungen in rascher Folge erhöht wurden. Dann sah er die Lichter. Sie kamen von Motorrädern, die vom Supermarktparkplatz aus auf den Bürgersteig rollten und ihm den Weg versperrten. Überraschenderweise kam das gleiche Brummen nun auch von hinten, und als er sich umblickte, sah er zwei Motorräder den Rückweg blockieren.

Harjunpääs Puls beschleunigte sich. Jetzt, da er die Motorradfahrer sah, fiel ihm ein, dass er auch welche in der Nähe des Polizeipräsidiums gesehen hatte, als er zum Bahnhof gegangen war. Plötzlich befiel ihn das erstickende Gefühl, in der Falle zu sitzen, und er konnte erahnen, wie sich ein ins Fangeisen geratenes Kaninchen fühlen musste.

Er hatte nicht einmal seinen Revolver dabei, denn seit Jahren schon durfte man die Dienstwaffe nicht mehr mit nach Hause nehmen. Abgesehen davon wäre sie auch nicht von Nutzen gewesen, denn er hätte auf keinen Fall eine Schießerei vom Zaun brechen wollen, und von der bloßen Drohung mit der Waffe hätte sich so eine Bande nicht einschüchtern lassen.

Er hatte mindestens zehn Motorräder vor sich, vielleicht noch mehr, und nichts deutete darauf hin, dass sie die Absicht hatten, ihm den Weg frei zu machen. Früher hatte er gedacht, wenn ihm einmal etwas Schlimmes zustoßen sollte, vielleicht sogar Todesgefahr, dann bei der Arbeit mit Mördern und Messerstechern. Ihm war nie in den Sinn gekommen, dass es auf dem Heimweg passieren könnte, in einer lauen Sommernacht.

Jetzt roch er die Abgase, und je näher er kam, umso mehr wurde an den Motorrädern im Leerlauf Gas gegeben. Dann schoss ihm auf einmal ein Bild blitzlichtartig durch den Kopf: Im Flur der Wohnung, in der das Baby gestorben war, hatte die Weste eines Motorradclubs gehangen. Und was hatte der fassungslose Vater des Jungen, der ihn als Todesengel bezeichnet hatte, noch gedroht? Auch ein Todesengel müsse einmal sterben. Harjunpääs Mund wurde schlagartig trocken.

Er blickte zur Seite, doch da gab es keinen Fluchtweg. Die Männer mit den Motorrädern hätten ihn im Nu eingeholt. Harjunpää musste stehen bleiben. Eine der Maschinen, zweifellos die des Anführers, erhöhte die Umdrehungen, fuhr los und bremste unmittelbar vor Harjunpääs Fahrrad.

»Bist du der Todespolizist?«, fragte der Mann, und seine Stimme klang überhaupt nicht rau und tief, wie Harjunpää es erwartet hatte, sondern ziemlich gewöhnlich. Allerdings auch fordernd.

»Na ja. Polizist stimmt jedenfalls.«

»Kannst du dich an Niko erinnern? Dem das Baby gestorben ist?«

»Ich denke, ich kann mich an ihn erinnern.«

Der Motorradboss schwieg lange, und die anderen hörten auf, am Gas zu drehen.

»Wir sollen dir einen schönen Gruß von ihm ausrichten«, sagte der Anführer, öffnete den Reißverschluss seiner Jacke ein Stück und schob die Hand hinein. Harjunpää merkte, dass er unwillkürlich dachte, ob gleich ein Revolver oder eine Pistole zum Vorschein kommen wird, in dem Sinn, ob am Tatort Hülsen zurückbleiben würden oder nicht. Aber der Mann zog einen weißen Briefumschlag heraus, fuhr direkt an Harjunpää heran und reichte ihm das Kuvert.

»Danke«, brachte Harjunpää leise über die Lippen. Sofort gaben alle Motorräder Gas, drehten um und fuhren in einem solchen Tempo davon, dass Harjunpää Sandkörner ins Gesicht flogen und es nach verbranntem Gummi roch. Mit steifen Beinen ging er weiter. Obwohl es schon so spät war, zwitscherte irgendwo noch eine Amsel.

»Scheint ein anstrengender Tag gewesen zu sein«, sagte Elisa, als er zur Tür hereinkam, und es hatte gar keinen Sinn, die Wahrheit zu vertuschen, denn Elisa las sie ihm ohnehin vom Gesicht ab.

»Ja«, sagte er, reichte seiner Frau den Briefumschlag und ließ sich auf den grünen Holzstuhl fallen, der neben der Tür stand. Er stützte beide Ellbogen auf die Oberschenkel und verbarg das Gesicht in den Händen.

Es raschelte, als Elisa das Kuvert öffnete.

»Hier ist das Foto eines fröhlichen Babys drin«, sagte sie kurz darauf. »Und eine Einladung zur Beerdigung des kleinen Max. Am Sonntag in zwei Wochen.«

Sie waren beide eine Weile still. Dann fragte Elisa: »Beschuldigt er dich immer noch deswegen?«

»Nein. Er bedankt sich.«

»Er bedankt sich?«

»Ja. Wenn es gut läuft und es einem sogar gelingt, die Hinterbliebenen zu trösten, schicken sie oft eine Dankeskarte.

Ein paarmal im Jahr kommen sogar Blumen. Aber der größte Dank, den es gibt, ist eine Einladung zur Beerdigung.«

»Man wird sozusagen in die Familie aufgenommen? Um die Trauer zu teilen?«

»Genau.«

Und dann spürte Harjunpää, wie ihm Rinnsale über Hände und Handgelenke in die Armbeugen liefen.

Die finnische Originalausgabe erschien 2010 unter dem Titel
Harjunpää ja rautahuone bei Otava Publishing Company Ltd., Helsinki.

MIX
Papier aus verantwortungsvollen Quellen
FSC® C014496
FSC
www.fsc.org

Verlagsgruppe Random House FSC-DEU-0100
Das für dieses Buch verwendete FSC®-zertifizierte Papier
Super Snowbright liefert Hellefoss AS, Hokksund, Norwegen.

1. Auflage

Satz: Uhl + Massopust, Aalen
Druck und Bindung: GGP Media GmbH, Pößneck
Printed in Germany
ISBN 978-3-442-75342-0

www.btb-verlag.de